国家社科基金
GUOJIA SHEKE JIJIN HOUQI ZIZHU XIANGMU
后期资助项目

规训与抵抗：
当代美国诗歌的城市书写

Discipline and Resistance:
Urban Scenes in Contemporary American Poetry

虞又铭 著

上海人民出版社

国家社科基金后期资助项目
出版说明

后期资助项目是国家社科基金设立的一类重要项目，旨在鼓励广大社科研究者潜心治学，支持基础研究多出优秀成果。它是经过严格评审，从接近完成的科研成果中遴选立项的。为扩大后期资助项目的影响，更好地推动学术发展，促进成果转化，全国哲学社会科学工作办公室按照"统一设计、统一标识、统一版式、形成系列"的总体要求，组织出版国家社科基金后期资助项目成果。

全国哲学社会科学工作办公室

目　录

前言:20 世纪美国诗歌城市书写的兴起

20 世纪美国诗歌的成熟与发展,发端于庞德与 T.S. 艾略特,但其后的方向却有着极大转变。美国性,在诗歌创作中扮演着越来越重要的角色。"在一个新大陆上,却用着继承下来的语言进行创作,美国诗人总是不得不在语言、形式以及主体等问题上作出艰难的抉择。在英格兰、法国、德国或者意大利,'伟大作品'在多少个世纪的积累中为诗人建立了谱系,这些作品也构成了民族文学的'经典'。"①那么,缺乏诗歌传统的美国诗人,在摆脱欧洲影响、建立自身的过程中,都做过哪些尝试? 恰如批评者所言,"缺少一个现成的文学传统,美国诗人在寻找他们的灵感与影响源时走得很远、路也走得很宽。惠特曼在流行言说、报刊杂志、街头俚语中为他的诗歌寻找材料。现代主义者在埃及神话、印度的《奥义书》、中国的象形文字中寻找资源。近来,随着诗人在各种音乐(爵士、蓝调、饶舌)、各种视觉艺术(行动表现主义、波普艺术)、各种替代性的哲学及精神传统(禅宗、美国本土神话)中为自己的作品找到灵感,兼容杂糅变成为一种标准而不再是个案。"②但在笔者看来,于古老文明、音乐、艺术、哲学传统中寻找突破的美国诗歌,还有一个重要的向度,即对城市的描写。这一方面是指诗人对城市当中发生的一切保持着高度的关注,另一方面也是指他们在城市场景中寄托着对诗歌、艺术与哲学的探索。

对城市的关注,对街头场景的各种聚焦,首先是使诗歌创作"回到"美国

---

① Christopher Beach, *The Cambridge Introduction to Twentieth-Century American Poetry*, Cambridge: Cambridge University Press, 2003, p.4.

② 同上,p.5。

的一个自然选择。美国诗歌必须描写美国，这对于威廉·卡洛斯·威廉斯(William Carlos Williams)而言，是一个如此简单的道理，但却又是一个不容易完成的任务。回顾 20 世纪上半期的美国诗坛，威廉斯是唯一能与庞德、艾略特掰掰手腕的诗人，但当时的诗坛却被庞德与艾略特纵横古今的、沉浸于想象世界的、偏重于欧洲景象的笔触所垄断。虽然看到诗坛风气难以撼动，执着的威廉斯还是在批评文章、传记等文字中反复呼吁，美国诗歌必须回到当下。"诗歌当中并没有任何现成的诗歌艺术。在美国讨论诗歌艺术纯粹是一种愚蠢行为，除非某种艺术出现在了美国。如果我不能言说我所了解的在此处存在的事物，那么当然，我也就不能讨论其他任何地方的艺术。"①对于老朋友庞德，威廉斯总还是保持着克制的态度，在表达自己诗学主张的过程中他主要是将艾略特当作了标靶。威廉斯甚至用过"原子弹"这样的词语，来形容艾略特学院气十足的写作对诗坛起到的破坏作用②。"在我们内心有一种热度，一种内核，一种追求，我们积聚着力量朝着在本地化环境中重新找到原始冲动——所有艺术的基本原则——的方向前进。我们的工作在艾略特的才华的大爆发之下，停顿了下来，然而它把诗歌送回到了学院。我们不知道怎么应对他。"③威廉斯要求写作回到当下、加强具体性的呼声，在今天诗歌批评界的回顾中获得了越来越多的迟到的肯定，而在诗歌创作界，它其实早已激起了许多共鸣。查尔斯·雷兹尼科夫(Charles Reznikoff)、乔治·奥朋(George Oppen)、路易斯·祖科夫斯基(Louis Zukofsky)、罗伯特·克里利(Robert Creeley)等等不同年龄辈分的诗人，均与威廉斯的主张有所契合。通过对艾略特的不同形式的批评，他们要求美国诗歌中止天马行空的象征性描写，回到美国的现实生活细节。

当然，以威廉斯为代表的"客体派"(objectivist)将笔触聚焦于城市场景——特别是美国的城市场景，不仅仅是出于诗学上的加强美国性的考虑，事实上也是时代使然。20 世纪 30 年代的经济危机，让美国诗人的眼光不

---

① William Carlos Williams, "America, Whitman, and the Art of Poetry", *William Carlos Williams Review* 13. 1(1987), p.1.

② William Carlos Williams, *The Autobiography of William Carlos Williams*, New York: New Directions, 1951, p.174.

③ 同上，p.146。

得不聚焦于美国的现实。相对于旅居欧洲的艾略特的精英主义立场,威廉斯、祖科夫斯基、奥朋等三位"客体派"诗人均是左派意味十足的作家。他们在左派立场上远不是整齐划一的,但对于无产阶级生存状态的关注却是共同的。这就是为什么在这三人的诗作中,我们总是能够看到一幕幕细致的城市场景,因为城市正是资本主义运转最直接的体现之处。正所谓"国家不幸诗家幸",这场经济危机虽在社会层面起到了难以估量的破坏作用,但却给"客体派"诗人对美国本土题材、本土现实的关注意外增加了一层诗学合法性。所以,即便是一向关注诗歌怎么写而不是写什么的诗评大家查尔斯·奥提瑞(Charles Altieri)先生也特别申明,这一阶段的诗歌创作与时代不可分离:"全世界范围的大萧条及其给艺术家带来的面对经济问题的要求,是一个明显因素","我们不得不探询,诗人如何寻找应对这些挑战的方法,这些方法仍然给予他们权力,让他们通过作品来追求重要的社会价值观"①。在第一章当中,我们就将对威廉斯、奥朋、祖科夫斯基的诗作进行解析,梳理他们的诗学诉求与左翼关怀之间各具特点的组合。这个得到批评界关注的话题,并未得到完全的厘清。比如威廉斯笔下在街头行走的无产阶级,有时被视作直接受到资本主义经济剥削的被压迫者②,有时又被视作体现了关于阶级与个人的"难以调和的矛盾情感"③。威廉斯在城市场景中究竟寄寓着怎样的阶级态度?这种态度与其诗学理念有何内在关系?同样的,奥朋与祖科夫斯基的城市场景,在书写方式与社会关怀上有何特殊之处?这些问题将在第一章中得到分别的梳理。

第三,城市书写在美国诗歌中的加强,还在于美国城市特别是纽约在20世纪令人惊讶的发展。当城市本身发展为一种奇观般的存在、一种既超越个体认知又塑造着个体认知的力量时,它自然也就成为诗人们关注与反省的对象。2015年,美国诗人肯尼思·哥尔德斯密斯(Kenneth Goldsmith)

① Charles Altieri, *The Art of Twentieth-Century American Poetry*, Malden: Blackwell Publishing, 2006, p.98.

② Alec Marsh, *Money and Modernity: Pound, Williams and The Spirit of Jefferson*, Tuscaloosa: The University of Alabama Press, 1998, p.128.

③ Mark Steven, *Red Modernism: American Poetry and the Spirit of Communism*, Baltimore: John Hopkins University Press, 2017, p.120.

3

出版了《纽约:20世纪的首都》(*New York: Capital of the 20ᵗʰ Century*)一书,这部九百多页的"巨著"以挪用、复制、引用的方式汇集了来自其他文本的无数片断,呈现了纽约城成为世界性奇观的文本过程。哥尔德斯密斯是以一种回望的方式来进行审视,而成名于20世纪50年代的"纽约诗派"则是以亲历者的角色来表达他们在纽约复杂的城市体验。弗兰克·奥哈拉(Frank O'Hara)、约翰·阿什贝利(John Ashbery)、肯尼思·科克(Kenneth Koch)长期生活在纽约,也常常以纽约的都市场景来寄托他们对价值与意义的看法,呈现他们对当代人生存状态的观察以及他们对诗歌艺术的理解。和"客体派"类似,纽约诗人对于艾略特的诗风也不认同。这不仅是因为他们聚焦于艾略特少有触碰的纽约场景,更是因为他们反感艾略特全知全能型的架构视角。纽约诗人放弃了对意义的把控、对意象的建构、对体系的热情,对此诗学立场,奥提瑞以"本体论特征"的放弃来加以概括①,而玛乔丽·珀洛夫(Marjorie Perloff)则有《弗兰克·奥哈拉:画家群中的诗人》(*Frank O'Hara: Poet among Painters*)一书来论证纽约诗人对"表层"的喜欢与他们所受到的艺术影响的关系。不过,纽约诗人玩世不恭的对"表层"的把玩,他们在诗学范式上的推进,根本而言体现的是对城市经验复杂性的尊重。反叛与沉沦、商业与艺术、平凡与不凡,对于纽约诗人来说,不再是非此即彼的选择,不再是高下立分的对峙。他们要展现的是界限消弭之后方才出现的别样真实。这正是本书第二章所力图阐明的。

总体而言,"纽约诗派"在城市书写中表现出的是乐观的情绪,他们有意识地背离着意义的固化,调侃着自己在城市经验中的被动,但也自信于城市生活的复杂状态所能带来的可能性。这种城市经验在20世纪七八十年代开始崛起的"语言诗派"那里,开始被抛弃。从第三章对罗恩·西利曼(Ron Silliman)、克劳迪娅·兰金(Claudia Rankine)、罗伯特·费特曼(Robert Fitterman)等人的论述我们就可看出,诗人们不再确信写作对于现实的超越。相反,他们越来越意识到,通过日常生活之流,城市的运转悄无声息地、波澜不惊地把控着人们的思维与行动。所谓的解构、解放只是自我欣赏,所

---

① Charles Altieri, "The Significance of Frank O'Hara", *The Iowa Review* 4.1(1973), p.91.

谓的复杂性与可能性在相当程度上也都是给定的。所以相对于"纽约诗派"，后来的诗人对于日常生活的书写逐步抛却了它迷人的、深邃的面向。安德鲁·爱泼斯坦（Andrew Epstein）颇为精辟地指出，"尽管对日常生活高度关注，但现代主义者还是抱有一种更为明显的史诗眼光，他们更着意于日常生活的神话维度，着意于显灵的、特殊的瞬间，着意于打断而不是探究日常习惯。"①我们并不是说"纽约诗派"属于现代主义，而它之后的美国诗歌进入到后现代阶段——笔者无意在此确定现代主义、后现代主义在 20 世纪美国诗歌史上的准确界线，事实上，这些概念本身仍旧是模糊的。但爱泼斯坦在趋势上的概括，的确适合用来观察"纽约诗派"与其之后的美国诗歌在日常生活描写上的差异。不过，当爱泼斯坦提出语言诗人西利曼的诗作"就是'关于'日常性本身"②这样略显保守的观点时，笔者实难苟同。因为从语言派诗歌开始，诗人更为直接地、原始地呈现日常生活，不是因为他们自己厌倦于诗歌对意义的生产，而是因为他们看到日常生活在隐蔽地、不倦地对意义进行控制。"纽约诗派"之后的诗作，不是要保持日常生活之流自身的丰富，而是要以慢镜头、放大镜来侦查其中实施着隐蔽控制的异化力量。第三章所述的西利曼、兰金等诗人辑录的日常生活实录，哥尔德斯密斯挪用的广播电台的"交通播报"，均是被送上手术台的异化样本，诗人们邀请读者一起观察城市的运转对于个体"润物细无声"的渗透。

第四，城市书写对于当代美国少数族裔的诗歌创作而言具有重要的意义。国家政策、官方立场上的种族歧视已经结束，但这并不等于族裔歧视的消除。从当代少数族裔诗人的写作来看，他们感受到的是更为隐蔽的、经过了各种伪装的族裔歧视，而它们会渗透、出现在从坐飞机到超市结账的城市生活的各个角落。族裔诗人把这些日常生活片断陈列在诗中，让我们仔细端详族裔话语的变形。在这方面，克劳迪娅·兰金与罗纳尔多·威尔逊（Ronaldo Wilson）均是值得关注的代表性作家。以族裔歧视的新局面为背景，第四章还将聚焦少数族裔诗人目前抵抗歧视与偏见的解构立场。多萝

---

① Andrew Epstein, *Attention Equals Life：The Pursuit of the Everyday in Contemporary Poetry and Culture*, New York：Oxford University Press, 2016, p.7.

② 同上，p.199。

西·J.王(Dorothy J. Wang)的《思其在：当代美国亚裔诗歌中的形式、种族与主体性》(斯坦福大学出版社 2014 年版)、周小京(Xiaojing Zhou)的《美国亚裔诗歌中的伦理与诗学的他异性》(爱荷华大学出版社 2006 年版)均对少数族裔诗歌中的解构技巧及其族裔旨归作了深刻揭示。沿着这一思路，本书第四章也将对新近诗作中的解构立场及其他抵抗形式予以梳理。

综括以上浅论，从诗学上的对当地性的强调、经济危机带来的时代关注、城市的奇观式发展、族裔歧视的隐蔽化，我们都可以看到城市书写在当代美国诗歌中兴起的必然性、多面性以及所经历的变化。本书各章选取在城市书写上着墨甚深也颇具显著特征的诗人，观照他们在不同语境中的城市体验与写作策略，力求使当代美国诗歌的这一面向得到较为全面、具体的展现。

关于引用体例的说明

　　由于"客体派"与"纽约诗派"的诗作仍旧很讲究结构、断行、语气、措辞等因素，第一章与第二章当中的诗文引用为英文原文（第二章第四节除外，斯凯勒的创作更近于散文）。其余部分所论诗歌，已相当大程度走向了散文化、档案化风格，翻译之后不会造成过多理解上的偏差，因此所引诗作均已勉力翻译为中文。特此说明。

第一章 "客体派"诗人的左倾城市批判

"客体派"(objectivist)诗人群成立于 1931 年。《诗歌》杂志（*Poetry*）在这一年 2 月推出了"客体派"专号，该专号由路易斯·祖科夫斯基编辑，收录了祖科夫斯基本人的批评性文章以及威廉·卡洛斯·威廉斯、查尔斯·雷兹尼科夫、乔治·奥朋等多位诗人的作品。

纵观"客体派"诗人许多不同的表述，他们所强调的"客体"绝不是哲学上的物自体，事实上，没有人可以做到在诗中呈现绝对客观的"客体"。"客体派"诗人其实都很注重形式的设计，但他们这样做并不是为了突出自己给事物赋予的象征意义，而是以一定的形式突出事物自身的细节，让事物的状态通过特定形式达到更充分的展露，并且能够紧扣所属的时代。正如诗坛影响力最为突出的威廉斯所说的，"诗歌作为一个客体（如同一首交响乐或立体主义绘画），它必须符合诗人的这样一种追求，即把他的语言制造成一种新的形式，也就是说，去创造一个与其时代相呼应的客体。"①

不难想象，大部分的"客体派"诗人都是反 T.S. 艾略特的，反对他的象征主义诗学，反对他笔下场景的模糊与抽象。他们认为这种强调诗人心智的诗学立场，仿佛空中楼阁，脱离了对于现实的细致观察。"客体派"诗人强调书写美国的当下，强调场景自身的表达力。在这一诗学立场中，"客体派"诗人对美国城市的各类场景，特别是经济危机下的街头场景，有着持续有力

---

① William Carlos Williams, *The Autobiography of William Carlos Williams*, New York: New Directions, 1951, p.265.

的关注。他们不约而同的左派倾向，使得他们的城市书写主要聚焦于对资本主义现实的批评。

第一节　威廉斯：不彻底的左派与城市经验的激活

威廉·卡洛斯·威廉斯在"客体派"诗人当中，是最具分量的一员。在20世纪30年代"客体派"建派之时，威廉斯已经在诗坛获得了一定的地位，而1950年获颁美国国家图书奖（American National Book Award）则标志着其诗坛影响力达到了顶峰。

作为一名医生诗人，威廉斯大部分时候居住在新泽西州的拉瑟福德（Rutherford）小镇。这一小镇也属于纽约市的近郊区域，距离曼哈顿只有十三公里。威廉斯的很多行医工作就在纽约城内展开。同时正如其自传所述，他也常去纽约与朋友见面并参加许多艺术工作室的活动。正是在纽约，他与艺术家杜尚有过一次令人尴尬的交谈，被高傲的杜尚冷落到一边①，也同样是在纽约，他与祖科夫斯基、奥朋等人商讨了"客体派"的宗旨与建立②。因此，威廉斯诗歌中的许多城市场景描写其实或多或少都带有纽约的印迹。

威廉斯所写城市场景复杂多元，但其中一个主要的焦点就是生活在社会底层的人群。和奥朋、祖科夫斯基一样，威廉斯其实也有强烈的左派倾向，但他的左派倾向或许更应该被称为一种左派关怀，因为他只将他的左派倾向维持在一种不彻底的、有限的程度。其诗作虽也聚焦于劳工阶层的生活，但从不立场分明地表露对无产者的同情、对中产阶级的鄙视与厌恶。应该说，威廉斯的左派关怀比较宽泛，它涵盖了劳工阶层与中产阶级，通过对他们各种生活场景的描写，威廉斯要批判的是资本主义对劳动者的压迫、对人们视野与经验的封闭。而在反资本主义的同时，威廉斯要引入的并不是

---

① William Carlos Williams, *The Autobiography of William Carlos Williams*, New York: New Directions, 1951, p.137.

② 同上，p.264。

另一种意识形态、另一种政治主张,他所做的是恢复人与事物存在的立体性与多维性——资本主义现实与各种政治性的主义所不能提供的。总体而言,威廉斯不是一个典型化的左派作家,他的写作展现的是一个不彻底的左派对政治与经验的混合式关注。

一 "客体"诗学、现实关心与行医体悟的交叉

威廉斯对自己的诗学立场有着较为充分的交代。但把握其诗学立场又必须兼顾他的社会观察与行医体悟,这一点常常是为批评者所忽视的。

首先,我们要明确,威廉斯诗中要呈现的"客体"并不是纯粹的、与人无关的事物,整个"客体派"其实都没有这个意思,也没有任何一个诗人、任何一种写作可以做到呈现纯粹客体。的确,威廉斯曾经这样概括过他与 T.S. 艾略特之间的差别,突出自己的诗学对主观作用的淡化:

> 我们不是把玫瑰,一朵玫瑰,放进橱窗里的小玻璃花瓶——我们是在为大树入坑而挖土——在挖的过程中我们自己也消失其中。①

插花匠与种树者的区别,正是威廉斯用以反对艾略特的一个重要比喻。但淡化诗作中的主观因素,并不等于取消诗人的主观介入。与此相反,威廉斯也强调诗人对场景的建构作用,尽管建构不等于赋予场景以特定的象征意义:

> 我主张诗学结构有一种彻头彻尾的改变。我说的是结构。②
> 什么是现实? 我们如何把握到现实? 我们唯一能知道的现实就是方法(measure)。③

---

① William Carlos Williams, *Selected Essays of William Carlos Williams*, New York: New Directions, 1954, p.286.
② 同上,p.281。
③ 同上,p.283。

可见，场景的呈现在威廉斯那里，也是要经过特定编排，经过词语的打造，经过结构的塑形。

但威廉斯对客体、场景作建构性的呈现，其目的不是把自己的主观想法直接赋予到场景之上，而是让场景在特定的语言编排作用下，展示事物的意义、状态得以解放的可能。正如他自己所说，"词语是解锁心智的钥匙"①，应致力于带来"智性的解放"②。

简言之，威廉斯的"客体化"既是建构性的，也是去建构。他要打造的客体化场景，是以摆脱束缚与控制为目标的。他对诗歌写作所寄寓的这一般切期望基于他对资本主义现实的观察与反感。在威廉斯看来，资本主义——虽然他没有直接使用这个词——的秩序已经开始把人们的生活、视野与经验全部纳入特定的轨道，缩减着、封闭着意义的可能，以达到维护自身运转的目的，而诗歌必须承载起抵抗的责任："一个可以想象得到的社会秩序是这样的，它会为其自身的实现与维护而要求严苛的规训。于是，通过生活必需品的强力维系作用，一个新秩序的严酷性被建立了起来。诗歌应该把这种状况作为自己的标靶。只有一个非常具体的、不能被缩减的客体，才能使其形式投射出各种需要被表达的意义。同时，这正是所有诗歌都必须面对的来自时代的辩证要求。"③

反对资本主义从生活必需品开始的对人的控制，回应时代的"辩证要求"（dialectic necessities），以诗歌来揭示、抵制人的存在所遭遇到的来自社会体系的压缩，这些表达已经充分显示威廉斯的左派倾向。但为何威廉斯在诗作中未将左派立场贯彻到底，反而有一种模糊化的处理呢？——他笔下的劳工阶层图景是如此冷静，看不出任何对劳工阶层的拥抱，也找不到任何清晰的政治主张。正如米尔顿·科恩（Milton A. Cohen）精辟地指出的，威廉斯"堪称一位货真价实的无产阶级作家与无产阶级同情者，一位不具主

---

① William Carlos Williams, *Selected Essays of William Carlos Williams*, New York: New Directions, 1954, p.282.

② William Carlos Williams, "New Poetical Economy", *Poetry*, July(1934), p.221.

③ 同上，pp.223—224。

张性的无产阶级"①。

理解威廉斯不彻底的左派立场,我们必须从其政治经历与行医经历入手。首先,正如威廉斯自己所说的,资本主义的运转对人有一种单向化的塑造,将人塑造为经济的人,必须满足需要的人。这种塑形的力量,是威廉斯所反对的。那么反对资本主义的意识形态是否就可以克服这一问题呢?米尔顿·科恩的研究有力地回答了这一问题。科恩梳理了20世纪30年代前后威廉斯与美国著名左翼刊物之间的恩怨来往,颇具说服力地向我们揭示,威廉斯之所以采取了有保留的左倾态度,是由于在现实中见证了美国左翼刊物、左翼政治派别各自为营、想法不一、彼此攻击的局面②。这种局面使威廉斯看到了当时左翼思想自身的混乱与褊狭。这的确是诗人在左派倾向上有所保留的原因,但应该只是原因之一。在笔者看来,决定威廉斯在左倾立场上有所保留的另一原因——也许是更加根本的原因——在于他的行医经历。医生的工作经历让威廉斯以一种无界限、无遮掩的方式与患者相遇,使他看到经验从扁平、单向转变为多面、立体的可能,这是他认为医生工作最神奇的地方,也正是他的诗歌所要追求的东西。一方面,威廉斯觉得自己是以一种"赤裸的"③状态靠近病人,后者的身份、地位、道德、见解,都不会对自己造成影响,因为自己是医生,"我不会因为他是一个好人或是一个对社会有用的人,而去救他","死亡也不会因为这原因对某个人表示尊敬,艺术家也不会,我也不会"④。另一方面,病人也以一种最具体的方式与"我"照面,这使得社会对人的庸俗划分不再奏效。"影响许多人行为的大众观点,与我在每日行医中所见到的相比,是一种非常卑劣的东西"⑤。人的具体存在,比社会话语概括的要丰富得多。"我很肯定,我经历过所有这些人。他们都成为我的馅饼的料。那些成功者炫耀着蓝丝带;我也认识那些不成

---

① Milton A. Cohen, "Stumbling into Crossfire: William Carlos Williams, 'Partisan Review', and the Left in the 1930s", *Journal of Modern Literature* 32.2(2009), p.155.

② 同上,Milton A. Cohen 在文中梳理了威廉斯在不同左派杂志之间所遭遇的极其混乱的对待,文章显示,不同左派阵营之间的相互打压以及它们对威廉斯毫无顾忌的攻击曾令诗人处于一种非常尴尬的局面。

③⑤ William Carlos Williams, *The Autobiography of William Carlos Williams*, New York: New Directions, 1951, p.357.

④ 同上,p.287。

功的，但他们的为人却比他们更有运气的兄弟要更好。对于成功的不成功的，不论他们穿啥戏服，都可加以嘲笑。而无论他们处于高位还是低位，当他们自我揭示的时候，他们自己都很惊讶，一个人可以如此揭示另一个人内心的隐秘"①。在医生与病人以具体的、相当坦诚的方式接近对方时，威廉斯看到了人与事物未被缩减的、未经谨慎挑选的、未被社会话语区隔的存在。这种经验，有一种原始的丰富性，一种令人激动的真实，它带来的"兴奋如此剧烈，而写作的冲动也会再次被点燃"②。行医与写诗之间的这种共通之处，在其自传中至少在三个不同章节被提及，行医经历对其诗学立场的影响可见一斑。

结合其政治经历、行医体悟，我们也就可以更加明了，为什么威廉斯诗作中的左倾立场总是"犹抱琵琶半遮面"：他对资本主义的批判虽然明确，但他同样珍视事物的多维性、多面性，存在与经验在未经话语切割、排列之前的具体与丰富，而这似乎是社会话语、偏颇的政治主张不能带来，甚至会加以扼杀的。所以，他不打算在反资本主义的同时，又以另外一种政治理论来对人与事作抽象的概括、划分、指导，不会以牺牲存在与经验的具体性，来为诗作"注入正确的道德行为"③。他所看重的是诗的社会，而不是由任何政治理论决定了的散文化社会：

> 在任何一个文明社会，每个人都应该立即明白、一直明白关于生命的所有事情。含混，是绝不会被允许的。④

当关于生命的意义、解释、价值、模式，全部被排列好之后，对于威廉斯来说，生命也就消失了。诗，正是要保留生命的具体性、丰富性以对抗"文明"。

---

① William Carlos Williams, *The Autobiography of William Carlos Williams*, New York: New Directions, 1951, p.358.

② 同上，pp.359—360。

③ Alec Marsh, *Money and Modernity: Pound, Williams and The Spirit of Jefferson*, Tuscaloosa: The University of Alabama Press, 1998, p.160.

④ William Carlos Williams, *The Collected Poems of William Carlos Williams*, eds., A. Walton Litz and Christopher MacGowan, New York: New Directions, 1986, p.225.

这样,威廉斯的"客体"诗学,兼容了对资本主义压迫性、封闭性的批判以及对经验、存在之丰富性的保留。这两方面的诉求之于威廉斯并行不悖。恰如亚历克·马什(Alec Marsh)所言,如果在资本主义之外引入另一套政治话语进入诗歌,对于威廉斯来说,那就无异于更换一部思考的机器,但思考的机器制造出来的不是诗歌,而将只是另一个像机器一样的社会。①这恰恰是威廉斯所反对的。以场景的具体性、丰富性代替特定的政治主张、伦理立场,正符合威廉斯对资本主义封闭性、压迫性批判的初衷。

二 资本主义批评与街头场景的多维性

了解到威廉斯"客体"诗学的内涵,也就不难理解其城市书写中的许多似左翼又非左翼的场景描写。威廉斯不断聚焦于劳工阶层生活的窘迫,但也悬置了所有想当然的、原本可以继之而来的政治的、阶级的、伦理的和道德的判断,他既揭示他们被剥削的现状,又展现他们多维的存在。《无产阶级的肖像》(*Proletarian Portrait*)对于街头一位劳动者女性的刻画正是典型一例:

A big young bareheaded woman

in an apron

Her hair slicked back standing

on the street

One stockinged foot toeing

the sidewalk

Her shoe in her hand. Looking

intently into it

---

① Alec Marsh, *Money and Modernity*: *Pound*, *Williams and The Spirit of Jefferson*, Tuscaloosa: The University of Alabama Press, 1998, p.160.

She pulls out the paper insole

to find the nail

That has been hurting her①

首先，诗作的确揭示了无产阶级生活的贫困。第二诗行中的"围裙"（apron），第九诗行中的"纸鞋垫"（paper insole），都说明了女主人公的阶级身份，她的贫穷使得她只能使用薄薄的纸鞋垫，无法阻挡马路上的铁钉对她的伤害。就此而言，诗题"无产阶级的肖像"得到了具象化的体现。但诗作从头至尾异乎寻常的冷感描写，又模糊了其政治立场，诗作中的女主人公形象其实最终也没有向读者发出任何明确的情感上的邀请。不单读者会有此感受，批评家们在此也有相当程度的共识。迪克兰·塔什吉安（Dickran Tashjian）就说，威廉斯"不以多愁善感的方式和理想化的方式"②来描写无产阶级。他认为威廉斯与当时其他一些先锋派画家——如拉斐尔·索耶（Raphael Soyer）、凯瑟琳·施密特（Katherine Schmit）等——有着某种共鸣，即着力于表现的不是抽象的、作为某种共性而存在的"无产阶级"，而是具体化的人。迪克兰并没有围绕这首诗作再作具体解释。诗作中的女主人公究竟如何是具体的存在而不只是阶级的存在，她的具体性如何消解着阶级化的、模式化的情感反应？这些问题很遗憾地未能得到解答。马克·史蒂文（Mark Steven）在近作中也提出了与迪克兰相同的观点，强调威廉斯诗中的女性形象是一个具体的存在：诗作的美感在于"各种具体化的过程，它们嵌套在诗作中无产阶级的客体形象之上，使这个被再现出来的主体得到相对于她的阶级而言的个体化处理"③。但这首诗中女性形象的具体性再一次未能得

---

① William Carlos Williams, *The Collected Poems of William Carlos Williams*, eds., A. Walton Litz and Christopher MacGowan, New York: New Directions, 1986, pp.384—385.

② Dickran Tashjian, *William Carlos Williams and the American Scene: 1920—1940*, New York: Whitney Museum of American Art, in association with Berkeley, Los Angeles and London: University of California Press, 1978, p.119.

③ Mark Steven, *Red Modernism: American Poetry and the Spirit of Communism*, Baltimore: John Hopkins University Press, 2017, p.120.

到明示。

笔者认为,威廉斯至少在这位街头的无产者女性形象上,赋予了四个方向的具体性以保持其不被抽象为共性阶级存在,这也使得诗作保持为立体的经验而未被简化为对劳动者的同情。四个方向的具体性,一是在于女主人公生活状态上的自适,二是其与都市时尚的紧密关系,三是其作为女性存在的性感,四是其锐利自省的目光。首先,被呈现的女主人公虽然穷困但并不潦倒,并不是一个充满悲剧感的被剥削者;相反,她显然在生活中保持着一种体面、自得与乐趣。比如她的梳理得很干净、整齐的头发,她的极为时髦的长筒袜("stockinged foot")。作为当时价格比较昂贵的新商品,"长筒袜"与女子的结合一方面表明了流行商品对人的经验的控制,但也表明了女子在生活上的自然的兴趣。其次,诗作给予她的脚尖顶立在街面的特写镜头(stockinged foot toeing/the sidewalk),则突出了其女性特征。最后,诗作写女子紧盯着鞋内去查看"一直让她伤痛着的东西",这一结尾的单行形式,提示我们女子的目光所审视的,不止于插入鞋内的钉子,而且也是她在生活上的困境。所以,不妨说这首诗具有一种自反性内在结构。它表现无产者的生活窘境,但窘境中的人并不完全排斥现实,甚至对现实充满兴趣;这位女子在这一刻既是一个无产者,又是引起男性注目的女性的存在;她的生活的确需要帮助,但她审视的目光又显出自己的独立与坚定。威廉斯的诗题表明了他对无产阶级的关注、关心,但其诗作又拒绝将无产阶级抽象为简单化的、政治化的、共性化的存在。这既表明了威廉斯在政治上反对简单化的取向,又展示了他在经验上对立体性、多维性的强调。正如威廉斯在对友人的书信中所说,他的诗作提供的绝不是某种单一性的框架以及由之而来的单向化经验,而他认为,这正是自己的长处所在:"我不能在某一种框架之下写作……正是我的优点之所在。我不能在某种框架下写作,因为我无法找到某种能够涵盖我的框架。我的全部努力……就是去寻找这样一种框架,它足够大,足够现代,足够灵活,从而能够容纳我的愿望。"①

---

① 威廉斯 1926 年 10 月 13 日致友人 John Riordan 的书信,未收入其书信选。此处转引自 Jon Chatlos, "Automobility and Lyric Poetry: The Mobile Gaze in William Carlos Williams' 'The Right of Way'", *Journal of Modern Literature* 30.1(2007), p.150。

不但是对街头单个的无产者作立体性呈现，即便是面对无产阶级"群像"，面对即将上演的"罢工"，威廉斯的诗作也将所写对象保持为复杂的存在。且看 1928 年的诗集《冬日来袭》(*The Descent of Winter*)中的"10/28"一诗：

On hot days

the sewing machine

whirling

in the next room

in the kitchen

and men at the bar

talking of the strike

and cash①

三个诗节在排列形式上模拟了它所要展现的现实场景：相隔不远，一边是女人在房间、厨房里飞快地做缝纫工作，一边是男人在酒吧中商讨着罢工。劳动者阶层受剥削、受压迫的背景与现状跃然纸上。特别是第一、第二诗节让我们看到女人在厨房里开动缝纫机的场景，家庭生活的困难以及居住条件的窘迫不言而喻，这也正是男人商讨下一步罢工的原因。但这只是诗作传达的关于劳工阶层的第一层意味。在厨房与酒吧的并列中，我们还可以看到男女两性在生活中的角色差别，男人时常在酒吧中欢饮、闲聊——他们也很自然地在此商讨他们的大事——而女人则在家操持着家务。同时，对不公的两性关系的这一关注，也包含着对男子嗜酒行为的讽刺——20 世纪 20年代的美国正在经历一场全社会的关于饮酒行为的争论，但这种嗜好在此刻也有趣地促成或见证着工人的团结。第三，女人的缝纫工作不能根本性

---

① William Carlos Williams, *The Collected Poems of William Carlos Williams*, eds., A. Walton Litz and Christopher MacGowan, New York: New Directions, 1986, p.299.

地解决生活问题,但相对于诗中男人在酒吧的阔谈却显得更为坚实,"生动的物质性场景给有所指涉的沉闷气氛带来了振奋"①,当然,男人筹划的罢工在重要性上未受任何减损。所以,缝纫机的不断旋转与酒吧里对罢工的讨论,形成并列的两种声音,它们不分高下、且分且合。在两种声音的鸣响中,阶级冲突、两性关系、生活习惯、应对生活的方式等各种关注,混合穿插在一起。同时,诗作也没有因为表现无产者的生活,就把无产者作完美化的处理,类似于《无产阶级的肖像》,此处诗作是要呈现人物彼此之间的那种立体的、难以穿透的关系结构。诗作聚焦于劳资矛盾、阶级斗争,但最终将这些问题释放在多维的意义空间,取消了简单化的政治图说与价值观上的单一判断。

上述两诗,《无产阶级的肖像》与"10/28",在对普罗大众的关心中,一方面保持了对资本主义的批评,另一方面也不落言筌、不入套路,而是维护着人物、场景、事件的多维性。诗人设置了场景,也旋即游离于场景,中止对它的解释。威廉斯其实很想让读者明白他的这一写作方式,就在诗作"10/28"之后的一页,他说:

> 诗歌不应该再有其他任何着力于取得的东西,生动活泼足矣,且应凭其自身。如果这一点能实现,那么诗歌自身之内的火焰,与其他任何事物都不"相像"。那也就是明喻的私生子。那个事物,它的生动活泼性本身就是诗,就构成了诗。没有必要去解释、比较。……这是现代的,而非传奇性的作品。没有传奇,只有现在的树、动物、引擎。它就在那。②

威廉斯一方面通过街头的无产者对资本主义展开批评,另一方面也通过对街头其他人群的描写来表现自己难以被归类的左派关怀。生活无忧的

---

① Robert J. Cirasa, *The Lost Works of William Carlos Williams: The Volumes of Collected Poetry as Lyrical Sequences*, London: Associated University Presses, 1995, p.110.

② William Carlos Williams, *The Collected Poems of William Carlos Williams*, eds., A. Walton Litz and Christopher MacGowan, New York: New Directions, 1986, p.302.

年轻学生、中产阶级的失业者，虽可能不像无产阶级那样受到可感的压迫，但在威廉斯看来，他们无一不受到资本主义的塑形，但仅仅以此角度来看待他们，又是远远不够的。《寂寞的街》(*The Lonely Street*)：

> School is over. It is too hot
> to walk at ease. At ease
> in light frocks they walk the streets
> to while the time away.
> They have grown tall. They hold
> pink flames in their right hands.
> In white from head to foot,
> with sidelong, idle look—
> in yellow, floating stuff,
> black sash and stockings—
> touching their avid mouths
> with pink sugar on a stick—
> like a carnation each holds in her hand—
> they mount the lonely street.①

诗作的画面展开于午后的放学时分。天气酷热难当，一群女孩子三五成群地从"寂寞的街"上带着欢声笑语走过。这些无忧无虑的学生所受到的时尚的影响、商品的俘获显而易见，第九、第十诗行中的"黄色的、飘着的部分，/黑色的饰带以及长筒袜"(floating stuff, /black sash and stockings)都暗示着商品消费社会强大的牵引力量。但这群孩子就仅仅是商品社会的牺牲品吗？威廉斯不会这么简单化地来写作。而批评者们也不约而同地意识到，诗中浓浓的女性主义气息使女孩子们摆脱了被动性的身份。克莱·丹尼尔

---

① William Carlos Williams, *The Collected Poems of William Carlos Williams*, eds., A. Walton Litz and Christopher MacGowan, New York: New Directions, 1986, p.174.

(Clay Daniel)认为,这群女孩子虽然承载着来自公众的视野期待,但飘动的衣裙、舔舔棒棒糖等细节描写,又使得她们挑动起"无名的色情""反常的性欲"①,挑战着酷热天气之下躲在屋子看着她们的男性。女孩子们簇拥在一起的欢快行走,在具有主动的性意味的同时,也"建立了一种阶级斗争、性别对立之外的女性的团结"②。克莱的这一基于女性视角的分析不无道理,尤其值得强调的一点是,诗作中"女性的团结"不仅仅来自她们的欢快行走所透露出来的性感,最为基本的,这种团结来自她们对衣饰的共同喜好。也就是说,商品在此既是对人的经验、审美、意识的一种塑形,但在女孩子们的使用中也是一种团结的因素,其实际内涵在具有挑衅意味的女性气质的散发中被拓宽了。商品与人的关系,在此刻午后的街头,与"长筒袜"在《无产阶级的肖像》之于无产者女性,有着相似之处。西莉亚·艾琳·卡尔森(Celia Irene Carlson)对诗中女孩子们的性意味的论述更为极端。在她看来,这群放学回家的孩子们绝不止于大胆挑战男人们的眼光,她们的欢快、她们的衣饰、她们对街边房子中男性眼光的忽视,使得她们在两性关系中已经取得了完全的主动:"这里的客体主义在于,它意图要摆脱抒情性;也就是说,诗作要表达的是女性性欲的真正模样:有要求、有控制、有些令人惧怕。这样的客体主义使得诗作中的侵略性似乎属于女性,而非男性。"③诗作最后一句,"她们登上了寂寞的街"(they mount the lonely street),"暗示的几乎就是一场强暴"④。在西莉亚的解读中,两性关系在此已经完全反转。

在这"寂寞的街"上,女孩子们是商品、广告的一种产物,但友谊、青春、成熟又让她们获得了积极的主体性和丰富的存在意味。女性主义角度的分析充分揭示了这一点。但同样值得关注的,是诗作中男性叙述者的声音——尽管这一叙述者未必代表威廉斯本人。男性叙述者的声音与诗中女孩子们的间距,以及男性叙述者视角自身的复杂,给场景带来了更为立体的结构。首先,男性叙述者在诗作开始时很强调自己的存在,如第一、第二诗

① Clay Daniel, "Williams's The Lonely Street", *The Explicator* 75.4(2017), p.257.

② 同上,p.258。

③ Celia Irene Carlson, *The Innocent Mind of William Carlos Williams*, Dissertation submitted at University of California at Berkeley, 1995, p.103.

④ 同上,p.102。

行"放学时间。如此炎热而没法/走得轻松。轻松"(School is over. It is too hot/to walk at ease. At ease)当中连用两次的"轻松"，突出了男性叙述者对天气的感受，又如第五诗行"她们已经长高了"(They have grown tall)，突出了男性叙述者对女孩子们的仔细观看。但随着诗行的演进，男性叙述者的视角渐渐淡化、消失，女孩子们的行走替而代之，并改写了女性的被动地位。因此，诗作有意识地突出了看与被看的关系，在其中，看者不是经验与意义的控制者，而是被刷新者。其次，男性叙述者一开始的长者眼光——"她们已经长高了"——逐渐转变为观看女孩子们之女性存在的异性眼光，最后又加入了1920年前后经济危机时亲历社会萧条者的感受——午后时分赋闲在家很可能暗示着"我"的失业状态，这彰显了观看者自身视角的不稳定性或多元结构。因此，看者与被看者之间的张力，看者自身的不确定性，决定了女孩子们的身份、存在的多维性，也决定了这条"寂寞的街"是社区记忆、性欲冲动、商品社会、经济萧条交织一体的多维空间。

从对街头无产者女性、罢工者群像、天真的女学生的描写中，我们看到，由资本主义控制着、压迫着的城市，的确是威廉斯的忧虑所在。而他的诗歌拯救社会的落脚点最终并不在政治与阶级，而在于对待事物的立体方式。他确信，在"文明"或狭隘偏颇的政治理论中，人与事的立体性与多维性将被剥夺殆尽，一切都是被规定好了的，这其实是极其恐怖的事情："很少有人逃离总体——屠杀。这不是文明，而是愚蠢。"①拯救之途在于"知识之前的想象的整体性"②。

因此在威廉斯的诗中，不单是劳工、年轻学生的生命应该是具体的、多维的，不应被缩减为阶级化的存在，在街头闲逛的失业的中产阶级也不会被片面地作为讽刺对象而被呈现，不会被简单化地呈现为物化的存在——虽然他们是支撑资本主义的重要部分。《夏末之际》(Late for Summer Weather)：

He has on

---

①② William Carlos Williams, *The Collected Poems of William Carlos Williams*, eds., A. Walton Litz and Christopher MacGowan, New York: New Directions, 1986, p.225.

an old light grey Fedora

She a black beret

He a dirty sweater

She an old blue coat

that fits her tight

Grey flapping pants

Red skirt and

broken down black pumps

Fat Lost Ambling

nowhere through

the upper town they kick

their way through

heaps of

fallen maple leaves

still green—and

crisp as dollar bills

Nothing to do. Hot cha! [1]

这是漫步在纽约街头的一对爱侣,他们的失业状态和原先的中产阶级身份,
在前三个诗节的服饰描写中可以充分见出。费朵拉软帽、喇叭裤、无带浅帮
女鞋等时尚衣饰,显示着这对爱侣先前较为优越的生活,但诗行反复强调这

---

[1] William Carlos Williams, *The Collected Poems of William Carlos Williams*, eds.,
A. Walton Litz and Christopher MacGowan, New York: New Directions, 1986, p.384.

些衣饰之"旧",又显示出他们因失业而未能添置新衣,如今只能"无所事事"(Nothing to do),在纽约上城区的街道上踩踏成堆的落叶为乐。考虑到诗作出版时间——1935 年,这样的场景无疑表现着已经开始席卷美国的经济大萧条。在这样的时代背景下,亚历克·马什将作品定位在直接的社会批判上,认为诗中呈现了两种"经济":一种是资本主义的社会经济,一种是以枫树落叶为代表的自然经济。第一种经济向人们不断索取着金钱——"如欠费账单一般脆响"(crisp as dollar bills),而自然的经济则给予着人们鲜绿的颜色,给人们带来踩踏落叶的自然乐趣。他认为诗作在两种经济之间有着明确的选择:"在金钱经济之外,另一种更为原始的经济仍然在运转着。这两人以及生产着、洒落着枫叶的枫树,都是这后一种经济的一部分。"①这一解读,符合威廉斯对资本主义现实一贯抱有的批判之意,言之成理,但也部分牺牲了诗作的复杂意蕴。无疑,资本主义的商品经济确实是诗作批判的重点,时尚的衣裳、脆响的账单,都说明了诗中两人被资本主义现实紧紧缠绕的困境,特别是第二诗节中"她的泛旧蓝裳/紧紧贴合在身"(She an old blue coat/that fits her tight)既是其对其衣服的形容,也暗示着由商品主导的经验对女主角的控制。但是,诗作所渲染的他们衣着的各种颜色与满地枫叶的绿色,共同构成了这一瞬间多色的世界。诚然,按照亚历克·马什的思路,我们可以把不同的颜色划分为商品属性的颜色与自然的颜色,可是诗作也强调了两种颜色共同经历的改变的过程——衣着的颜色泛旧,而落叶的颜色也处于由绿转黄的过程。这些在时间中改变着的颜色,衬托出的是两人之间依旧温馨的爱意。也就是说,商品的颜色,作为城市化经验的代表,尽管与自然的颜色有一种对比关系,但它们并不是绝对地处于被批驳的位置,它们也承载着行走中的爱侣在时间中的爱情的沉淀。我们同意亚历克·马什的看法,商品经济将人锁定在工作、消费的循环中,是被批判的对象,但商品对于当下的这一对情侣而言,却并不意味着完全的否定性经验。作为前中产阶级,这一对情人既不完全是被物化的存在,也不是深刻反省现

---

① Alec Marsh, *Money and Modernity*: *Pound*, *Williams and The Spirit of Jefferson*, Tuscaloosa: The University of Alabama Press, 1998, p.128.

实的反资本主义者,更不是大彻大悟的自然主义者。这样一种拒绝言明的街头行走和人物状态,再次体现了威廉斯对资本主义批判与经验多维性的兼容并包。这可谓是诗人一生创作中的坚持:"我希望看到各种价值取向都得到绽放"①,"诗歌是某种不一样的东西。诗歌与想象的晶体化有关——作为对自然予以补充的、得到完善的新形式——散文可能致力于启发,但诗歌"②可不一样,"那儿没有费解,只有难度"③。因此,威廉斯的诗作常常给我们一种既亲近又陌生的感觉,他既邀请我们对资本主义的城市场景保持一种批判,又常常拒绝我们对场景作直接解释。或者说,威廉斯的城市场景描写,提供的是一种关怀而不是判断。有鉴于此,当看到其诗作《致一位贫穷的老妇人》(To a Poor Old Woman)只是描写老妇人咀嚼李子的动作时,我们也就不会对这种看似无聊的场景感到困惑了。威廉斯的诗作邀请读者去做的,就是"观看"本身:

munching a plum on

the street a paper bag

of them in her hand

They taste good to her

They taste good

to her. They taste

good to her

You can see it by

the way she gives herself

to the one half

sucked out in her hand

①②③ William Carlos Williams, *The Collected Poems of William Carlos Williams*, eds., A. Walton Litz and Christopher MacGowan, New York: New Directions, 1986, p.226.

Comforted

a solace of ripe plums

seeming to fill the air

They taste good to her①

三　谁与争锋：书写方式与文坛竞争

以上我们梳理了威廉斯以人物为中心的城市书写在左派关怀与经验多维性追求之间的结合。威廉斯对自己的这种写作方式有着十足的自信，他也以自己的写作方式来挑战 T.S. 艾略特与庞德这两位诗坛霸主。他承认形式、结构上的建构对于诗作的作用，但拒绝以自己的主观意图来给描写对象赋予象征性意义，实现理想中的批判。他所做的，不是把场景对象压缩或塑造为自己的声音，而是将经验作为具体的一刻释放出来。这一诗学路数在批评家奥提瑞关于"客体派"风格的一段话中得到了精准的概括："也就是说，客体主义不是纯粹关注客体：它引发的是对审美客体的这样一种建构，即欲望的情境自身实现了戏剧化并为其自身的后果承担责任。这种对明晰性的要求，给诗人施加了极大的限制。"②

除了以诗歌创作来挑战庞德与艾略特，威廉斯还在自传中对这两位诗坛领主发起猛烈攻击。特别是对于艾略特，威廉斯毫不遮掩自己的反感态度。而对于老朋友庞德，威廉斯也通过温和的方式表达了不同的诗学意见。二战结束之后，庞德因为战时所表达的政治立场被关押在伊丽莎白疗养院。威廉斯在自传中回忆了自己前去探望老友的情景。在久别重逢后的对话中，庞德对世界资本主义表达了失望，认为银行家、资本家、政治家劫持了整个世界，他对西方的某些政客与政治机构有一种不满情绪。威廉斯回忆说，自己当时在观点上并没有驳斥庞德，但从表达观点的方式上对庞德作出了

---

① William Carlos Williams, *The Collected Poems of William Carlos Williams*, eds., A. Walton Litz and Christopher MacGowan, New York: New Directions, 1986, p.383.

② Charles Altieri, "The Objectivist Tradition", *The Objectivist Nexus: Essays in Cultural Poetics*, eds., Rachel Blau DuPlessis and Peter Quartermain, Tuscaloosa: The University of Alabama Press, 1999, p.30.

反击。威廉斯说,"你所说的都很对,但埃兹拉,你忘了,尽管你的说明很有逻辑,但逻辑,仅仅逻辑本身,说服不了任何人。"①威廉斯非常得意于这一次与庞德的谈话,因为回顾多年的交往,这是生平第一次,庞德听了他的话之后没有反唇相讥。威廉斯骄傲地回忆,当时站在一旁的庞德夫人多萝西也指点着庞德,嘲笑他的无言以对。而就在这段回忆之前,威廉斯在自传中再次讲到了他的诗学观,即一个人的思想必须找到合适的时间、借由某种特定的结构、通过最小的细节表达出来,才具备价值。社会批判必须与经验的具体性、当下性相结合,这正是威廉斯认为自己区别于庞德与艾略特的所在。

当然,威廉斯在自传中流露出的得意扬扬远不能说明他和他的"客体派"伙伴们对诗坛权威发起的诗学挑战进行得十分顺利。事实上,以威廉斯为领军人物的"客体派"的诗学成功之路非常曲折,他们在诗坛受到的忽视也令他们自己倍感压力。但让我们把这一话题稍作搁置,在完成另两位"客体派"诗人的梳理后,再来考察他们的诗坛之路为何异常艰辛。

第二节 奥朋:存在主义左派诗人对城市的细节凝视

作为"客体派"代表诗人之一,乔治·奥朋与威廉斯、祖科夫斯基一样,对象征主义诗歌传统抱有一种不屑和反对。庞德与 T.S. 艾略特对意象的使用,在他看来,虽然在一定程度上超越了浪漫主义,但实际上仍然是以诗人心智为中心的主观写作,诗人主观对世界的意象建构超越了世界本身。这正是奥朋强烈反对的:"给任何一个事物赋予意义、找到一种类比,都是可能的,但是意象应该是被遇见的,而不是被找到的;它是对诗人感知、感知行为的一种描绘;它是对诚恳(sincertity)、确信(conviction)的测试,是对关于真切(truthfulness)的稀缺诗学效果的测试。"②他甚至使用异常夸张的嘲讽

---

① William Carlos Williams, *The Autobiography of William Carlos Williams*, New York: New Directions, 1951, pp.343—344.

② George Oppen, "The Mind's Own Place", *Selected Prose, Daybooks, and Papers*, ed., Stephen Cope, Berkeley, Los Angeles and London: University of California Press, 2007, pp.31—32.

来表达对上一代诗人的挑战："非常有可能，如今艾略特与学院派诗人都已被降格对待了，学院派可能正挣扎于他们的'中年危机'。他们不再是年轻诗人了，也不是老一代大师，也不是在狂欢的意义上出现在人咬狗事件中的新闻人物。"①但奥朋的这种诗学反叛立场，又融合了存在论哲学与左派知识分子的社会批判，这三方面在其诗歌中形成了一种奇特而有趣的组合。他以最低程度的主观介入捕捉城市场景的各种瞬间，让读者在凝视中反思资本主义文明所带来的生活异化之种种。

一 存在论面向与左倾立场的混合

在诗学反叛中，奥朋提出了诚恳、确信、真切以及确实（actualness）②等诗学关键词，要求诗歌对事物进行具体而微的观察、细节性的呈现，而不是把事物笼罩在象征、隐喻的浓云厚雾当中。这样做，是对存在本身的重视：

> 哲学，对真实（truth）的爱，对存在（existence）的爱③
> 真理跟随着是其所是的存在④

奥朋反对给事物作单一化的性质确定或本质化的意涵塑造，在他看来，这都是对事物的片面化对待。"我们把存在作为一种基本事实来说，或者：我们在说本质之前来说存在。"⑤将事物本质化或形而上学化，不仅是哲学上的也是诗学上的错误路径，因为事物的存在是根本不能被赋予的，它们变动不居，"存在于现实中，也倾向于消散在它周围的空气中……成为它周围空气的一部分"⑥。

我们不难在奥朋关于事物存在的这些意见中，感受到海德格尔存在哲

---

① George Oppen, "The Mind's Own Place", *Selected Prose*, *Daybooks*, *and Papers*, ed., Stephen Cope, Berkeley, Los Angeles and London: University of California Press, 2007, p.33.

② Dennis Young, "Selections from George Oppen's 'Daybook'", *Iowa Review* 18.3(1988), p.6.

③ 同上，p.15。

④ 同上，p.17。

⑤ 同上，p.4。

⑥ 同上，p.5。

学的影响。事实上,这种影响是奥朋公开予以承认的。在1965年出版的诗集《在这之中》(*This in Which*)里,奥朋就引用了海德格尔《形而上学导论》中的一句话作为诗集的题词:

  "……表象的险峻之路。"①

奥朋引用的这句话出自海德格尔《形而上学导论》第四部分"对在的限制"。在这一部分中,海德格尔提出存在之路包含三部分,即在之路、不在之路与表象之路,"真正有知的人不是盲目追随一个真理的那个人,而只是经常知道所有三条路"②的人。海德格尔反对以人的理解、判断来替代事物的存在,而强调形成中的、具体化的存在。"就像形成就是在之表象一样,正在现象的表象就是在之一次形成"③。奥朋在他的零散化的诗学表达中,曾不止一次表达过类似看法,即创作者主观的想法不能替代事物自身不断生发出来的具体存在。比如,"当某人遇到某样重要的事物时,没有固定的作诗法:真正重要之物带着它们自己的声音"④,"我的信念,我的经验,不是在我自身之内的,而是被带到我眼前的"⑤。他讽刺那种试图以主观控制客体事物存在的做法:"世界是一个人自己心智的爆炸,或者只不过是坐在桌边胡乱涂画的某个人的一瞬。但事实——极具讽刺性的事实是,世界不会终止。他们将不时地问自己,世界是什么? 因为它并没有到达终点。而我与此话题讨论保持着联系"⑥简言之,回到事物的具体呈现,回归细节、确实感,才是正确之路。

――――――――

① George Oppen, *New Collected Poems*, ed., Michael Davidson, New York: New Directions, 2002, p.92.

② 海德格尔:《形而上学导论》,熊伟、王庆节译,北京:商务印书馆2010年版,第114页。奥朋在诗集 This is in Which 中所引海德格尔的话"表象的险峻之路"(the arduous path to appearance),从时间上看,英译文应出自1959年翻译出版的 Martin Heidegger, *An Introduction to Metaphysics*, trans., Ralph Manheim, Yale University Press, 1959。但这句话在熊伟、王庆节译本中难以见出,在相关段落,熊伟王庆节译本作"表象之路,作为经常需要"(第114页)。

③ 同上,第115页。

④ Dennis Young, "Selections from George Oppen's 'Daybook'", *Iowa Review* 18.3(1988), p.12.

⑤ 同上,p.2.

⑥ 同上,p.5.

奥朋对于海德格尔的熟悉与认同，既有时代思潮的关系，也与其个人家庭交往相关。"与海德格尔的呼应在当时并不是基于短暂兴趣而出现的个案。整个 60 年代见证了对这位哲学家的持续的英语翻译，奥朋似乎对此有着浓厚的兴趣。"①而奥朋的夫人玛丽也曾在访谈中表示，自己家的女婿莫雷拉托斯(Mourelatos)给她和奥朋带去了海德格尔的各种新译本。在批评家彼得·尼科尔斯(Peter Nicholls)的考证中，莫雷拉托斯否认了玛丽·奥朋的这一说法②，但即便是玛丽·奥朋的记忆出现了误差，这也已经足以说明海德格尔的想法在当时所形成的哲学气氛。

奥朋究竟从何处开始了对海德格尔的关注与认同，这桩悬案其实没有必要去追究个水落石出。对是其所是的"客体"存在的直面，本就是他和其他客体派诗人在抵抗艾略特的诗学影响时所作出的诗学选择，这一选择与海德格尔哲学更多的是一种异曲同工的呼应，而非纯粹的师承关系。存在论面向只是奥朋诗学的组成部分之一。

最为重要的，奥朋对真实、确实、表象的关注，还在于他相较威廉斯更为激进一些的左派政治立场，在于他对资本主义文明的一种审视。他所强调的真实、确实、表象，意在聚焦于机器、财富、阶级差异对人的存在的限定与遮蔽，让人与事物被异化的种种瞬间与状态得到凝视与关注，进而提供警醒：这就是我们的存在吗？我们的存在被怎样遮蔽着、限定着？我们生活在怎样的幻觉、欺骗或压迫中？在这些反思中，奥朋对于贫弱阶层有着特别的同情，对于中上阶层的生活、象征着财富水平的机器有着深切的批判。奥朋的写作与其生活是高度统一的，他与妻子曾深度参与美国共产党的组织与活动。在 1934 年发表诗集《不连续系列》(*Discrete Series*)之后，直到 1958 年，奥朋都没有再写过诗歌，而是完全投身于各种社会工作。奥朋夫妇甚至一度被迫搬离到墨西哥，躲避美国国内可能发生的政治迫害。如今，了解奥朋这一段时期的经历，一个最好的途径就是查阅已经解禁了的美国联邦调查局(FBI)调查档案。③

---

① Peter Nicholls, *George Oppen and the Fate of Modernism*, New York: Oxford University Press, 2007, p.65.

② 同上，p.66。

③ 关于奥朋与共产主义组织的关系，可参阅 Eric Hoffman, "A Poetry of Action: George Oppen and Communism", *American Communist History* 6.1(2007)，pp.1—28。

所以,在下面关于奥朋城市书写的论述中,我们不会以存在论哲学来图解奥朋的作品,这样的做法既片面,也是对奥朋与海德格尔关系的夸大。从奥朋自身在诗学、哲学与社会关怀之间所作的贯穿融合出发,要比从海德格尔理论来解析其诗作更有意义。

二 机器与财富的"主体性"

奥朋带有存在论色彩的左翼视角对资本主义文明的批判,最核心的部分在于他对机器与财富的主体性所作的揭露。从第一本诗集《不连续系列》开始,奥朋笔下的城市首先就是机器的与财富的,它们出现在城市生活的各个角落与瞬间。奥朋并不直接对它们作主观批判,而是通过切实的、细节的呈现,让机器与财富的异化力量得以流露。考虑到奥朋对海德格尔的呼应,他正是要通过事物自身的表象自己去透视事物的存在。比如《不连续系列》组诗第一首对"电梯"的描绘:

> White. From the
> Under arm of T
>
> The red globe.
>
> Up
> Down. Round
> Shiny fixed
> Alternatives
>
> From the quiet
> Stone floor ...①

---

① George Oppen, *New Collected Poems*, ed., Michael Davidson, New York: New Directions, 2002, p.6.

诗作未对电梯作直接评述，而是聚焦于它的按键部位的细节组成。然而这一聚焦，却又带出了电梯在工具属性之外令人诧异的存在，这从诗作的中间部分可以看出。从红色按键开始，各个楼层的按键相继闪亮——电梯开始上下运转。有意思的是，诗作用语句上的切断模拟出了电梯上下运转的过程："上"（up）、"下"（down）以及按钮的交替闪烁（Alternatives），在诗作中被分割为不连贯的四行，暗示出电梯在楼层之间的穿梭。诗作不是以信息的形式告诉我们这是一个电梯，而是呈现在运作当中的作为表象的电梯。然而用语言模拟出的这个表象，究竟意味着什么呢？电梯的工具属性当然得到了强调，与此同时，因为在诗中自顾自地上下运转，电梯似乎已经摆脱了人，成为一个独立的存在，以至于有的批评家认为这一"1930年代的城市现代性"场景已经预示着我们"向后人类状况的演化"[1]。与电梯的运转相比，观看者或叙述者只是在被动地汇报眼前的场景而已。[2]于是在休梅克（Shoemaker）看来，诗中的"电梯"景象向我们揭示的是"一种主体/客体关系的混淆"[3]。如果我们不仅仅注意到语句上的切断所模拟出的电梯的自在的运动，也同时注意到"Down. Round"当中元音共鸣的效果，我们确实能够感觉到"电梯"运转中的欢腾的气氛。所以，即使我们觉得批评家关于"后人类状况"的论述可能有些夸张，人类主体也并未丧失审视的能力，但诗作对"电梯"的呈现的确显示出机器给城市经验带来的影响以及机器在主体性上的自我积累。很显然，诗人并不认同机器文明，但他还是站在一旁，让场景自己说话。在诗作末节，"电梯"的基底仍然是冰冷的石块，强有力的反问不言而喻：机器的美妙与强大是否能够战胜自然？是否只是人类给自己制造的一个幻梦？这样，在这首短短的呈现细节的小诗中，"电梯"聚集了机器的工具属性、它的力量、它的主

---

① Steve Shoemaker, "Discrete Series and the Posthuman City", *Thinking Poetics*: *Essays on George Oppen*, ed., Steve Shoemaker, Tuscaloosa: University of Alabama Press, 2009, p.63.

② Kathleen D'Angelo, "'The Sequence of Disclosure': The Truth Hidden in Things in George Oppen's 'Discrete Series'", *Paideuma*: *Modern and Contemporary Poetry and Poetics*, 40 (2013), p.177.

③ Steve Shoemaker, "Discrete Series and the Posthuman City", *Thinking Poetics*: *Essays on George Oppen*, p.71.

体性的形成以及它的荒谬。①

对机器的主体性的表现,《不连续系列》中关于机车司机的片断做得更为成功。在这一片断,机器的主体性不仅体现在它自己欢腾不息的运转中、它对人的摆脱中,更体现在它对人的牵引与支配中:

> Who comes is occupied
> Toward the chest(in the crowd moving
>   opposite
> Grasp of me)
>   in firm overalls
> The middle-aged man sliding
> Levers in the steam-shovel cab,——
> Lift(running cable) and swung, back
> Remotely respond to the gesture before last
> Of his arms fingers continually——
> Turned with the cab. But if i(how goes
>   It?)
>   The asphalt edge
> Loose on the plateau,
> ······②

诗作开头描写了人挤人的车站,拥挤当中大家不免前胸贴后背。当然,大部

---

① 有的学者认为,诗作所描写的上下交替闪烁的物,可以被理解为冒号,暗示着语言与所要描写之物的距离。这样来理解诗作,是因为这首诗因其模糊性拒绝了所有明确的解释,这体现着奥朋在语言与物关系之间的哲思。见 Jasmine Kitses,"'Round/Shiny Fixed/Alternatives':Tracing the Colon in Pound and Oppen", *Modern Philology* 113.2(2015),pp.289—291。笔者认为,这一理解虽有新意,也值得从存在论视角进行论证,但未免牺牲了诗作末节关于"石头"(stone)的描写。纵观《不连续系列》这本诗集,自然之物虽然已经摆脱了炫目的象征意义,但仍然被奥朋用作反思现代文明的视角。如果用"冒号"来理解闪烁之物,用"石头"来表示物的不可穿透,则既显得简单化,作为诗集开篇又显得过于幼稚。

② George Oppen, *New Collected Poems*, ed., Michael Davidson, New York:New Directions,2002, p.14.

分人是要上火车的乘客。然而火车如何带着大家前进？诗作的主体部分细致呈现了驾驶室里的场景：驾驶员抬起操纵杆、来回摆动、推回原位，整个身体也随着手臂的操作、车辆的转弯而协调一致地运动着。诗作不但以"回应"（respond to）、"随着转动"（turned with）等词汇强调身体、动作与机器的同一与协调，更以慢镜头的方式勾勒出身体—动作—手臂—指尖—机器彼此之间的环环相扣（Remotely respond to the gesture before last/Of his arms fingers continually）。这种慢镜头的细节呈现，既制造了一种滑稽感，也切实地、清晰地道出了机器对人的引领。更重要的，慢镜头呈现的人与机器的关系被放在了破折号中，破折号之外的身体动作并不能如此细腻地呈现人与机器紧密的配合。诗作是将驾驶员的操作置放于正常时间与慢镜头时间的双重画面，让我们看到时间之流中容易隐而不见的机器对人的支配。

如果说粗笨的"机车"使得无产阶级的驾驶员不得不使尽气力与之周旋，那么精致豪华的小汽车呢？和对"电梯""机车"的处理一样，奥朋并没有直接否定街头作为交通工具的小汽车，但也没有中止关于机器与人的关系的思考。此时，机器与财富的结盟使得人的存在更加晦暗不明了：

Closed car-closed in glass—

At the curb，

Unapplied and empty：

A thing among others

Over which clouds pass and the

                    alteration of lighting，

An overstatement

Hardly an exterior.

Moving in traffic

This thing is less strange—

Tho the face，still within it，

Between glasses-place, over which

time passes-a false light[①]

停在街边无人乘坐的小汽车,在诗人看来只是一个物(A thing),但它奇特的外表意味着其所代表的财富,于是又成为一个"夸张的表达"(An over-statement/Hardly an exterior)。只有在行进中,诗人才感到这个物因为部分回归到其交通工具的属性,而"少了点奇怪模样"(This thing is less strange)。尽管如此,在玻璃窗隔绝的车内空间中,车中之人的面目仍然晦暗不明。有学者认为,这里奥朋所写的车中人具有一种消极的属性,认为"他向外张望着他在其中穿行的世界,但是在玻璃窗的阻挡中与这个世界隔离开来,在汽车力量面前显示出一种奇怪的被动"[②]。我们不能完全同意这样的一种理解,因为诗作并没有像"机车"片断那样描写司机对车的跟随,此外,这一精致车辆的驾驶者毕竟会拥有更多的主观优越感。但此处呈现的驾驶者的状态,无论是主动多一些还是被动多一些,都无关紧要,关键是驾驶者的面目已经进入机器与财富造就的特殊时空中(place, over which/time passes)。对于奥朋来说,这不仅意味着人对机器与财富的占有,同时也意味着机器与财富对人的覆盖。正如诗作最后一行那"一道虚假的光"(a false light)既可能来自车内,也可能来自车外,车中人也是透过机器与财富看待世界,世界也是从机器与财富来看待他,彼此之间永远都有一道隔膜。

从以上三例——运行的电梯、开车的司机、坐在豪车中的人——我们明了奥朋笔下关于机器的客观化场景,不仅是表现机器作为工具的存在,更是表现它们存在的其他向度:摆脱人、牵引人、塑造人的力量。机器的这些存在意味,都在它们自己的各种具体的、平实的、现实化的细节演绎中得以呈现。对于奥朋来说,这比创作者经过加工构造、组合编配,最终建立起来的意象要真实、有力得多。"意象就是确信的瞬间。它不可被更改,也不会在

---

① George Oppen, *New Collected Poems*, ed., Michael Davidson, New York: New Directions, 2002, p.13.

② Kathleen D'Angelo, "'The Sequence of Disclosure': The Truth Hidden in Things in George Oppen's 'Discrete Series'", *Paideuma: Modern and Contemporary Poetry and Poetics*, 40 (2013), p.181.

不被察觉的情况下被篡改"①。诗歌意象必须以切实的经验而不是主观的构想为基础,"我想到的是确然,而不是什么'现实主义'的粗糙,不是那种男性化的粗犷:我说的是意识——也即,我说的是经验"②。

财富,当然也是现代文明的中心标志之一,是城市运作的原动力之一。在他对机器的批判中,奥朋并不是简单地写城市生活中充满了令人厌恶的机器,而是写机器如何潜移默化地改写着与人的关系。与此相似,奥朋的诗作也不是泛泛地写人们大张旗鼓地追逐财富,而是写财富如何悄然地控制着城市中的人——比如街头以昂然俊俏之姿飘然走过的中产阶级女性:

> 'O city ladies'
>
> Your coats wrapped,
>
> Your hips a possession
>
> Your shoes arched
>
> Your walk is sharp
>
> Your breasts
>
> > Pertain to lingerie
>
> The fields are road-sides,
>
> Rooms outlast you.③

乍看上去,这个片段比较类似于艾略特《J.阿尔弗雷德·普鲁弗洛克的情歌》中关于中产阶级女性生活的描写,从女性主义角度而言,我们甚至会质疑,为什么奥朋像艾略特那样,要把关于物质生活的描写置放在女性角色

---

①② George Oppen, "Statement on Poetics", *Selected Prose*, *Daybooks*, *and Papers*, ed., Stephen Cope, Berkeley, Los Angeles and London: University of California Press, 2007, p.49.

③ George Oppen, *New Collected Poems*, ed., Michael Davidson, New York: New Directions, 2002, p.29.

上。考虑到奥朋给朋友们留下的性格印象,从这一角度对奥朋加以批评是有一定依据的。美国当代女诗人凯瑟琳·弗雷泽(Kathleen Fraser)在对自己与奥朋交往的回忆中就曾说,"乔治在根本上带着固执的男性眼光,他有时很容易就对烦扰我以及我的女同事们的问题产生误解并表达不屑。"①凯瑟琳这样评价奥朋时,并不带有恶意,但我们也可以从中见出奥朋比较传统的性别立场。不过,理解《不连续系列》中的这个片断,从女性主义入手就未免不是把奥朋简单化了。因为不同于《J. 阿尔弗雷德·普鲁弗洛克的情歌》,奥朋这首诗的重点不是将女性塑造为物质性的力量,而意在描摹商品对女性的裹挟。从表面上看,这首诗不乏对街头时髦女性的讥讽,她们手提新衣、穿着时尚、步态俏丽,但奥朋呈现这一场景时所用的极简化句式,突出的却是人的被动性。在"你的衣服打包好了"(Your coats wrapped)、"你的鞋有着弧度"(Your shoes arched)、"你的步伐锐利"(Your walk is sharp)——既指步伐本身的迅疾,也指高跟鞋的尖锐——等等短促的陈述句中,被动式与形容词形成了排比的气势,凸显出女士所拥有的商品的"既成"状态,同时商品的"既成"状态又被直接转换为主人公被给定的行走的风姿。商品对人的塑形可见一斑。在这样的商品与人的关系中,女性的身体并没有逃脱的可能,所以"你的臀部是一份资产"(Your hips a possession)——被商品、资本主义俘获的臀部,而"你的乳房/紧贴内衣"(Your breasts/Pertain to lingerie)——人与商品已经合为一体。

街头女性行走的这一幕,不仅仅是对静态商品的批判,其中当然也包含着对有充分消费力的中产阶级生活方式的批判。与此相关的另外一例是《不连续系列》中关于剧院的一幕:

Semaphoring chorus

The width of the stage, The usher from it:

Seats' curving rows two sides by distant

① Kathleen Fraser, "This is in Which I Remember George Oppen", *The Oppens Remembered: Poetry, Politics, and Friendship*, ed., Rachel Blau DuPlessis, Albuquerque: University of New Mexico Press, 2015, p.92.

> Phosphor. And those 'filled';
>
> Man and wife, removing gloves
>
> Or overcoat. Still faces already lunar.[①]

在这近乎无事的场景呈现中,我们看到的不过是半圆形的剧场设置与宾客满座的场面。观众在诗作中几乎毫无具体面目,他们只是充塞于剧场中的男人、女人(And those 'filled'; /Man and wife)。唯一使他们具体可感的是这些观众的动作,即脱下手套与外衣。诗作在"手套"与"外衣"之间作了跨行隔断,拉长了对这些动作的聚焦,力图显示出这些规范性、仪式化动作当中的煞有介事。诗人的讽刺在最后到达高峰,但仍然是通过景象自身:"波澜不惊的一张张脸庞上已经闪出了光亮"(Still faces already lunar)。这其中只可意会的讽刺在于,音乐或演出尚未开始,单单整理衣裳入座已经使这些观众进入了得意状态。诗作意图揭示,这些中产阶级观众真正享受的是观赏演出这种生活方式,而非演出本身。同时,这种一般而言属于中产阶级的生活方式,就和一般商品一样对人具有一种主动性、控制性。诗作中观众模糊的面目、在举止与反应上的统一,体现出机械与被动的存在状态。奥朋能有如此写作,足见其站在平民立场上的勇敢的冷眼旁观,因为这一场面虽然是能够让人理解也能够引起会心一笑的现实,但它所暗示的消费主义制造的快感很难被确证,也会被欣赏艺术这一超级借口轻易否认。

财富的主体性对于奥朋来说,不仅牵引着人的日常生活,而且也极大地影响着艺术的创造。比如,城市中的摩天大楼就可以以其突出的存在不断强化物质与财富在包括艺术家在内的所有人心目中的位置。《奥兹曼迪亚斯》(*Ozymandias*):

> The five

---

① George Oppen, *New Collected Poems*, ed., Michael Davidson, New York: New Directions, 2002, p.17.

Senses gone

To the one sense,
The sense of prominence

Produce an art
De luxe

And down town
The absurd stone trimming of the building tops

Rectangular in dawn, the shopper's
Thin morning monument.①

诗作描写的应是从墨西哥回到美国的奥朋所见证到的 20 世纪五六十年代纽约的艺术界状况。在诗人看来,具体的感官作用从艺术创作中被剥离了,只留下"杰出感"(The sense of prominence)支配着一切。这一批判完全应和于本节开始部分我们所论及的奥朋对经验与具体性的强调,他所反对的是抽象、宏大、模糊。因此"杰出感"虽无可厚非,但剥离了具体经验基础的"杰出感"则是空洞的,更何况在诗人看来,造成艺术与具象化世界脱节的起因之一,正是财富:"创作一个艺术品/奢侈品"(Produce an art/*De luxe*)。只有与众不同才能成为奢侈品,财富的牵引让艺术品寻求一种独特、惊奇。这一批评用意在诗作后半段关于街头摩天大楼的描写中得以强化。高大的楼宇所形成的一行行天际线,在诗人看来是荒谬的,但正是这些高楼大厦成为了商品世界最大的膜拜对象,它们是成功与财富的"纪念碑"(monument)。在围绕这样的"纪念碑"的顶礼膜拜中,艺术也日渐空洞。

---

① George Oppen, *New Collected Poems*, ed., Michael Davidson, New York: New Directions, 2002, p.59.

　　奥朋在诗集《物质》（*The Materials*）中的这首诗作与英国浪漫主义诗人雪莱的一首十四行诗同题。雪莱在十四行诗中提到有旅行者发现了埃及法老奥兹曼迪亚斯的破碎的塑像，塑像的面部表情栩栩如生，塑像基座上也题有"我是奥兹曼迪亚斯，王中之王"，但一切尽归于黄沙。雪莱此诗似乎是借法老塑像的残缺，对权力与傲慢作出嘲弄与批评。批评者杰弗里（Jeffrey C. Robinson）在将奥朋与雪莱的同题诗作比较时，曾提出奥朋作品中大多数诗行都极为短促，不断制造出"新的开端的感觉"[①]，相对于雪莱十四行诗的敦厚严密，这其实是在形式上对十四行诗这一"纪念碑"性的诗歌形式作出的背离。[②]就形式上的反叛传统而言，杰弗里的这一观察极有启发意义。然而我们从此诗句式的短促、直接、漠然中也能看到一种不断加强的语言的"冷"感与抽象——特别是前三诗节——那么，也许奥朋所要表现的不完全是语言的自由感，而是被20世纪的"王中之王"——物与财富——剥夺了具体性与生命力的语言。诗作后半部分让摩天大楼的平直、抽象的线条（stone trimming of the building tops）映入我们的眼帘，以突出其物化的力量，而诗作前半部分所突出的语言的抽象与冷感，正是让我们看到艺术的介质被同步物化的现状。

　　在对财富的批判中，我们明显可以看见奥朋对中产阶级生活的讽刺，这当然与他在实际生活中对共产主义政治运动的同情和支持密不可分。由此不难想象，奥朋的诗作也会直接对生活困顿的平民阶层寄寓深切的同情。收录于1965年的诗集《在这之中》（*This in Which*）的《街》（*Street*）即为一例。诗作的深意在于，财富不但使社会阶层生活的差异扩大，而且还赋予了财富拥有者居高临下作出道德评判的优势：

　　　　Ah these are the poor,

　　　　These are the poor—

---

　　① Jeffrey C. Robinson, "The Influence of Shelley on Twentieth-and Twenty-First-Century Avant-Garde Poetry: A Survey", *Active Romanticism: The Radical Impulse in Nineteenth-Century and Contemporary Poetic Practice*, eds., Julie Carr and Jeffrey C. Robinson, Tuscaloosa: The University of Alabama Press, 2015, p.183.

　　② 同上，p.184。

Bergen street.

Humiliation,
Hardship ...

Nor are they very good to each other；
It is not that. I want

An end of Poverty
As much as anyone

For the sake of intelligence,
'The conquest of existence'—

It has been said, and is true—

And this is real pain,
Moreover. It is terrible to see the children,

The righteous little girls；
So good, they expect to be so good ...①

这是纽约的伯根街（Bergen street），放眼望去，一派贫穷的诗意：贫穷的人以及恶劣的人际关系。然而解决的良方是什么呢？只有发挥智力，只有这样才能征服存在（For the sake of intelligence, /'The conquest of existence'）。智力、聪明程度被认作生活水准的决定因素，这样一种看法抹去了

---

① George Oppen, *New Collected Poems*, ed., Michael Davidson, New York：New Directions, 2002, p.127.

所有社会资源、机会分配的不公，因此绝不是一个合理的答案。诗人很明了这一答案中包含的不公，所以用"据说如此"(It has been said)来表明这一答案来自持有特定眼光的人群。不难推测，这种居高临下评判"穷人"智力的眼光，应该来自已经处于有利地位的中上层阶级。而他们的评判成为社会的公认标准，"据说如此"之后的"确实如此"(It has been said，and is true)正说明了这一点。诗人显然对于这种优势性的评判眼光不予认同，他没有忘记暗示，对"穷人"的评判不应只有一个标准，不应被特定阶层或阶级所垄断。诗作最后一节通过连用"正直的"(righteous)、"好"(good)这样的形容词拉开了不同评判标准之间的差距。因为相对于此前诗节，末尾诗节对伯根街的孩子们毫不吝啬的褒扬之意显得较为突然，因此它很可能是表现叙述者摆脱了基于财富的社会判断，在小女孩的单纯与天真中感受到了一种真正的美好。但外部评论(So good)与女孩们自己的心理(they expect to be so good)之间的并列，仍旧模糊着评判的标准并指涉着孩子们的被动与无助。街上的人、寥寥几句似乎并不起眼的强势话语、诗人自己在夹缝中的不同意，以不动声色的方式组合在了一起，却形成了对社会的极大讽刺、对现实的不留情面的揭露。如果将奥朋这些具体化的、现实场景的、摒弃了象征建构的财富批判，与艾略特《荒原》第四部分"水里的死亡"——商人弗莱巴斯在水中的漂浮与死亡——相对比，象征主义、意象主义与客体派之间的差别应该是一目了然的。

三　去除对象化思维的城市批判

以上我们看到通过城市当中各种与机器、财富相关的场景，奥朋反思着工业文明对人的控制与异化，反思着资本主义对人的规训与分化，这些反思与批判始终延续在奥朋的诗作当中。到了其1968年出版的著名诗集《数不胜数》(Of Being Numerous)中，这些反思与批判进入一个更为精纯成熟的阶段。诗作不再将矛头指向特定的观察对象，而是能够更为自觉地把自我也放入反思的范围中，把自我与他人、自我与社会作为一个相互嵌合的统一体来加以审视。资本主义、工业文明控制着的城市仍然是值得批判的，但"我"的有限性、"我"的身在其中、"我"的责任、"我"的表达的无力得到了更为综合的揭示。虽然,诗集不再用题词向海德格尔致敬,但诗集所着力于呈现的"人在世界中"的状态与海德格尔的思想依然可以激起共鸣。

所以在《数不胜数》中,关于城市地铁的描写,不同于庞德的《在地铁站》或艾略特的《四个四重奏》中的地铁描写,诗人的自我已经不再处于一个超然的视角:

—They await

War, and the news
Is war

As always

That the juices may flow in them
Tho the juices lie.

……

Among these riders
Of the subway,

They know
By now as I know

Failure and the guilt
Of failure.
……①

---

① George Oppen, *New Collected Poems*, ed., Michael Davidson, New York: New Directions, 2002, p.174.

这个片段与《数不胜数》中的许多片段一样，带有当时的越战背景。奥朋在诗中对战争的批评可谓一目了然：人们等待着关于战争的消息，而消息中掺杂着甜蜜的"果汁"，尽管人们知道这"果汁"其实包含着谎言，人们在内心也有一种挫败的感觉以及愧疚感。但是，在地铁中漠然于战争的进行似乎是每个人的选择。重要的是，诗人并未将自己塑造为道德审判者、敏锐的社会观察者，相反，"我"与地铁中的其他人一样，既有警醒也有沉沦："他们知道/就在此刻，就如我知道一样"(They know/By now as I know)。在诗集的另一片段中，"我"与其他人并无差异，既是因为"我们"不是真相的掌握者，而总是处于被告知的状态，也是由于"我们"彼此依赖、共同选择了自我麻痹："我们彼此挤压着，挤压在彼此身上，/我们被同时告知/任何一件发生的事情"(We are pressed, pressed on each other, /We will be told at once/Of anything that happens)①，当"我们"被告知所进行的越战就如同去营救流落在异乡的鲁滨逊时，"我们就这样选择相信了"(So we have chosen)②。当然，对"我们"进行催眠的不只是政治家的谎言，更是现代文明诸方面的综合作用：

> The vocabularies of the forties
>
> Gave way to the JetStream
>
> And the media, the Mustang
>
> And the deals③

40年代的话语已经退潮，如今包裹着"我们"的是更先进的喷气式飞机、更加令人眼花缭乱的大众媒体、福特公司的马思堂跑车以及二战之后日趋活跃的各种市场交易。在思辨性更显浓厚的《数不胜数》中，上引片段依然保

---

① George Oppen, *New Collected Poems*, ed., Michael Davidson, New York: New Directions, 2002, p.165.

② 同上，p.166.

③ 同上，pp.175—176.

留了奥朋早期诗作所强调的客体自身的存在,以令人目眩的城市物象自身来揭示"文明"对人的征服。在这么丰硕、繁荣的"文明"面前,包括诗人在内的每一个人都失去了明确的立场与言说的力量,虽然仍旧能够含糊其辞地发出嘟囔声:

> He wants to say
>
> His life is real,
>
> No one can say why
>
> It is not easy to speak
>
> A ferocious mumbling, in public
>
> Of rootless speech①

可见,奥朋在诗集《数不胜数》中超越了早期作品中那种对机器与财富的外在视角的批判,转而更为立体地从人与人、人与社会、自我与他者的关系的角度,来思考时代困境与问题的复杂构成,这其中也开始涉及大众媒体对社会心理的影响作用。现代文明的症结不再那么直接而明晰,使个体处于无法抗议状态的是多种因素的组合、并列与交叉,而个体的状态本身也是一个复杂的构成——既有所抗议,又自甘沉沦。就此而言,奥朋的诗作印证了他自己所说的:"我的确是个左派支持者,但我懂得的更多。"②最重要的,奥朋总是尽量把他所懂得的,交给具体、切实的事物表象及场景来加以传达。对于他而言,承载着批判力量的意象永远不应是宏大且模糊的,它们必须是当下的、可感的。

---

① George Oppen, *New Collected Poems*, ed., Michael Davidson, New York: New Directions, 2002, p.173.

② Dennis Young, "Selections from George Oppen's 'Daybook'", *Iowa Review* 18.3(1988), p.4.

第三节　祖科夫斯基:马克思主义者的拼贴式城市批判

　　祖科夫斯基是"客体派"最重要的成员之一,正是他在 1931 年为《诗歌》(Poetry)杂志编辑了"客体派"专号,为当时志同道合的威廉斯、雷兹尼科夫、奥朋以及他自己取得了一个统一的名称。此后,这一诗歌团体虽然依旧松散,但历经数十年,最终以一个整体在美国当代诗歌史上获得了自己的位置。祖科夫斯基在 1931 年"客体派"专号上发表的《诚恳与客体化》(Sincerity and Objectification)一文,以及他在不同时期撰写的其他评论性文章,都成为理解"客体派"运动的重要文献。虽然他真正引起广泛关注较晚,直到 20 世纪 60 年代仍旧是一个"被遗忘"的诗人,但在同时代的美国诗人圈内,对他的关注与借鉴早已是普遍现象。①

　　尽管客体派诗人无一不对现实保持高度关注,但相对于威廉斯、奥朋而言,祖科夫斯基对现实的批判更为直接。从具体作品来看,祖科夫斯基比本章第二节论述的奥朋要更为左倾,他更加热切地拥抱了马克思主义——拥抱中也有拓展与突破。阶级、剥削、劳动力、经济基础等马克思主义的关键词在他的诗作中时常可见:

> Hidden, open fight—to date that is history:
> Exploiting and exploited.②

> Thought as axes of bodies, labor sold piecemeal,
> Masses of laborers, crowded, factories, slaves
> Of class, ...③

　　①　Mark Scroggins, *Intricate Thicket: Reading Late Modernist Poetries*, Tuscaloosa: University of Alabama Press, 1995, pp.31—33.

　　②　Louis Zukofsky, "A", Berkeley, Los Angles and London: University of California Press, 1978, p.49.

　　③　同上,pp.50—51。

Thanks for such Marxism

Which immediately attributes all society

To its economic basis.①

　　更加激进的祖科夫斯基不仅展现城市中异化之种种,同时也更为尖锐地展示了资本主义对生活实施的各种控制。特别是,就资本主义社会对历史感的消除、对时间的规训,祖科夫斯基进行了多角度的审视。在此过程中,他同样看重物象、场景的客观性和具体性,但相较于威廉斯与奥朋,祖科夫斯基更多、更彻底地将物象、场景融汇在了拼贴并置的手法中。在单一场景的呈现上,祖科夫斯基也许不及威廉斯与奥朋那么细致,但是他的场景拼贴对于揭示资本主义在城市生活中的运作与顽固同样有力。

　　在本节,我们将结合祖科夫斯基的鸿篇巨著《A》中的城市书写,对其在场景拼贴与马克思主义之间的贯穿加以说明。当然,这两者的贯穿在其早期的自我阐述中早就打下了根基。诗学手段的革新与其社会关怀,对祖科夫斯基而言从一开始就是合而论之的。

一　"客体派"的提出:诗学与社会的双重用意

　　作为"客体派"的宣言,1931 年的《诚恳与客体化》一文提出了"诚恳"(sincerity)与"客体化"(objectification)这两个关键词。而祖科夫斯基是这样来解释"诚恳"的:"写作的发生,就是细节性的看,不是海市蜃楼般的看,这种细节属于与事物的存在同步的思,并被编排进具有旋律的诗行中。形状显示着它们自身,心智与感官接受着意识的到来。"②在这一段关于"诚恳"的表述中,祖科夫斯基一直在寻求一种平衡,既要通过细节强调事物自身的存在,又要通过"思"彰显诗人的在场;既强调诗人的编排,又强调事物自身的显示。祖科夫斯基的这种左右平衡式的论述在他对"客体化"这个关

---

① Louis Zukofsky, "A", Berkeley, Los Angles and London: University of California Press, 1978, p.91.

② Louis Zukofsky, "Sincerity and Objectification: With Special Reference to the Work of Charles Reznikoff", *Prepositions* +, ed., Mark Scroggins, Hanover: University Press of New England, 2000, p.194.

键词的解释中再次出现。在他看来，"客体化"是指诗歌以其特定形式将物象呈现出来，然后"就这样来对心智产生影响"（affects the mind as such）①，可是物象虽然重要，但又是被容纳进了"一个被理解了的单位"（one apprehended unit）②。

祖科夫斯基在这篇文章中所阐述的客体与主观之间的关系，虽意在平衡，但的确有些含糊不清。双方如何平衡、具体怎么兼容，并未被解释清楚。或许正因为这一点，有的批评家甚至认为，祖科夫斯基仍然处于象征主义的艺术观念中。③但祖科夫斯基1930年的文章《一个客体》（An Objective）可以帮助我们消除类似的误解。应该说，祖科夫斯基并不像象征主义那样主张诗人为事物赋予特定的价值、内涵、寓意，他所做的是鼓励诗人尽可能多地观看到事物的不同面向，进而形成或推进对事物的完整认识："一个客体：（光学）镜头将客体散发出来的光线集中到一点。那就是目标所在。（拓展应用到诗歌）——渴望获得客观化的完美，别无选择地要进入历史以及具体的当下。"④对祖科夫斯基而言，诗歌就是一个镜头，它不是直接赋予事物以意义，而是随着事物进入镜头的过程而形成事物的影像，但这个镜头又应该是一个广角的、持续运作的镜头，它不仅摄录到单个事物，也能够摄录到存在于历史与当下的"事件之链"⑤，进而接近事物的"真相"。

所以，祖科夫斯基对物象、场景之独立性的尊重是毋庸置疑的，但他又绝未放弃诗人对物象、场景进行认识的职责以及可以起到的作用。从此反观《诚恳与客体化》一文，我们也就可以更好地理解祖科夫斯基说的"与事物的存在同步的思"：思不是用来驾驭事物的，而是从事物中来。但事物对祖

①②　Louis Zukofsky, "Sincerity and Objectification: With Special Reference to the Work of Charles Reznikoff", *Prepositions* +, ed., Mark Scroggins, Hanover: University Press of New England, 2000, p.194.

③　Eric Homberger, "Communists and Objectivists", *The Objectivist Nexus: Essays in Cultural Poetics*, eds., Rachel Blau DuPlessis and Peter Quartermain, Tuscaloosa: The University of Alabama Press, 1999, p.122.

④⑤　Louis Zukofsky, "An Objective", *Prepositions* +, ed., Mark Scroggins, Hanover: University Press of New England, 2000, p.12.

科夫斯基来说不是抽象的,它们不能被隔绝于社会现实而被理解,他的"镜头"要求拉开视野,从"历史以及具体的当下"的广阔画面中提取事物的存在。手段上的场景拼贴,以及主旨上的社会关心,对于祖科夫斯基来说是一体性的诗学追求。

如果只看到祖科夫斯基对客体场景的强调,而忽视他结合"历史与具体的当下"的社会关心,无疑会对其诗学实践产生误会。有意思的是,祖科夫斯基的好友、美国著名诗人威廉·卡洛斯·威廉斯就曾怀疑祖科夫斯基究竟是不是客体派。1928 年,经由庞德推荐,威廉斯热情地欢迎祖科夫斯基成为新朋友。在邀请祖科夫斯基到家中做客的信中,威廉斯就提及了"自然的友好的刺激"①在创作中的重要性,以表示对宏大、刻意的象征主义的反对。对主观介入的淡化,一直是威廉斯所看重的。但当看到祖科夫斯基诗作中马克思主义的社会批判后,威廉斯不由得大失所望,在 1938 年 11 月给友人的一封信中,威廉斯这样抱怨道:"我很欣赏路易斯,但他的作品要么就是客体派方法的终结、毁坏,要么就是客体派方法最后的自我展示。他正在为马克思主义建立一种文学表达。他正在做的,是把语句、短评、表达的碎片塞入诗行⋯⋯非常难以把握,而且以我这种类型的思维也很难跟得上。"②我们难以断然来评判威廉斯的阅读感受,但至少我们已经明了,对于祖科夫斯基来说,真正的客体派就是要在不同的客体场景——具有历史与当下背景的——的并置中,形成对客体的"完美"认识,尽管这种"完美"认识常常是令人感到沉重的。重要的是,祖科夫斯基不是抽象地在诗中宣传他的社会理念,他的马克思主义文学表达完全是以客体场景的排列组合为基础的,正如 1968 年他在接受访谈时所说的,"我想说,写作这事就是尽你所能地去多看,尽你所能地去多听,如果你要思考的话,那么就不要含糊地思考,你把事物放在一起,那么就一定要简约。"③

---

① William Carlos Williams, *The Selected Letters of William Carlos Williams*, ed., John C. Thirlwall, New York: New Directions, 1984, p.93.

② 同上,p.175.

③ L.S. Dembo and Louis Zukofsky, "Louis Zukofsky", *Contemporary Literature* 10.2 (1969), p.209.

二 场景万花筒与历史感的消除

明确了祖科夫斯基高度社会化的客体派立场，我们就不会诧异于遍布在其诗中的社会批判。他自 1928 年至 1974 年间完成的巨著《A》接连不断地对资本主义的运转发起攻击。在日常场景、广告宣传、人物言谈、街头罢工、个人信件、历史趣事、主观点评的万花筒般的拼贴组合中，祖科夫斯基对马克思主义予以了相当程度的认同，但马克思主义自身的某些方面，也在场景拼贴中得到了拓展和突破。拼贴手法在祖科夫斯基那里，"抵抗着单一的社会政治视角可能对诗歌施加的控制"[①]。

在祖科夫斯基的诗作中，城市是资本主义的运转最为严密之处。而在对城市场景的诸多征用中，历史感、时间感的消除则是其关心的重点。我们可以看到，历史感在生活的各个轨道上有着不同形式的取消，阻断着对于历史进程的反思，这当中既有资本主义秩序对自己巧妙与血腥的维护，也包含着人们对资本主义秩序或主动或被动的接受。商品，在祖科夫斯基的笔下，是承担消除历史感的重要角色之一，它们以一种超时间的、中性的、无辜的被消费之物的形式存在，形成了对资本主义之不公的绝佳掩盖。让我们首先来看《A-1》当中弥漫着"骆驼牌"香烟烟雾的纽约卡耐基剧院：

The usher faded thru "Camel" smoke；

The next person seen thru it，

Greasy, solicitous, eyes smiling minutes after，

A tramp's face，

Lips looking out of a beard[②]

---

① Michael Heller, "Objectivists in the Thirties: Utopocalyptic Moments", *The Objectivist Nexus: Essays in Cultural Poetics*, eds., Rachel Blau DuPlessis and Peter Quartermain, Tuscaloosa: The University of Alabama Press, 1999, p.149.

② Louis Zukofsky, "*A*", Berkeley, Los Angles and London: University of California Press, 1978, p.2.

诗行中的用词——油腔滑调(Greasy)、满心期待(solicitous)、荡妇(tramp)——可以明显见出诗人对剧院中有产阶级的不满与鄙视,而这一刻他们所有人都淹没在骆驼牌香烟缭绕的烟雾中。诗人浓墨重彩地关注的骆驼牌香烟,在此是一种流行的选择,代表着一种喜好,一种趣味,相对于诗作对油腔滑调的中产阶级的厌恶,它仍旧是一种中性的存在——尽管剧院中人群的惬意状态使我们可以感受到有产阶级与商品的一种共在或者同谋关系。骆驼牌香烟中性的、无辜的存在真正得到审视,是在剧院场景与关于罢工的对话的并置中实现的:

> And on one side street near an elevated,
>
> Lamenting,
>
> Foreheads wrinkled with injunctions:
>
> "The Pennsylvania miners were again on the lockout,
>
> We must send relief to the wives and children—
>
> What's your next editorial about, Carat,
>
> We need propaganda, the thing's
>
> becoming a mass movement."①

为了应对矿工又一次的罢工,资本家准备给工人的家庭提供一些安抚。更重要的,这位资本家在给报社的朋友面授机宜,要求对方在报刊的社评中对罢工事件作出符合自己需要的描述(We need propaganda),以削弱这场"群众运动"(mass movement)的影响。从这一场景反观弥漫着骆驼牌香烟烟雾的剧院,对比的意义油然而出:有产者优越、惬意的生活,对商品的享用,并不是凭空而来的,工人运动的兴起与资本家的阴谋构成了剧院外的另一个世界。"那些享受着音乐之美好的人能够这样做,正是因为街头有那么多失业的乞丐"②。在这样一种拼贴中,超然的剧院一景被放置回具体的历史

---

① Louis Zukofsky, "A", Berkeley, Los Angles and London: University of California Press, 1978, p.3.

② Tim Woods, *The Poetic of the Limit: Ethic and Politics in Modern and Contemporary American Poetry*, New York: Palgrave Macmillan, 2002, p.48.

时空,但得到审视的不仅是资产者对音乐的享受,而且也是弥漫在剧院中的骆驼牌香烟的烟雾。它已不仅仅是剧院观众的一种喜好,作为资本主义的核心产物,它所包含的阶级斗争与压迫的意味跃然纸上。作为时间或历史的产物,它不再是中性的"物",它作为商品不可回避的历史属性得到了提示。这正如马克思在《资本论》第一章对商品的属性作出的批驳,"最初一看,商品好像是一种简单而平凡的东西。对商品的分析表明,它却是一种很古怪的东西,充满形而上学的微妙和神学的怪诞"①,"商品形式在人们面前把人们本身劳动的社会性质反映成劳动产品本身的物的性质,反映成这些物的天然的社会属性,从而把生产者同总劳动的社会关系反映成存在于生产者之外的物与物之间的社会关系"②。

历史感的恢复在《A》中绝非如此简单轻松,事实上,对祖科夫斯基而言这一任务几乎不可实现。与剧院场景、资本家谈话场景并列出现的多个其他场景都在表明,现实从多方面抹平历史的痕迹,只留下抽象的"现在"。就在剧院之外的街头,我们听到这样一段关于文学艺术的谈话:

> "Poor Thomas Hardy he had to go so soon,
>
> He admired so our recessional architecture—
>
> What do you think of our new Sherry-Netherland!"
>
> "Lovely soprano,
>
> Is that her mother? lovely lines,
>
> I admire her very much!"③

对话的双方是剧院里出来的观众。在两者的对话中,"巴赫作品的背景语境被抹除得干干净净,只剩下'可爱的女高音'(Lovely soprano)"④。在祖科

---

① 《马克思恩格斯全集》第五卷,中共中央马克思恩格斯列宁斯大林著作编译局编译,北京:人民出版社,2009 年,第 88 页。

② 同上,第 89 页。

③ Louis Zukofsky, "A", Berkeley, Los Angles and London: University of California Press, 1978, p.3.

④ Ben Hickman, *Crisis and the US Avant-Garde*, Edinburgh: Edinburgh University Press, 2015, p.24.

夫斯基看来,理解欣赏艺术作品必须结合它的时代和历史语境,他在《A-1》第一诗节就描写了巴赫的创作与赞助人的关系。而现在这样轻佻的街头评论显然是祖科夫斯基所质疑的。他提醒我们,这样抽象的艺术评论完全是对"现在"的强调,它关注当下演出的效果,关注"新"演员(new Sherry-Netherland)的发挥。而谈话中一位朋友对卡耐基音乐厅建筑的欣赏,也是一种对"现在"既成之物的关注。仅仅关注由形式、特征、效果构成的"现在",取消历史批评的视角,抹平作品产生过程中所有的历史的皱褶,那无异于是在作品及其生产与资本主义的运转之间假定了美好的、自然的、正常的兼容关系。仅仅对作品的"现在"加以关注,也就是对资本主义秩序的一种维护。正因为此,诗作把这样的艺术评论与有产阶级对艺术的控制并置在一起:

And those who perused the score at the concert,

Patrons of poetry, business devotees of arts and letters,

Cornerstones of waste paper[①]

历史感的消除,最直接的原因仍在于阶级斗争中掌握权力的一方。场景切换之后,对罢工的镇压让街头迅速恢复平静,"血泊的起伏就像那音乐。/小提琴的一轮演奏/毫不费力"(The blood's tide like the music./A round of fiddles playing/Without effort.)[②]。音乐演奏与暴力行为之间的并列,常常为今天的电影大片所使用,以突出暴力的绝对优势。在这方面,祖科夫斯基可谓是开先河者。回到《A-1》,我们看到音乐结束后一切都已消失,"音乐没有留下任何印迹,/不是垂垂将死,没有留下任何印迹"(Music leaving no traces,/Not dying, and leaving no traces.)[③]。"垂垂将死"是一个自然的生命过程,它包含着时间感与历史感,而诗人用"不是垂垂将死"来形容历史感的被清除,突出当权方对罢工的完全的、彻底的镇压,以及现实秩序的迅

---

① Louis Zukofsky, "A", Berkeley, Los Angles and London: University of California Press, 1978, p.3.

②③ 同上,p.4。

速恢复。

更无奈的是，历史感的清除也在于无产阶级不得不选择继续工作，不自觉地进入去历史化的时间维度。就在罢工血泊被清洗干净的场景之后，寂静的清晨又传来铁路工人指导车流的哨声，现实秩序重新开始运转：

Far into(about three) in the morning,
The trainmen wide awake, calling
Station on station ...①

让我们注意诗行的安排所呈现两种时间的对比。"morning"和"calling"之间的押韵共鸣，响彻在"一座又一座车站"(Station on station)之上，一种共时化的"瞬间"被制造了出来——一个有着内在完美结构的时间。这一细微场景不仅仅让我们看到工人不得不回到工作岗位以谋生，更让我们看到资本主义工作秩序打造的精密的、完美的时间链条替代了自然时间——清晨三点。在这样一种自我指涉的时间中，历史感荡然无存。而这正是瓦尔特·本雅明所要"炸开"的"毕生工作"(lifework)，因为其所包含的资本主义运转的连续性，它不单单是一份工作，而且是整个应被质疑的时代。②

应该说，《A》当中对历史感缺失的焦虑，不但基于马克思对商品的论述，更与本雅明在《历史哲学论纲》中关于时间的论述十分接近。"均匀的、空洞的时间"③只会使历史变成为单一的叙事，使历史被虚构为一个自然发展的、进步的、合理的过程。去除了历史的纵深，资本主义的"现在"便会被误认为是人们最佳的选择。把被"现在"埋没的、忽略的、丢弃的、剔除的历史重新放回桌面，才能相对公正地形成认识，对于本雅明来说这正是历史唯物主义者所持的立场。"一个在记录事件时并不区分主次的史学

---

① Louis Zukofsky, "A", Berkeley, Los Angles and London: University of California Press, 1978, p.4.

② Walter Benjamin, *Illuminations*: *Essays and Reflections*, trans., Harry Zohn, ed., Hannah Arendt, New York: Schocken Books, 2007, p.263.

③ 同上，p.261。

家,是按这样一种原则行事的:所有发生过的事情,没有一件是应被视为消失在历史中的。可以肯定,只有得到救赎的人类才能接受到它的过去的全部——也就是说,只有对于得到救赎的人类,它的过去的全部时刻才是都可得到引用的。"①但对于本雅明和祖科夫斯基而言,这似乎都是一个难以实现的目标。

对于历史感消失的关注,在《A》当中一直得以延续。《A-8》中关于牙刷广告的部分也是典型一例。在此,广告中的牙刷比《A-1》中的"骆驼"牌香烟更加夸张地消解着历史感,它不是作为一个中性之物而出场,而是作为永恒之物而出场:

> In the advertisement
> One handle of a toothbrush lasts a lifetime,
> But brush your teeth of their tartar and
> Reenamel the handle.②

在广告中,牙刷的经久耐用成为宣传的重点,它不但"能用一辈子"(lasts a lifetime),手柄还闪亮着珐琅瓷的光芒。这当然是广告为吸引购买者惯用的手法之一。就和《A-1》的结构类似,《A-8》中这把"永恒"的牙刷亮相之后,诗作的场景立即转入街头工人阶级运动所受到的镇压:

> Two legs stand——
>
> Pace them
> Railways and highways have tied
> Blood of farmland and town
> And the chains

---

① Walter Benjamin, *Illuminations*: *Essays and Reflections*, trans., Harry Zohn, ed., Hannah Arendt, New York: Schocken Books, 2007, p.254.

② Louis Zukofsky, "*A*", Berkeley, Los Angles and London: University of California Press, 1978, p.48.

> Speed wheat to machine
>
> This is May
>
> The poor's armies veining the earth![1]

这一场景中的两只站立的腿，即指矗立在街头用来阻挡工人抗议的栅栏，其形状一般被认为是祖科夫斯基诗集总题"A"的现实来源。诗作不但聚焦于美国街头的工人运动，还把镜头转向英国伦敦，回顾了《共产党宣言》在此的发布。在这些场景的映照下，广告中那把牙刷的"永恒"当然显得很虚伪，它指向的是一个无视所有现实差别与矛盾的、抽象的、完美的、无时间性的"未来"。当然，与《A-1》类似，祖科夫斯基这次也没有幼稚地相信工人运动能轻松改变资本主义对历史感的遏制，诗人紧接着呈现了一个更为狡猾、隐蔽的遏制历史感的诡计，即科学视角与社会经济理论的结合：

> The music brings up a vacuum thru which light
>
> Travels—(as a hesitant voice comes up to fact)
>
> Light-wave and quantum, we have good proof both exist：
>
> Our present effort is to see how this is：to
>
> Perfect the composition of a two-point view,
>
> The economists have a similar problem.[2]

诗作提到了已经由科学证明了的光在空气传播中的两个部分——光波与量子。现在科学家的任务就是再仔细探明这两个部分在光的传播过程中有着怎样具体的关系。重要的是，这已不只是光学领域的课题，经济学家如今也面临着"类似的问题"（similar problem）。诗作在此显示的，是科学思维对社会经济领域的挺进。根据祖科夫斯基对资本主义的批判态度，我们可以推测出他的担忧：如果经济问题被作为这样一种科学问题来对待，那么历史

---

[1]　Louis Zukofsky, "A", Berkeley, Los Angles and London：University of California Press, 1978，p.48.

[2]　同上，p.49。

感被阉割就是确定无疑的。首先,按照这种光学理论,所有人都被视为光波中的量子,人在社会现实中的阶级差别也就直接被抹除,仿佛都是同样的存在,这无疑是一种欺骗,一种对资本主义"现在"的维护。其次,如果科学化的方案代替了政治的、历史的、阶级的考察,而它又拥有一副更符合规律、更为完善的面孔(to/Perfect),那么它则代表着更为美好的未来,这也就进一步加固了资本主义当下秩序的合理性与合法性,因为这种观念假定了历史是以不断进步的方式在演进的,"现在"也就必然被视为过去与未来之间必要的"过渡"(transition)①——马克思主义者最不相信的就是如此被虚构出来的"历史的连续体"②。这就是为什么本雅明要求对"进步"、人类的演进过程仔细加以审视的原因③。从祖科夫斯基的措辞——"完善"(to/Perfect)——来看,他应该拥有与本雅明相同的历史关怀。而从诗作本身的构架而言,关于经济理论科学化的新观察,使得《A-8》关于历史感的书写成为与《A-1》类似但却并不雷同的变奏。

三 纽约之梦与巴黎哀歌:拓展马克思主义

除了聚焦于资本主义体系各个维度对历史感的取消,祖科夫斯基另一核心关注点就是商品在社会中的弥漫。这种弥漫对祖科夫斯基来说,已经深入社会的骨髓,深入人们的意识,成为人的思维的一个自然组成部分,成为我们不假思索就表示需要的一个部分。这当然与马克思主义对商品的批判有着深切的共鸣。但商品对于祖科夫斯基而言,又奇特地超出了它作为资本主义产物的属性,同样也是艺术灵感的可能性来源之一。在这样的对商品的复杂感知中,祖科夫斯基继承了马克思主义的社会批判,也拓展了马克思主义对于商品的认识。

我们不妨以《A》中的一封书信,先来领略一下祖科夫斯基所要揭示的商品对人的意识的渗透。《A-12》收录了一封1951年6月来自日本渊野边(Fuchinobe)美军基地的书信,一位美国大兵在信中讲述着自己在异乡的基

---

①② Walter Benjamin, *Illuminations*: *Essays and Reflections*, trans., Harry Zohn, ed., Hannah Arendt, New York: Schocken Books, 2007, p.262.

③ 同上,pp.260—261。

地生活。书信几乎就是流水账式的生活记录，可以作为了解美军业余生活的有趣文献。但在此之外，我们也惊奇地发现，信中描绘的美军基地的生活基本复制出了完备的城市生活，在其中，工作—消费的资本主义大循环不停地运转，商品消费居于生活的中心，且是日常生活最自然不过的部分之一。此信的第三段：

> 这里的物价非常高，理一个发要花去你 25 美分。在小吃店，你要一个汉堡得 10 美分。在这的生活就像战前在家的情况一样。作为星期天的放松，我们去观赏风景，来一段购物之旅。星期一他们搞一台演出，星期二他们有日本式的娱乐项目，星期三玩宾戈，星期四他们组织的是舞会，星期五我们有更多的日本式娱乐，星期六他们再搞场舞会，或者，你可以打桌球或打乒乓。其他的娱乐也有，保龄球、看戏、游泳、网球、棒球，还有一个每个人拿到工资都会去的地方——啤酒铺。①

这位大兵就像在家乡美国的城市中一样，过着五彩丰富的生活，享受着购物消费带来的快乐：购物之旅就和观赏当地风景一样惬意，拿到工资喝杯啤酒更是保留节目。尽管他作为雇工也同样承受着经济的压力，但一切都是那么理所当然、不成问题。商品以及支撑商品的生活方式不会被质疑和挑战，而不过就是令人甜蜜的烦恼。

然而商品对于祖科夫斯基来说，又不是一个彻底负面的存在。它弥漫在社会中，内化在人们的意识中，不可剥离，但这种不可剥离并不仅仅给社会带来压制与规训，相反，它也能与创造性的时刻发生联系：

> Returned,
>
> Three thousand miles over rails,
>
> To adequate distribution of "Camels";

---

① Louis Zukofsky, "A", p.219.本段书信浅白直接，翻译不影响原文面貌，故浅译为中文。

> New York—Staten Island—
>
> Bay water viscous
>
> where the waves mesh；①

在《A-6》中的这一诗节，"我"横跨美国东西部之间三千英里，从加州湾区回到纽约，就如湾区的海水在"我"的印象中是黏稠的，美国不同地区、不同城市之间的关系也是黏稠的，只不过这种黏稠关系是由商品来实现的：骆驼牌香烟遍布各处，湾区、纽约以及斯塔顿岛。但是，作者随即描写了一个小女孩在纽约的梦，出现在女孩梦中的是各种各样的物，社会中的商品也位列其中，而包括商品在内的这些物的组合很可能就是艺术灵感的来源：

> Stone sculpture, head against white, streaked wall paper,
>
> water-marked,
>
> The wood stairway climbing in her child's dream—
>
> The kid at night waking to say
>
> trai-n, ca-ar,
>
> Or waked to make, "Angel, make."
>
> In the night, Michelangelo, which of your
>
> Sistine angels ever made?②

日常生活中可能经历到的物，不分彼此地涌现在女孩的梦中，有白色雕塑、条纹墙纸、木头楼梯、火车、汽车等等。事物奇特的组合构成了梦境，诗作推测，米开朗基罗在梵蒂冈西斯廷礼拜堂所作的壁画中的天使，说不定哪一个也是在物象杂糅的梦境中得以成形的！也即，我们的确处于一个物化的世界，但物与物之间的并置、组合、拼贴、对比等关系，却可以突破它们原本的属性及存在，从而开启出新的维度。也许是为了加强这一暗示意义，诗作又

---

① Louis Zukofsky, "A", Berkeley, Los Angles and London: University of California Press, 1978, pp.35—36.

② 同上，p.36。

从 20 世纪的纽约跳回到 18 世纪的德国莱比锡，回顾了巴赫的创作与物的关系：

> He wrote a Kaffee Cantata
>
> Spelling it "Coffee" as we do(sounded contacts)
>
> A kind of "Hot Chocolates" five years after the Passion,
>
> And not performed till nine years later in Frankfort,
>
> Among strangers—there was always the practical
>
>   problem of getting an audience：
>
> ...
>
> All about a maiden coffee-bibber—
>
> A hot chocolate we'd say—
>
> Who had to three times daily
>
> Coffee drink，is the German[①]

这两段所引诗节，讲述了巴赫的名曲《咖啡康塔塔》与咖啡的关系。此处我们无需回顾咖啡如何从殖民地被带回欧洲并成为流行商品的历史，巴赫对咖啡的喜欢以及当时咖啡在德国社会的流行，都是确凿的事实。可这一次，咖啡不像《A-1》中的骆驼牌香烟以及《A-8》中的牙刷那样被作为资本主义的罪恶产物得以呈现，恰恰相反，巴赫对于咖啡这一流行商品的喜欢、对一位喜欢咖啡的少女的关注，成就了他的传世作品。就和前一场景中纽约小女孩的梦一样，商品对于人不完全是一种黑暗的力量，它也可以成为通向艺术的途径。但相较于纽约小女孩的梦，巴赫创作《咖啡康塔塔》这一部分有更为细腻的意味，它所提供的不仅是一个有趣的案例，更是一个"诡异"的案例。因为商品的刺激成就了一部作品，而这部作品获得社会的生命又必须像一个商品那样得到观众的兴趣——"总有一个实际的/问题，去找到观众"

---

① Louis Zukofsky, "A", Berkeley, Los Angles and London：University of California Press, 1978，pp.37—38.

(there was always the practical/problem of getting an audience)。或者,就如我们先前看到的 1928 年纽约卡耐基音乐厅里由中产阶级的财富支撑起来的《马太受难曲》的演出,《咖啡康塔塔》在 18 世纪莱比锡的演出也需要金钱的资助。于是,金钱、商品与艺术之间,不是单向的孰高孰低、孰先孰后的问题,而是交叉互在、互有渗透的关系。

《A-6》中纽约小女孩的梦与巴赫在莱比锡对咖啡的兴趣,对商品的存在的可能性作了仔细的考察。祖科夫斯基没有把商品单单作为资本主义的核心产物来加以否定。看到这一点,有助于我们厘清祖科夫斯基与马克思思想之间的具体关系。自从祖科夫斯基的诗作面世以来,批评家们对于其马克思主义倾向的关注就不绝如缕,但对两者之间的细微差别却总结不够。比如莫里斯·沙佩斯(Morris U. Schappes)在 1931 年的评论就认为祖科夫斯基"完全迈过这些中产阶级的既定观念:去将自己与革命的无产者联合在一起"①。直到近来,虽有批评家看到祖科夫斯基的碎片化、拼贴化写作就是为了打破任何一种完整的、宏大的话语体系,但是仍然认为这种写作方式并不会对祖科夫斯基的马克思主义倾向产生多大触动。"从效果上说,祖科夫斯基在此要尝试的,是找到一种方式来拒绝意识形态与理论强大的概念化,这样的话,他也许可以将诗歌的写作恢复为一种开放性、同时也是分析性的行为——防止任何'哲学'对存在的霸权式的支配,但其这样做的程度不会大到拒绝他自己的马克思主义的洞察"②。所以,诚然我们应该承认,"对于祖科夫斯基来说……理解经验就意味着理解马克思"③,但我们还是得具体地把握祖科夫斯基诗作与马克思主义拉开的距离,这对于更为综合地理解其诗作极为必要。

《A》没有把自己完全限制在马克思主义框架的另外一个表现,是它对人类政治走向的去意识形态化考虑,祖科夫斯基不愿意把社会的希望托付

---

① Morris U. Schappes, "Historic and Contemporary Particulars", *Poetry* 41.6(1933), p.343.

② Michael Heller, "Objectivists in the Thirties: Utopocalyptic Moments", *The Objectivist Nexus: Essays in Cultural Poetics*, eds., Rachel Blau DuPlessis and Peter Quartermain, Tuscaloosa: The University of Alabama Press, 1999, p.150.

③ Julian Murphet, "'Events listening to their own tremors': Zukofsky and Objective Anachrony", *Textual Practice* 26.4(2012), p.716.

给任何一种宏大的、体系性的想法，他更愿意保持住与那些宏大话语的距离。这可见于他对德国占领下的巴黎的咏叹。《A-10》写成于 1940 年，其历史背景正是法西斯德国对欧洲全面开战并占领了法国，然而祖科夫斯基并没有以任何政治的或宗教的意识形态来展望欧洲的出路和未来。乍看上去，与肮脏的政治交易形成对比的是"爱"：

> Love moved to earth cannot agree
> > with death
> Nor as you know Molotov
> Can treaties last an age
> With the conquering Idea
> > unconquered.[1]

"爱"不会像莫洛托夫（Molotov）那样接受制造死亡的战争。莫洛托夫曾担任苏联的外交部长，他与德国签订了苏俄互不侵犯条约，而这一条约默许了法西斯德国对欧洲其他国家的行动。政治家及其背后的政治在作怎样的打算，不是普通人能够知悉的，政治条约的签订也不会带来和平。所以诗作相信的是"爱"，但这是怎样一种"爱"呢？

> Holy
> Holy is Sylvie
> A little girl
> Paul and Helene's daughter
> It is her name
> She said in French
> "Le jour est deja fini

---

① Louis Zukofsky, "A", Berkeley, Los Angles and London: University of California Press, 1978, p.121.

C'est la nuit qui tombe

Et les poupettes

qui attrapent froid

On les en terre

Et on leur chante"①

祖科夫斯基写下的,是一个法国小女孩给自己的玩偶娃娃们唱的哀歌,它悼念因为着凉生病而死去的玩偶娃娃们。我们可以体会到歌谣当中的哀伤,但却无法把小女孩对玩偶的爱升华为上帝之爱。歌唱者的儿童身份,吟唱的对象,以及吟唱的理由,使得这首歌谣更像是儿童基于个人幻想或游戏而表达的一种纯真但却私人性的爱。祖科夫斯基对个人的"爱"的强调——而非基督教的"爱"——在《A-10》开头处就打下了铺垫,诗作写道,教堂里的人们吟唱赞美诗来祈求主的帮助,但唱着唱着就不得不停顿下来对现实发出诅咒。高高在上的耶稣所宣称的"爱"更像是一种欺骗:

Poor songster so weak

Stopped singing to curse

A mess sucked out

No substance

People people

But you record it

    Christ!

Glory on high

  *and in earth peace*②

---

① 　Louis Zukofsky, "*A*", Berkeley, Los Angles and London: University of California Press, 1978, p.121.

② 　同上, p.113。

这段诗行不仅是在展示基督教在战争面前的无力和脆弱,它所使用的对比,更显示出诗人对作为总体性的基督教的批判。无视人间的屠杀,唱祷词仍然歌颂着天上的荣光以及它带来的人间的和平,这样的一种由上至下的总体性架构,对于现实和个体无异于是一种蒙蔽。是保持个人的、未丧失纯朴之心的爱,还是把它升华到宗教性的宏大的爱,《A-10》在巴黎小女孩的吟唱中已经给出了答案。

《A-10》要从宗教之爱退回到个人的、具体的爱。在政治上,它也没有从批判法西斯主义走向对另一种主义、另一种政治的认同。作品在结尾处写到法国沦陷后建立的维希政府,作者嘲讽这一新政府的建立虽然象征着法国尚保持着一定的独立,但它不过是带来了一种虚假的愉悦与欢腾:

> The capital of France is Vichy
>
> Blessed is the new age-old effervescence
>
> Till the sailors who mistook their planet
>
> > for a light
>
> And took the wrong soundings
>
> Come back
>
> And the people
>
> Grant us the people's peace.[1]

如果说这个政府并不值得赞赏,将会很快终结,那么法国的希望又在何处呢? 诗作的答案与任何主义、政治理想都无直接关系。诗人提出,当误判灯光与声音方向的水手归来的时候,新的道路也就出现了。诗行没有设置任何其他暗示,用以表明归来的水手将会带来任何其他重大消息,摆脱迷误后的"清醒"是其送给大家的唯一礼物。不是任何政府,也不是任何新的政治

---

① Louis Zukofsky, "A", Berkeley, Los Angles and London: University of California Press, 1978, p.123.

理念,更不是哪一位英雄般的人物,将最后拯救法国,正如诗作结尾所说的,赋予人们以和平的是人们自己。这似乎是一个让人感到有点模糊的说法,但它正表明了祖科夫斯基把人们从某种指定了的思想观念中解脱出来的用意,表明了他"从理想之境的回归"①。

综上,祖科夫斯基的确对马克思主义情有独钟,他的许多社会批判带有马克思主义的踪影,他的拼贴式写作正是在万花筒般的城市场景中,呈现资本主义社会对人所实施的控制与蒙蔽。但他对马克思主义的运用又有着拓展与补充,正如我们在本节第二部分论述历史感的消除时所看到的,在对商品、物、意识形态的认识中,祖科夫斯基拉开了自己与马克思主义的间距。总体而言,祖科夫斯基的城市批判处于现代主义与后现代主义的中间地带,它始终带有强烈的价值关怀与取向,但又保持着一种不确定的眼光,它在场景拼贴中拒绝宏大逻辑与话语的渗透,却又保持着一种带有高度责任感的社会聚焦。正如他的诗论保持着一份晦涩,他的诗作也需要我们以多元灵活的视角去看待。

本 章 小 结

从本章三节的论述可以看出,"客体派"诗人对美国社会的关心与反思均极为强烈,然而他们的写作方式并不统一。在强调"客体"的同时,诗人们对"客体"的理解以及对"客体"的静观程度并不一致,本章第三节所引述的威廉斯对祖科夫斯基的批评正是这种不一致的鲜明体现。但是,"客体派"诗人在诗学底线上还是有共通之处的,他们较为明显地克制了自己的主观视角对事物的塑形与表象,注重现实场景与眼前细节的呈现。正因为此,对艾略特诗风的反叛可以说是"客体派"诗人的一个共同选择,正如威廉斯所指出的,艾略特的成功与影响力一方面将诗歌创作锁闭在了学院之中,另一

---

① Bruce Comens, *Apocalypse and After*: *Modern Strategy and Postmodern Tactics in Pound*, *Williams*, *and Zukofsky*, Tuscaloosa and London: University of Alabama Press, 1995, p.157.

方面又将诗歌场景带离了具体性与当地性。当然，反对艾略特的难度和压力是超乎想象的："艾略特与我所要复兴的世界背道而驰。作为一个有成就的匠人，他的技艺在某种意义上是我所无法企及的，我只能眼睁睁看着世界跟着他这个傻瓜走，走上相反的道路。"①不过，祖科夫斯基、奥朋、克里利等人或隐蔽或直接的对威廉斯的赞同，使得这一反对渐渐形成新的诗学气候。

以今日视角来看，"客体派"的诗学思路不仅是对艾略特的重要补充，更是奠定了20世纪中期之后美国诗歌发展的基本方向。宏大的、玄妙的、复杂深邃的象征与意象建构，逐步在诗坛消失，代之以各种风格的对日常生活场景的直观记录与拼接组合。写作主体不再超乎于笔下的场景之上，扮演绝对的创造者角色，反而越来越成为笔下场景的一部分。在经验与表达的天平上，诗歌越来越倾向于前者。这一趋势从纽约诗派、语言诗派及至许多少数族裔诗人的创作中都可见出。

那么，从历史回顾的角度而言，"客体派"对艾略特的诗学反对在相当程度上是成功了的。但事实情况是，"客体派"创作在20世纪中期之后才渐渐获得了肯定与关注，此前，他们经历了一段相当长的默默无闻的阶段。我们刚刚引述的威廉斯在20世纪50年代出版的自传中所发的"牢骚"就是他们尴尬处境的明证。

很自然的一个问题就是，为何开拓了诗坛新方向的诗派、诗学理念未能获得及时的认可呢？最基本的原因当然是影响力的生成需要时间。即便有庞德的相助，艾略特的《荒原》在初登文坛之际，也曾遭遇过保守的英伦批评家们的猛烈攻击；贝克特的《等待戈多》在伦敦舞台上演的初期，也曾遭遇过三分之二观众离场的尴尬。文学范式的变化需要时间。但这并不能完全解释"客体派"在美国诗坛的长期"沉默"状态，另有三方面重要因素不能忽视。首先，从现实角度讲，20世纪上半叶接连两次世界大战，欧洲都是中心，移居到欧洲的艾略特对西方文明整体上的焦虑与幻灭感，显然比威廉斯等人要来得更为近切，这在《荒原》与《四个四重奏》中均有充分展现。时代的主

---

① William Carlos Williams, *The Autobiography of William Carlos Williams*, New York: New Directions, 1951, p.174.

题,在威廉斯等人诗中当然也有体现,且为数不少,但由于对"客体性"的强调,场景、意象在他们笔下相对平和与克制,主体的声音隐身其后。在这个需要对时代作出直接回应、表达强烈看法的时刻,"客体派"的诗学立场并不占具先机。其次,从对自己诗学理念的阐释而言,"客体派"的领军级人物威廉斯没有像庞德、艾略特那样从东方文化引入适当的灵感支持,在西方文化范围内他也没有像艾略特那样找到适当的哲学、诗学支撑。威廉斯的推崇者罗伯特·克里利倒是从诗学表述上更为贴近海德格尔的哲学,他赞同海德格尔反对形而上学传统而提出的"是其所是"说①,并用"散落"来形容事物的具体存在,注重事物从一"化于多"的具体过程②。克里利说:"先于思,我想这就是重点,眼睛对于所看到的并不明白,它就是在看而已。"③但可惜的是,这样具有哲学意味的诗学探究并没有出现在威廉斯那里。面对引经据典、学院气十足的艾略特,单单依凭诗学主张即诗歌创作上的区别,威廉斯难免不处于下风。第三,回首威廉斯等人反对艾略特的诗学之战的艰难,确实如卡萨诺瓦所说的,"文学世界有自己的地理划分"④,在欧洲取得重要影响力的艾略特,在 20 世纪上半期拥有难以被颠覆的文学资本。诗学选择并无绝对的高低,但诗学资本的确有薄厚之别。人们对于在欧洲取得成功的文学家的趋之若鹜,直到今天仍然是一个常见现象。当然,从"客体派"到"纽约诗派",从"语言诗派"到如今各种档案化写作,诗歌史的发展已经证明了"客体派"的诗学的正确。这启示我们,文学世界虽有其版图,存在着由各个地区与文学中心之间的美学距离造成的"微妙的等级"⑤,但这种等级秩序并不一定完全代表着文学发展的方向。

---

① William V. Spanos and Robert Creeley, "Talk with Robert Creeley", *boundary 2*(special issue), 6:3/7:1, 1978, pp.14—15.

② 同上,p.20。

③ 同上,p.36。

④ 帕斯卡尔·卡萨诺瓦:《文学世界共和国》,罗国祥等译,北京大学出版社 2015 年版,第20 页。

⑤ 同上,第 133 页。

第二章　纽约诗派与城市经验之流

纽约诗派兴起于 20 世纪 50 年代,它的核心成员有弗兰克·奥哈拉、约翰·阿什贝利以及肯尼思·科克。这三位诗人均曾就学于哈佛大学,彼此之间本为校友,又在诗歌创作中结下更深的友谊。他们长期生活在纽约——奥哈拉在纽约现代艺术博物馆担任策展人工作,阿什贝利与科克分别曾在哥伦比亚大学与巴德学院任教——纽约的场景也正是他们创作的重要激发点,虽然他们的城市书写并不局限于纽约。

相对于"客体派"而言,纽约诗派批判现实的意味同样很强,但在风格上他们的创作更加戏谑,"形式自由的写作、拼贴式的借用以及夸张不羁的姿态"①正是纽约诗派的核心特征。与此同时,他们在写作中也进一步卸下了主体视角原本承担的意义的重担,推进主体与现实的直接相遇。纽约诗派的玩世不恭、自由不羁既反对主体对意义的垄断,也反对意义追求、价值体系对主体的引导。

第一节　奥哈拉:"闲言碎语"体与都市生活之流的保持

弗兰克·奥哈拉是纽约诗派的中坚人物。因为长期在纽约现代艺术博物馆工作,奥哈拉的许多诗作均围绕纽约的城市场景与生活展开,而其诗作

---

① Edward Brunner, "New York School and American Surrealist Poetics", *The Cambridge Companion to the Modern American Poetry*, ed., Walter Kalaidjian, New York: Cambridge University Press, 2015, p.198.

就总体而言,体现出随意和散漫的特点,常常缺乏明确的中心,且随时可能跑题,对生活场景的任性记录大过甚至是替代了他的组织与概括。鉴于此,我们将其诗歌称作为"闲言碎语"体的创作。

当然,奥哈拉的"闲言碎语"式写作在诗学传统上有其特定的落脚点。美国批评家玛乔丽·珀洛夫早已指出,奥哈拉的创作是对 T.S. 艾略特以来象征主义诗学传统的背叛,"和阿什贝利一样,他参加的是一场反对美国诗歌主流传统——象征主义及其延续——的战斗。新批评派学者对这一他们认为属于艾略特的诗学风格,作了不合格的称赞,继而赋予其正统的地位。"①玛乔丽还联系波洛克(Jackson Pollock)的画作,来阐释奥哈拉这种写作对"表面"(surface)的强调及其对隐喻与象征的排斥,"一种审美的'在场'替代了超越性的'在场',杰克逊·波洛克杰出的行动绘画被认为是为它们自己而存在的各种表面;在它们背后别无他物。画作的表面,以及与之相应的诗歌的表面,都应被视为一个场域,在其中,艺术家的物质能量可以在隐喻及象征缺席的情况下得以运作。诗作场域中意象的放置、排列本身,而非它们的意义,如今变得更加重要。的确,在艾略特传统中所常见的那种诗歌写作——我们可以称之为一种指意的过剩——已变得如此可疑,阿什贝利与奥哈拉倾向于走向完全相反的一面,他们希望开创一种彻底去除主观性的诗学模式"②。

反对对事物作象征性的、隐喻性的建构,将写作保持为一种拒绝深度的表面,玛乔丽的上述总结,在诗学史的维度上给奥哈拉及纽约诗派作了精准的定位。当然,在此之前,著名诗学批评家查尔斯·奥提瑞也提出过类似观点。奥提瑞认为,"'在场'对于奥哈拉而言是一个核心价值;但他所认可的是一种怎样的在场呢? 那实际上是一种去神秘化的在场,是去除了布莱(Bly)与奥尔森(Charles Olson)所属意的本体论特征的在场。对于奥哈拉来说,这是一条开放的道路,主宰与支配自我的常住之神已经消失了。"③与

---

① Marjorie G. Perloff, "'Transparent Selves': The Poetry of John Ashbery and Frank O'Hara", *The Yearbook of English Studies* 8(1978), p.177.

② 同上,p.178。

③ Charles Altieri, "The Significance of Frank O'Hara", *The Iowa Review* 4.1(1973), p.91.

上述评论相呼应，也有学者从反对浪漫主义主观性的角度，把奥哈拉与艾伦·金斯堡(Allen Ginsberg)并列，揭示他们的诗学变革的价值。[①]

上述批评对我们从历史纵向角度理解奥哈拉的诗歌无疑具有重要帮助，但我们又不能局限于从诗学反叛的角度来理解奥哈拉的诗学实践，因为他的"闲言碎语"体也是其表达城市经验的自然选择。其创作究竟表达了怎样的多层次的具体的城市经验，仍然值得详加梳理。在我看来，奥哈拉的"闲言碎语"体首先是用来对一些虚拟的价值观、主导性的意识形态作出反叛，其次，"闲言碎语"体着力于表现城市经验中越来越明显的多变与琐屑，第三，奥哈拉拒绝将生活经验意义化、抽象化的立场与其所受到的现代主义绘画的影响相结合，致使其运用闲言碎语的方式来展现他对艺术的理解及批评。

一　盛大场景的反叛者

对于一切被崇高化、英雄化了的事物，奥哈拉都在诗歌中给予了一种不动声色的嘲讽。他的顾左右而言他、不着调的描写，解构了此类对象的象征价值。《诗歌》(*Poem*)就鲜明地表明了诗人不屑的态度：

> Ivy invades the statue.
>
> Say that it is a bust
>
> Of Columbus erected by
>
> Italianate citizens. By
>
> contemplating this figure's
>
> lack of astonishment at
>
> the ambitious vine, I know
>
> how the grass feels under

---

① Anne Hartman，"Confessional Counterpublics in Frank O'Hara and Allen Ginsberg"，*Journal of Modern Literature* 28.4(2005)：pp.40—56.

my feet, what it is doing.
To be always on top! as
the financiers say, is that
too much? The grass does

creep, the ivy does twine,
and this marble is no
more able to smile than
I am, at such simple fear.①

诗作对新大陆的发现者哥伦布的"英勇过去"不作任何评论,对雕像本身的特点也不作描写,而只是玩笑般地写茂密的草丛、常春藤与雕像三者之间的关系。常春藤不断地在塑像周围蔓延,甚至包裹塑像,这一野心勃勃(ambitious)的植物行为当然是对哥伦布等殖民者的嘲讽。而此时的"哥伦布"已经不能对常春藤的侵犯作出任何反应。如果说这里面或许包含了较为明显的批判意味,那么诗人又引入了小草的视角,来对场景作进一步的戏剧化。地上的草儿,眼看着藤蔓包围了"哥伦布",会有啥想法呢? 是欢庆植物界的胜利,还是因为自己的矮小而嫉妒高高在上的藤蔓的战绩? 对此,诗人没有明言,但此滑稽的三角关系对于"哥伦布"塑像的纪念意义作了彻底的搁置与拒绝。

《诗歌》对"英雄"人物哥伦布的颠覆虽然幽默,但仍然显得有些用力过猛,设计感过强。这是其风格尚未成熟定型时早期诗作的通病。但在这首诗中,奥哈拉的诗学风格已经初露端倪,即他倾向于以散漫化的描写表达对中心/主题——崇高化了的、合法化了的——之反对。相对而言,同时期的《华盛顿广场》(Washington Square)一诗要更成熟一些,奥哈拉开始加入一些他自己完全不予控制的场景,以更为随意性的描写使得"我"在对中心、主

---

① Frank O'Hara, *The Collected Poems of Frank O'Hara*, ed., Donald Ellen, Berkeley, Los Angeles and London: University of California Press, 1995, p.57.

题的批判过程中不成为另一个中心、另一种虚拟的绝对。诗作的批判也由此上升到新的层次：

> ... The soldiers filing
> at my feet hiss down their drinks
>
> and are savagely decorated, savagely
> turned, their gentle feathers torn to medals
>
> in the air. Gold falls upon them, because
> there is no love, and it is not the sun.
>
> Jane and Mark flutter along the plaza
> underneath the fainting gingko trees
>
> and are cheered by pearly uniform horses①

整首诗歌对于华盛顿广场上盛大的仪式无疑是反感的。此中描写，与弗吉尼亚·伍尔夫在《达洛维夫人》中对伦敦街头士兵们的描绘遥相呼应，均是对盛装出行、整齐划一的士兵所代表的政府、文明、胜利嗤之以鼻。"归档"（filing）与"野蛮"（savagely）等词语，明确地表现了诗人的立场。但这首诗的特别之处在于，它容纳了一个性质不明的场景，即"简"（Jane）和"马克"（Mark）在华盛顿广场上的行走。我们并不确定这两位人物的身份、来历。如果他们对于"我"只是陌生人，诗人并没有对他们在广场上的快乐情绪进行否定，并没有把他们剪除在诗作之外，虽然他们的开心似乎与"我"的批判立场不相吻合；如果"简"与"马克"是"我"的朋友，那么"我"也没有对朋友们

---

① Frank O'Hara, *The Collected Poems of Frank O'Hara*, ed., Donald Ellen, Berkeley, Los Angeles and London: University of California Press, 1995, p.83.

在广场上的享受作一种特定的解说和批评。这首诗只是对"简"与"马克"的出现作一个记录，绝非是从某一立场、视角来对所有人作价值观上的评判。这实际上才是对主导性意识形态的一种真正的反叛，是以自己的书写对包括自己在内的中心性、指导性视角的一种彻底拒绝。

之所以调侃那些被赋予崇高意义的事物，是因为奥哈拉对于事物背后的各种话语操控十分反感，而这些话语操控又常常是基于特定利益的需要。对于他而言，合法化的表面之下是虚假意义的支撑。诗歌之所以存在，正是因为与这样的现实有所不同，《致戈特弗里德·本》(*To Gottfried Benn*)对此有着形象的说明：

Poetry is not instruments

that work at times

then walk out on you

laugh at you old

get drunk on you young

poetry's part of your self

like the passion of a nation

at war it moves quickly

provoked to defense or aggression

unreasoning power

an instinct for self-declaration

like nations its faults are absorbed

in the heat of sides and angles

combatting the void of rounds

a solid of imperfect placement

nations get worse and worse

but not wrongly revealed

in the universal light of tragedy①

乍看起来，这首诗在"诗歌"与"政治"之间画上了等号，但最终它又拉开了两者间的距离。首段提出，"诗歌"不是外在于我们的调情者，因为我们年老而抛弃我们，因为我们年轻而与我们周旋，"诗歌就是你的一部分"（poetry's part of your self）。第二、三诗段则描绘了"诗歌"如何是我们身体的一部分：它就如同一个处于战争中的国家的"激情"（passion），会不断转变，"在被鼓动中去防守或去侵犯/不可理喻的力量/一种自我宣告的本能"（provoked to defense or aggression/unreasoning power/an instinct for self-declaration）；它又见证着国家之中"立场与视角的狂热/在一个个回合的虚空中相互较量"（in the heat of sides and angles/combatting the void of rounds）。奥哈拉的用词——"被鼓动""不可理喻""狂热""虚空"等——已经表明了他对政治、话语的批评，它们鼓噪出意义、维护着自己，并以狂热的能量使自己得以延续。难道"诗歌"就是这样一种"激情"吗？要明确奥哈拉的完整用意，还需参考最后两诗行："但在悲剧性的世界之光中/得到无误的揭示"（but not wrongly revealed/in the universal light of tragedy）。也就是说，诗歌首先是一种"激情"，它不是各种特定的立场或答案，它是生产者，而非生产的结果，但根据最后两诗行，诗歌区别于政治激情、话语激情之处在于，它能够反观自身，看到这些激情的谬误、狭隘与自私。在宏大的政治理念、话语体系中，常常是彼此的争斗，排他性的选择，对错分明，但在诗歌中，事物的荒诞性得到"光"的照射，展露出自己的虚无。诗歌不以狂热的态度来作对错比较、价值观的争夺，相反，各种事物在此均得到照亮或反思，诗歌绝不是正误判断之地，所以诗人在最后一行说事物"得到无误的揭示"。简言之，诗歌是包含着各种可能性、各种方向、各种选择的激情，但它又能反观自身、摆脱自身，并不对自己顶礼膜拜。奥哈拉的这首诗可谓奇绝，它反

---

① Frank O'Hara, *The Collected Poems of Frank O'Hara*, ed., Donald Ellen, Berkeley, Los Angeles and London: University of California Press, 1995, pp.309—310.

对单一性与虚构性，要拉开诗歌与政治及各类话语的距离，却又大胆地在双方之间作一种勾连，对政治与话语的聒噪作重点展示——这使得诗作看上去更像是对现实纷扰的一种牢骚抱怨——直到最后一刻再点明诗歌的特性，既嘲讽了意识形态的狂热与虚无，又阐明了诗歌与各种意识形态的不同，诗学与现实的双重考察合二为一，足见出其写作的功力。

　　理解到奥哈拉对各种话语建构的反感，我们就可以明白他为何会在诗歌中加入越来越多、越来越明显的"闲言碎语"。他是要以此来对各种话语、宣传、套路、程式作一种背离与挑衅——甚至在一定程度上更像是一种调戏。诗作《步伐》（*Steps*）中零散化的日常生活场景的叙述正是用来抵消意识形态性的盛大节日所制造的规训：

here I have just jumped out of a bed full of V-days

(I got tired of D-days) and blue you there still

accepts me foolish and free

...

the apartment was vacated by a gay couple

who moved to the country for fun

they moved a day too soon

even the stabbings are helping the population explosion

though in the wrong country

and all those liars have left the UN

the Seagram Building's no longer rivalled in interest

not that we need liquor(we just like it)

and the little box is out on the sidewalk

next to the delicatessen

so the old man can sit on it and drink beer

and get knocked off it by his wife later in the day

while the sun is still shining

oh god it's wonderful

to get out of bed

and drink too much coffee

and smoke too many cigarettes

and love you so much[①]

对主流意识形态的讽刺从诗歌首段便展露出来。"我"从充满"V-days"的床上起来，感到很高兴，因为对于"D-days"已经厌倦了。此处"D-days"明显指涉的是诺曼底登陆的纪念日，象征着美国与盟军在二战中的胜利。对于诸如此类的纪念日，诗人并不愿投入其中欢庆过去的"辉煌"，他要与历史保持特定的距离。所以，诗作玩笑般地以床上的"V-days"来替代被大肆庆祝的"D-days"——复数形式正说明了此类庆祝的泛化——好像是"我"更换了床上的情人。但"V-days"也指胜利日，是以另一个名称来进行的对胜利的各种庆祝。所以诗作也拒绝与其缠绵悱恻，而是彻底转向了与它们无关的生活细节，这些生活细节以其琐屑、平庸、无意义而对抗着来自历史、官方的宏大叙事。因此，我们看到了一对同性恋情人来到美国寻找欢乐，但又迅速地离开了；联合国大厦中的各自为政的官员们暂时停止吵闹；路边的纸箱子、喝啤酒的老人、粗暴的妻子、闪亮的太阳。在这一切之中，我做的事情也近乎无事：起床、喝咖啡、抽烟。诗作以彻底的散漫的叙述来代表自己对意识形态建构的远离，尽管它们披挂着胜利与正义的外衣。当然，诗作反对的并不是胜利与正义，但"days"的复数形式与从"D"到"V"的实质上的重复，暗示了当胜利与正义以反复的、弥漫的方式进入人们生活与思维的时候，便变成了一种荒谬。诗作末行说"深深爱你"（and love you so much），这份"爱"所关注的不是胜利所带来的对人们生活与思维的塑形，而是未经塑形的生活之流本身。

---

① Frank O'Hara, *The Collected Poems of Frank O'Hara*, ed., Donald Ellen, Berkeley, Los Angeles and London: University of California Press, 1995, pp.370—371.

二　不可穿透的都市生活之流

在漫不经心的生活场景的记录与呈现中，奥哈拉致力于抵抗各种价值观或意识形态的虚构，与此同时，他的这一创作风格也着眼于呈现当代都市生活自身的复杂性。当代城市生活的多维与混杂、平庸与琐屑在奥哈拉的诗作中，都是重点表现的对象。对于现实的混杂与琐屑，诗人的目光没有办法完全穿透、排列或给予整合，他只能以闲言碎语记录下与现实的带有距离感的种种"相遇"。对于奥哈拉而言，这才是都市生活带来的真实体验。

诗作《与他们一步之遥》(*A Step Away From Them*)书写的正是行走在纽约街头无法言明的经验的混杂态：

It's my lunch hour, so I go
for a walk among the hum-colored
cabs. First, down the sidewalk
where laborers feed their dirty
glistening torsos sandwiches
and Coca-Cola, with yellow helmets
on. They protect them from falling
bricks, I guess. Then onto the
avenue where skirts are flipping
above heels and blow up over
grates. The sun is hot, but the
cabs stir up the air. I look
at bargains in wristwatches. There
are cats playing in sawdust.
　　　　　　　　　　On
to Times Square, where the sign
blows smoke over my head, and higher
the waterfall pours lightly. A

> Negro stands in a doorway with a
>
> toothpick, languorously agitating.
>
> A blonde chorus girl clicks: he
>
> smiles and rubs his chin.①

本处所引诗作的前半部分，让我们跟随着奥哈拉的脚步走上正午时分的纽约街头。但在这街头，诗人并没有特定的方向，也无特定的批判，他并不是要最终揭示什么。这里有赤裸着身体、戴着安全帽就餐的工人，"我"对他们很难说抱定哪一种特定的眼光，同情、冷眼旁观、对身体的注视②兼而有之。穿着裙装、有节奏地走过的女生，也吸引着"我"的目光，我们无法判断这目光中有多少是一种对异性的关注，有多少是对照着工人的卑微在表达一种艾略特式的对时髦女士的反讽——事实上，此处工人的卑微与女士轻盈性感的步伐只有一种表面上的对照，并无实质上的对比关系。尽管"我"能够感觉到资本主义对"我"的规训——"我看着腕表里的各种交易"（I look at bargains in wristwatches）、时代广场上巨大标志——但我仍然悠闲地观看着碎木屑里玩耍的猫儿。"我"对站在门廊里的一位黑人的阴郁神态有所隔膜，但也能明白他看到女生时发出的坏笑，"一位合唱团的金发女郎踩着高跟鞋走过：他/露出微笑，摩挲着他的下巴"（A blonde chorus girl clicks: he/smiles and rubs his chin）。应该说，诗中所有的场景对于"我"而言若即若离，似乎可以形成一定的意义，但又被不断地中止与转变，始终保持一种模糊性与不确定性。不同方向、不同节奏、不同状态的人与事，在诗中形成一种合奏，但最终对应的只是某个周四中午的十二点四十分（Everything/suddenly honks: it is 12:40 of/a Thursday）。它们被保持为在这一刻的各种"发生"，此外无他。奥哈拉叙述的行走，只是行走本身，他并没有什么特别之事要告诉我们，他所开启的纽约是一个未名的空间，"对于奥哈拉而言，没有完成了的事物，没有一个起源去回归，没有原

---

① Frank O'Hara, *The Collected Poems of Frank O'Hara*, ed., Donald Ellen, Berkeley, Los Angeles and London: University of California Press, 1995, p.257.

② 考虑到奥哈拉的同性恋倾向，这种对男性身体的注视当然也是这一场景的内涵之一。

本的空间"①。随着他的午间漫步,奥哈拉"离开了诗歌的本体论"②。

《与他们一步之遥》中的描绘是没有焦点的,这一方面在于场景的多元、纷杂,另一方面也在于诗人对中心视角的放弃。在诗中,他人对自己生活的投入、"我"对周遭人与事的观察、周围事物相互之间的并列都有所体现。诗人的目光始终存在,但并没有居于绝对性的主导地位,未对混杂的城市生活经验作一种主观的建构。奥哈拉在对自己写作立场的一次阐明中,说得很清楚,"我不认为我的经验对于我自己或是其他人是清晰的或者经过美化了的……我的位置就在十字路口,在那里,我所知道的、得不到的、我所不知道的以及我可以忍受的范围之外的事物,汇集碰面。"③

当然,在表现都市经验的这种混杂性时,奥哈拉有时是一种平静的或主动的状态,有时对于他也是一种被动的选择。都市生活的迅疾、层叠以及交错,也让奥哈拉感到了一种难以克服的"休克"。诗作《12月里温暖的一天》(*A Warm Day for December*)就表达了这种触摸生活而不得其所以然的悬空感:

> ...
> and yet I toddle along
> past the reverential windows of Tiffany
> with its diamond clips on paper bags
> street of dreams painterly
> Sidney Janis and Betty Parsons
> and Knoedler's so Germanesquely full
> you don't notice me
> except that I am isolated by my new haircut

---

① ②　David Herd, "Stepping Out with Frank O'Hara", *Frank O'Hara Now: New Essays on the New York Poets*, eds., Robert Hampson and Will Montgomery, Liverpool: Liverpool University Press, 2010, p.84.

③　Frank O'Hara, "Statement for the New American Poetry", *The Collected Poems of Frank O'Hara*, ed., Donald Ellen, Berkeley, Los Angeles and London: University of California Press, 1995, p.500.

and look more Brancusi than usual

so I get in a phone booth on a corner

like a space ship

I like the people passing noisily by

blasting off

"I love you"

"I love you too"

then I open the door the sounds rush over me the people

but I am in the air

…

you're almost there

57th Street①

这首诗歌对纽约著名的第57街的光怪陆离给予了充分描绘。在诗人的漫步中，奢侈品品牌蒂芙尼豁然在目，其奢华程度在其小纸袋的钻石搭扣上便可见出（with its diamond clips on paper bags）。然而对于诗人而言，在这条街上给人们制造梦想（street of dreams）的，不仅仅是资本主义的商业，还有许多知名的艺术机构，如"Sidney Janis"、"Betty Parsons"等等。再者，艺术也会与商业合一，这从"我"的带有布朗库西（Brancusi）风格的新头型所引起的人群的关注可以看出②。从电话亭里出来，扑面而来的是人群的嘈杂与各种声音，面对第57街复杂的梦的空间，诗人无法直接对眼前这个世界说些什么，无法作出任何高下立分的、简单化的判断。他不能把自己假扮成冷眼旁观的精英或是救世主，所以诗人最后说："你差不多就在那/第57街"（you're almost there/57th Street）。"差不多"一词，明白地提示我们，诗人并未能与这条大街建立充分的、透彻的关联，只能以既在又不在的方式保

---

① Frank O'Hara, *The Collected Poems of Frank O'Hara*, ed., Donald Ellen, Berkeley, Los Angeles and London: University of California Press, 1995, p.376.

② 诗中提到的 Brancusi 即为 20 世纪上半叶罗马尼亚艺术家康斯坦丁·布朗库西（Constantine Brancusi），布朗库西被视作现代主义艺术的开拓者之一。

留场景与"我"的各种相遇，而不对它们予以解说和评判。正如奥哈拉所说的，他的诗作一方面"是他可感知的星云状的事件，恢复它们的细节"，同时，"诗歌是把那些特别具体、偶然的事件的不可感知性呈现出来"①。《12月里温暖的一天》正是把第 57 街上各种具体事物以及它们并不能被简单理解与陈述的并置关系表现了出来。从此出发，我们不难理解为何奥哈拉只以闲言碎语的方式记录下生活的片断，而不为它们赋予一种方向、一种意义的说明。

与《与他们一步之遥》《12 月里温暖的一天》相比较，诗作《多愁善感的单元》(*The Sentimental Units*)的批判性更强一些。它虽仍旧以闲言碎语式的写作表现了当代城市生活的驳杂，拒绝引入任何特定的价值体系，但也强烈地讽刺了当代人生活的平庸、琐屑。在诗作中，文学艺术的力量已经不能把人们从零散化了的生活状态中拯救出来，甚至，文学艺术自身就已经降格为琐屑的生活的一部分，被生活的碎片同化了。琐屑，似乎是当代人生活的终极状态：

1

If only more people looked like Jerry Lieber we would all be a lot happier, I think.

2

It is May 17th, 17 is a strangely sonorous number, and I haven't made out my income tax yet.

3

There is a man going by with his arm in a sling. I wish men could take care of themselves better.

4

Mahler is great, Bruckner is terrible.

---

① Frank O'Hara, "Statement for the New American Poetry", *The Collected Poems of Frank O'Hara*, ed., Donald Ellen, Berkeley, Los Angeles and London: University of California Press, 1995, p.500.

...

8

Listen, I have to go on foot. Would you mind lending me your snow(hic) shoes?

9

I saw T.S. on the telly today. I find that he is one of the most intelligent writers of our "day."

10

If you have to see *Sporting Life* it helped to make sense out of that movie. Read *Radclyffie*, he said.

11

Part 9 is an imitation of Joe Brainard.

12①

诗中出现了 T.S. 艾略特、拉德克利夫（Radclyffie）、布雷纳德（Joe Brainard）等文学艺术领域的重要人物，他们跨越了从现代主义到后现代主义的各个阶段与不同领域。但这些人物在诗中，并没有被塑造为拯救者或灵魂的指引者。相反，他们被编入一个个序号，以毫无关联的形式组合在一起。在这种组合中，这些文学艺术大师也并不比计算个人所得税、观看受伤的人、向朋友借雪地靴显得更加重要，他们只是生活中的一个片断。艾略特不过是"我"看电视的一瞬（I saw T.S. on the telly today），阅读拉德克利夫与读体育周刊、看电影也无太大差异。当然，根据奥哈拉对主流价值观及意识形态的反对，他的这种生活记录，代表着一种后现代的狂欢，一种对所有价值观的冷漠。但很明显，诗作也明显传递出无奈的情绪，是对生活之琐屑与无法整合的一种揭示。序号"12"下面的空白，其实向读者暗示，这是一个可以任意填充的部分，这个序列也将是一个没有尽头的延续。这未尝不是对不可

① Frank O'Hara, *The Collected Poems of Frank O'Hara*, ed., Donald Ellen, Berkeley, Los Angeles and London: University of California Press, 1995, p.467.

扭转的虚无与庸常之生活的一种失望,这或许就是为什么我们在序号"9"下面看到"日子"被打上了引号(our "day"),诗人是在让我们注视:当代人拥有的究竟是怎样一种生活?

三　纽约人际交往中的艺术之思

奥哈拉闲言碎语体的第三重内涵在于它所包含的艺术观念。因为受到现代主义绘画的影响,也因为他对城市经验复杂性的感知,奥哈拉确信,艺术之为艺术正在于它是一种发生,它提供的是开放而非封闭的生活经验,它不欢迎定性化的思维,不欢迎特定的教益与理念。而他的闲言碎语和不着边际的叙述风格正是用来抵抗对艺术的理性化和抽象化认识,这在其关于友朋交往的诗作中明显可见。

诗作《为何我不是一个画家》(*Why I Am Not a Painter*)通过"我"的诗作与第二代"抽象表现主义"(abstract expressionism)艺术家迈克尔·戈德伯(Michael Goldberg)的画作之间的比较,强调了绘画艺术与诗歌艺术的共通之处,即对经验的敞开性的强调。但经验的敞开体现在这一首诗作,又在于将"我"与戈德伯格、诗与画保持为一种复杂的交集关系,而不作简单的高下判断或师徒分别。

I am not a painter, I am a poet.
Why? I think I would rather be
a painter, but I am not. Well,

for instance, Mike Goldberg
is starting a painting. I drop in.
"Sit down and have a drink" he
says. I drink; we drink. I look
up. "You have SARDINES in it."
"Yes, it needed something there."
"Oh." I go and the days go by

75

and I drop in again. The painting
is going on, and I go, and the days
go by. I drop in. The painting is
finished. "Where's SARDINES?"
All that's left is just
letters, "It was too much," Mike says.

But me? One day I am thinking of
a color: orange. I write a line
about orange. Pretty soon it is a
whole page of words, not lines.
Then another page. There should be
so much more, not of orange, of
words, of how terrible orange is
and life. Days go by. It is even in
prose, I am a real poet. My poem
is finished and I haven't mentioned
orange yet. It's twelve poems, I call
it ORANGES. And one day in a gallery
I see Mike's painting, called SARDINES.①

"我"最初在戈德伯格的画布上看到了"沙丁鱼"字样(SARDINES),但多日
之后"我"意外发现它们已经淹没在画面上的众多字母之中了。起点不等于
终点。在诗作中,这一艺术品的形成就和普通的日子一样,是一个自然流淌
的过程,而不是被某个中心、方向设定好了的:"我走了而日子继续/而我又
来了。画作/还在继续,我又走了,而日子/继续。我来了。画作/完成了。"

---

① Frank O'Hara, *The Collected Poems of Frank O'Hara*, ed., Donald Ellen, Berkeley, Los Angeles and London: University of California Press, 1995, pp.261—262.

(I go and the days go by/and I drop in again. The painting/is going on, and I go, and the days/go by. I drop in. The painting is/finished.)"我走了""来了""日子继续""画作"这几个词,在诗行中错落不羁的组合顺序,正暗示着艺术创造应该是一种不受束缚的、自由的"进行中的事件"①,而非朝着某一方向的行进。诗作的后半部分则聚焦于"我"的写作。"我"写下一行关于"橘色"的文字后,接着洋洋洒洒写了一页又一页与"橘色"不相关的文字,最终形成十二首诗歌,并将它们命名为"橘色",正如戈德伯格把他的画命名为"沙丁鱼"。于是,诗题与画题都没有限制诗作与画作的形成,它们只是诗作与画作自由延展的起点而已。经验的敞开性在两者那里都可以得到保证。

但这绝非是诗作的终点,在奥哈拉笔下,即便是强调经验的敞开,也不应借助于经验总结式的探讨。这首诗更为根本的成功之处在于它以"我"与戈德伯格之间难以辨明的艺术交往来实现奥哈拉的艺术理念,即对中心、主题的游离,而这种游离又恰恰是在不经意、不统一的闲言碎语中实现的。首先,诗作的题目摆出了一副架势,好像要仔细地讲解"为何我不是一个画家",但诗作的首段又消解了诗题所赋予的重任,它貌似要回答问题但却只提供了一个对问题的唠叨的重复,"我不是个画家。我是个诗人。/为什么?我想我宁愿做个/画家,但我不是"(I am not a painter, I am a poet./Why? I think I would rather be/a painter, but I am not)。这表明了诗作在解释上的退缩。于是,后面"我"与戈德伯格的故事是否是对"为何我不是一个画家"的解释也就自然存疑,或许这个故事只不过是事实的再一次重复。正如有的评论者所指出的,"它没有告诉我们一个艺术家是什么,而只让我们看一位艺术家做了什么"②。其次,虽然"我"的写作与戈德伯格的画作之间有着相通之处,但"我"的写作又似乎是对戈德伯格的一种有意识的模仿。比如在第二诗段中,"我"像个初学者那样向戈德伯格提问(Where's SAR-DINES?),在第三诗段中"我"很得意自己能写这么多文字,而始终不让"橘

---

①②　Mark Silverberg, *The New York School Poets and the Neo-Avant-Garde*: *Between Radical Art and Radical Chic*, Farnham and Burlington: Ashgate, 2010, p.98.

色"出现(My poem/is finished and I haven't mentioned/orange yet)。就此而言,这首诗又是对"我"这个初学者的一种调侃。第三,虽然"我"像是一个画家的模仿者,但对于诗歌在经验表达上更具空间、更能持续的特性又有着特别的自信(There should be/so much more, not of orange, of/words, of how terrible orange is/and life)。这种自信又令人感到,"我"其实深谙诗歌与绘画艺术的不同。①基于这些前后难以统一的、甚至有些矛盾的叙述,不得不说,"我"与戈德伯格的交集绝不是对诗题的直接回答,也绝非简单地被用来论证诗与画的共鸣,相反,这个故事的面目、三个诗段中各种细节,体现出一种晦暗不明甚至相互消解的倾向,其中的意味需要读者自己来加以推演。诗作中松散的叙述,让各部分之间保持为一个沙盘,而非一个成形了的沙雕。奥哈拉抛出了一个看似高端的关于艺术的题目,但最终只是用闲言碎语"邀请读者去分享的是他的无所事事,让读者像他那样去看事物的表面(而非表面之下的意义——引者注)"②。

去中心化的闲言碎语使得《为何我不是一个画家》得以保持为一段生活经验或艺术经验的发生处所,而非经验的总结。只有这样认识这首诗,我们才能看到它作为一首诗是如何向戈德伯格的画作《沙丁鱼》致敬的,也才能真正理解两者如何可以相提并论。当然,既然强调艺术应为经验的发生地,那么奥哈拉会将丰满的生活之流置于艺术作品之上,也就不足为奇了。诗作《与你喝一杯可乐》(Having a Coke with You)正是以生活本身的不可界说与永恒流动来调侃艺术的僵硬。诗作中"我"与"你"——奥哈拉的同性情人文森特·沃伦(Vicent Warren)——前去观看肖像画的画展。在展出的画作中,人物的面目模糊不清,画面更像是颜料的涂抹(just paint)。这很可能指的是印象主义或表现主义类的作品。而"我"直截了当地表示,与其

---

① 纽约派诗人在诗歌创作上的这种自信,可在另一位诗人科克的相关表述中见出:"我猜,画家们受到奥哈拉的启发,大过奥哈拉受到画家们的启发。通行的看法是,我们诗人极大地受到画家们的启发,这是因为画家们以他们的方式先出了名,也赚了很多钱。" Cited from Hazel Smith, *Hyperscapes in the Poetry of Frank O'Hara*, Liverpool: Liverpool University Press, 2000, pp.167—168.

② Rona Cran, *Collage in Twentieth-Century Art, Literature and Culture: Joseph Cornell, William Burroughs, Frank O'Hara, and Bob Dylan*, Farnham and Burlington: Ashgate, 2014, p.158.

看这些绘画,"我"更愿意看"你"。从"与你喝一杯可乐"开始,奥哈拉开始了呓语般的叙述:相较于那些绘画作品,"你"的魅力就在于能够带出鲜活的、非限定的经验。

Having a Coke with You

is even more fun than going to San Sebastian, Irún, Hendaye, Biarritz, Bayonne

or being sick to my stomach on the Travesera de Gracia in Barcelona

partly because in your orange shirt you look like a better happier St. Sebastian

partly because of my love for you, partly because of your love for yoghurt

partly because of the fluoresent orange tulips around the birches

partly because of the secrecy our smiles take on before people and statuary

it is hard to believe when I'm with you that there can be anything as still

as solemn as unpleasantly definitive as statuary when right in front of it

in the warm New York 4 o'clock light we are drifting back and forth

between each other like a tree breathing through its spectacles[1]

"你"的橘黄色衣着,"你"比古代圣人塞巴斯蒂安更快乐,对"你"的爱,"你"对酸奶的爱,白桦林边橘色的郁金香,"我们在人前与雕像前露出的神秘微

---

[1]　Frank O'Hara, *The Collected Poems of Frank O'Hara*, ed., Donald Ellen, Berkeley, Los Angeles and London: University of California Press, 1995, p.360.

笑"(the secrecy our smiles take on before people and statuary)，都可以部分地被用来说明"你"超过艺术作品的地方，但又都远远不足以说明"你"的魅力。以上述这些经验的流动性与不相关性而言，诗作只是在例举"你"的魅力，而不是要囊括。特别是，情人之"爱"与"对酸奶的爱"的滑稽并列，提醒我们这些文字并不构成一个严肃的解释，这些文字即便不完全是个玩笑，也将是个对生活细节无所不包的、不可能完成的无穷序列。就此而论，关于"你"的魅力的答案也就近乎于"无"了。而且，"我"对"你"这个超越一切的"艺术品"的欣赏，既部分在于"你"，也部分在于"我"，有时在于"我们"，同时在于他者与环境。既然一切视角都被提及，那么也就等于无法靠近任何最终的答案。奥哈拉围绕"与你喝一杯可乐"的这一段唠叨，将"你"这个最大的艺术品保持为来自生活本身的丰富与流动。

与"你"的魅力相对的、不被诗人欣赏的，是那些不能真正达到敞开的艺术作品。诗人在第三诗段提及了超现实主义代表人物杜尚、印象派画家、达芬奇、米开朗基罗等。这些艺术家、艺术流派，无论古典还是先锋，在创作中或多或少都受到物象的牵绊，就连杜尚也不例外。在奥哈拉看来，对特定形相的依赖限制了经验更为自由的更替与发生。那些艺术家辜负了生动活泼的经验之流，而奥哈拉不愿意错过其中的点点滴滴：

> it seems they were all cheated of some marvellous experience
>
> which is not going to go wasted on me which is why I am telling
>
> you about it[1]

至此，我们也不免对奥哈拉的诗学立场产生某种疑虑：如果诗歌与经验之流有如此紧密的关系，那么诗歌与日常生活之间究竟有无界限？有人甚至指出，奥哈拉的这种堆积着生活细节的创作就犹如今天我们在脸书上所作的信息更新，与我们今天社交媒体时代的生活记录颇为相似。但二者之

---

① Frank O'Hara, *The Collected Poems of Frank O'Hara*, ed., Donald Ellen, Berkeley, Los Angeles and London: University of California Press, 1995, p.360.

间的差别依旧是明显的。如前所述,奥哈拉在闲言碎语中呈现的日常经验,不是让我们自我满足与陶醉,而是让我们能够对之静观、反思,摆脱解释的霸权与简单化的思维。托德·蒂特森(Todd Tietchen)言之成理:奥哈拉让人们进入"超越基本需要与日常行程的思想的领域"①,而将经验"保持为矛盾的状态"②。尽管我们不必像戴维·莱曼(David Lehman)那样强调奥哈拉作品中的焦虑感,认为其看似漫不经心的日常经验描写常常"是在必死性的照耀下展开的"③,但奥哈拉对都市生活、日常生活的积极介入与悬置性审视才是其真正的力道所在。

第二节 闭合与敞开:后现代浪漫派阿什贝利的城市经验

在纽约诗派诸位诗人的创作中,阿什贝利的诗歌是最为艰涩难懂的。但阿什贝利的艰涩又不同于现代主义诗风的那种深奥。阿什贝利并不致力于打造宏大复杂的象征隐喻体系,他的诗作就每一句看来,并无奇特拗涩之处,甚至极为直白,但合并在一起就常常难辨究竟。这种诗风引起众多批评家的不同解释。哈罗德·布鲁姆(Harold Bloom)将阿什贝利视为浪漫主义者。④但更多的批评家倾向于从后现代的角度来对其进行认识。比奇(Christopher Beach)认为,"阿什贝利抵制着那种向象征主义深度开进的诱惑。"⑤查尔斯·奥提瑞则更为具体地指出了阿什贝利诗作平面化特点的核心,认为其诗作"不会让内容只关乎某个单一主体"⑥,"相对于任何一种'正

---

① Todd Tietchen, "Frank O'Hara and the Poetics of the Digital", *Criticism* 56.1(2014), p.48.

② 同上,p.49。

③ David Lehman, *The Last Avant-Garde: The Making of New York School Poets*, New York: Doubleday, 1998, p.168.

④ Harold Bloom, "John Ashbery: The Charity of the Hard Moments", *American Poetry since 1960: Some Critical Perspectives*, ed., Robert B. Shaw, Chester Springs: Dufour Editions Inc., 1974, p.83.

⑤ Christopher Beach, *The Cambridge Introduction to Twentieth-Century American Poetry*, Cambridge: Cambridge University Press, 2003, p.203.

⑥ Charles Altieri, *The Art of Twentieth-Century American Poetry: Modernism and After*, Oxford: Blackwell Publishing, 2006, p.208.

确的'解决方案,他更感兴趣的是各种替代,因为想象的最佳运作方式,可能是作为一个满足各种要求的乐器,将各种替代性选择实现,把伴随着各种可能性出现的自我投射出来"①。

上述不同批评,触及阿什贝利创作的不同面向。但这些诗学效果的达成,还在于阿什贝利对诗学传统的独特使用,用"后现代浪漫派"来概括阿什贝利的诗风也许是一个不错的选择。说其是浪漫派,是因为阿什贝利常常会在诗作中把抒情主体、自然乡村、关于远方的幻想、对现实的批判放在显要位置——这的确是对浪漫主义的一种延续——但阿什贝利又必然会对自己的浪漫主义姿态予以颠覆和解构。他的有趣之处正在于将古典式的抒情与后现代的游戏特征结合于一体,认识其作品的诗性,不能忽略任何一端。这种写作风格的形成,基于他所要呈现的当代人复杂的生活经验:既抱有浪漫主义情怀,又要对现实保持一种批判与审视,但这种批判与审视常常显得无力、无效甚至滑稽。

一 假装的叛离:闭合中的城市经验

纵观阿什贝利前后期的作品,对当代城市文明的批判是一个明显的重点。在他的描写中,城市中的人,无论有着怎样形式的抵抗——罗曼蒂克的或先锋派的——最终仍然深陷于世俗化、均一化的现实。真正的悲剧在于,被世俗化、均一化的人甚至会认为自己已经拥有了足够的浪漫情怀或批判水准。这样一种城市经验,在阿什贝利早期的名作《操作手册》(The Instruction Manual)中就已经体现得淋漓尽致。该诗呈现了一位写字楼里的小职员,因厌烦自己无聊的、机械化的工作而在想象中展开了一段浪漫的异国之旅:

As I sit looking out of a window of the building

I wish I did not have to write the instruction manual on the uses

of a newmetal.

---

① Charles Altieri, *The Art of Twentieth-Century American Poetry: Modernism and After*, Oxford: Blackwell Publishing, 2006, p.202.

I look down into the street and see people, each walking with an
inner peace,

And envy them—they are so far away from me!

Not one of them has to worry about getting out this manual on
schedule.

And, as my way is, I begin to dream, resting my elbows on the
desk and leaning out of the window a little,

Of dim Guadalajara! City of rose-colored flowers!

City I wanted most to see, and most did not see, in Mexico! [1]

在诗作开首的这一段中,"我"作为专门写作"操作说明"的职场一员对工作
毫无兴趣,对大街上行走的人群则羡慕有加,嫉妒他们的自由,"他们当中没
有谁会为了准时赶写出这份操作说明而忧虑"(Not one of them has to
worry about getting out this manual on schedule)。于是,"我"的决定和行
动就是做一场白日梦,在梦中释放自我,前往墨西哥的城市瓜达拉哈拉来一
段旅行。诗行到此,讽刺的张力已经形成,因为对于"我"而言,反抗庸常现
实的途径就是:做梦。更重要的是,做梦已经成为"我"摆脱庸常现实的一种
习惯性选择或者说唯一选择:"按照我的路数,我开始做梦"(as my way is,
I begin to dream)。于是,瓜达拉哈拉这远方的城市无论怎样鲜花绽放,或
是有美丽的小窗户供我凭栏而望,在诗作的展开中都将只是讽刺的叠加,这
种旅行幻想越是大幅度地延伸下去——诗作的三分之二篇幅正是对幻想中
旅行细节的描绘——"我"的反抗的无力与虚弱越是得以彰显。

当然,作为摆脱庸常现实的一种"行动",旅行幻想的无力与虚弱远非这
首诗作的全部。《操作手册》更深一层的讽刺,在于呈现重复、机械的工作是
如何闭合、窒息了人的想象力与表达方式。这才是更深一层的异化,是选择
的有限性之外,城市生活对人的思维与意识上的同化及控制。这在《操作手
册》洋洋洒洒的关于旅行细节的描写中逐步透露出来:

---

[1]　John Ashbery, *Selected Poems*, New York: Elisabeth Sifton Books · Viking, 1985, p.5.

The band is playing *Scheherazade* by Rimsky-Korsakov.

Around stand the flower girls，handing out rose-and lemon-colored flowers，

Each attractive in her rose-and-blue striped dress（Oh! such shades of rose and blue），

And nearby is the little white booth where women in green serve you green and yellow fruit.

The couples are parading；everyone is in a holiday mood.

First，leading the parade，is a dapper fellow

Clothed in deep blue. On his head sits a white hat

And he wears a mustache，which has been trimmed for the occasion.

His dear one，his wife，is young and pretty；her shawl is rose，pink，and white.

Her slippers are patent leather，in the American fashion，

And she carries a fan，for she is modest，and does not want the crowd to see her face too often.

But everybody is so busy with his wife or loved one

I doubt they would notice the mustachioed man's wife.①

表面看来，"我"已投入工作之外的幻想中开始了旅行。如花的少女、欢乐的情侣、衣着整齐的小伙子、热闹的游行，"每个人都沉浸在节日的气氛中"（everyone is in a holiday mood），一切与枯燥的办公室是如此不同。但读者会迅速发现，"我"对自己旅行之梦或幻想的描写，是如此平淡无奇、索然寡味。我们只是看到人们在穿着、年龄、肤色、性格上的差异，此外无他。作为读者的第一反应，我们会感到诧异：这些场景对"我"如此具有吸引力吗？而在整个诗作后面的展开中，当我们看到更多的平白无奇的场景时，这样的疑问会更加明显。此外，更值得为我们所审视的，是"我"描写这些场景的方

---

① John Ashbery，*Selected Poems*，New York：Elisabeth Sifton Books • Viking，1985，pp.5—6.

式。从上引诗段开始至诗作结束，几乎所有的诗行，都采取了简单陈述句的模式，主谓宾关系一目了然，如"他的挚爱，他的夫人，年轻且漂亮"（His dear one，his wife，is young and pretty）、"她的拖鞋是有专利的皮革制品"（Her slippers are patent leather）、"她拿着一把扇子"（She carries a fan）。并且，诗作似乎还为这些场景刻意安排了被描述的顺序，如"首先，引领着队伍的，是一位穿戴整齐的小伙子"（First，leading the parade，is a dapper fellow）这一行中"首先"一词的使用。初读之下，我们也许会对这种高度呆板、井然有序的表达感到无趣，但读完以此方式贯穿全诗的描写，我们就会体会到其中的惊悚——阿什贝利不是在复述一个小职员平淡无奇的旅行之梦，而是在呈现这个梦背后被模式化、语法化、公式化了的意识。

　　撰写操作手册或使用说明书的日常工作，在诗中已不仅仅是外部生活，这种工作所要求的表达的明晰性、逻辑性、语法性，已经彻底地渗透到人物的心理及思维当中。"我"的旅行幻想及其表达，总体看来，就如同一篇"操作手册"那样简单、直接、有序，可迅速被理解。当然，这样的旅行幻想，只有一种浪漫的外壳，它并无抵御现实工具理性的生气与灵魂。所以，《操作手册》这首诗的震撼力绝不止于揭露白日梦的幼稚、可笑，更在于揭示日复一日的专门化、机械化的工作如何控制了白日梦的产生与呈现。就此而言，笔者认为，许多既有的批评虽对此诗中的旅行幻想有着各种细致的解析，但均留下了一些缺憾。比如马克·西尔弗伯格（Mark Silverberg）曾指出，戴维·利哈姆、玛乔丽·珀洛夫等著名批评家均正面地将《操作手册》视作为对现实的一种背离，认为这种阐释忽视了诗作的讽刺意义。在西尔弗伯格看来，《操作手册》中的旅行描写，只相当于高中生的水准，"极度平白、老套、毫无新意"①。但西尔弗伯格把这种有意为之的"低水平"写作，仅仅放在了对浪漫主义的调侃及反对上："这些细节远不具备想象的力量以及拯救的意涵，它们体现了阿什贝利不动声色的智慧，体现出的不是浪漫主义的喜悦，而是对这种喜悦的刻意模仿。"②这一批评虽在诗学意义上点出了阿什贝利

---

① Mark Silverberg，"Laughter and Uncertainty：John Ashbery's Low-Key Camp"，*Contemporary Literature* 43.2（2002），p.292.

② 同上，p.293。

的特质，但却未能触及阿什贝利如此写作背后的社会批判用意——工作对"我"的异化。贾斯珀·贝尔纳斯（Jasper Bernes）更为深入地看到《操作手册》关于旅行的幻想与"我"的职场身份之间的关联。贝尔纳斯指出日益增多的白领工人在职场生活中的双重性，即具有一定自主权同时又受到监控指挥，而《操作手册》则"将这种双重性戏剧化地呈现出来，将说话者同时设置成命令的给出者与命令的执行人，让其成为那位想象着逃脱工作之庸常状态的人，也使其成为那位真正出发上路的人"①。这一观察更深刻地揭示出诗中旅行幻想的社会意义，但在我看来，对《操作手册》的理解，特别是对其中有意为之的幼稚化写作的理解，重点不在于整理诗中"我"的身份的复杂性，而在于看到"我"的存在的单一性——无论是作为命令者还是执行命令者，"我"均已被语法化、公式化、工具化了。

《操作手册》以表面的浪漫主义风格，破解了浪漫主义的自我、想象、旅行、远方、自然等审美范畴在当代城市经验面前的无力。而浪漫主义之后的现代主义审美范式也被阿什贝利纳入颠覆与解构的范围，诗作《副业》（Parergon）便是一例。在阿什贝利看来，对社会的罗曼蒂克式逃离或精英式批判空有一种不苟同的姿态，但其实均已失效，它们早已成为日常经验之流的一部分，不再具有真正的反对性力量。所以，《副业》当中直抒胸臆的吟唱并不高高在上，隐喻性十足的先锋式描写也不再振聋发聩：

> We are happy in our way of life.
>
> It doesn't make much sense to others. We sit about,
>
> Read, and are restless. Occasionally it becomes time
>
> To lower the dark shade over it all. ②

诗作首段直截了当地反观着"我们的生活方式"（our way of life）：它充满欢

---

① Jasper Bernes, "John Ashbery's Free Indirect Labor", *Modern Language Quarterly* 74.4 (2013), p.519.

② John Ashbery, *Selected Poems*, New York：Elisabeth Sifton Books・Viking, 1985, p.107.

乐,但在彼此之间却毫无共鸣(It doesn't make much sense to others),虽充满各种活动,却无方向指引,更像是不尽的躁动(restless)。这种主观性十足的直接批判,拒绝将发声者"我"视为遗世独立、愤世嫉俗的英雄,因为"我"正是"我们"的一部分,而非一个例外。更有趣的是,生活在无意义中的"我们"还自以为是局外人,颇有腔调地以 T.S. 艾略特式的诗句对生活作出批判:

> And one strays in a dream
>
> Into those respectable purlieus where life is motionless and alive
>
> To utter the few words one knows:
>
> "O woebegone people! Why so much crying,
>
> Such desolation in the streets?
>
> Is it the present of flesh, that each of you
>
> At your jagged casement window should handle,
>
> Nervous unto thirst and ultimate death?
>
> Meanwhile the true way is sleeping;
>
> Your lawful acts drink an unhealthy repose
>
> From the upturned lip of this vessel, secretly,
>
> But it is always time for a change.
>
> ..."①

"理想的郊外"(respectable purlieus)点明了自以为是的局外人的位置,而随后从这一位置发出的社会批评几乎就是《荒原》与《J. 阿尔弗雷德·普鲁弗洛克的情歌》的一种翻版与混合。"街道上荒芜"(desolation in the streets)、"在饥渴与最终的死亡前的惊惧"(Nervous unto thirst and ultimate death)、"总还有时间做一个改变"(But it is always time for a change),与艾略特笔下的丧失灵魂的伦敦、干涸的大地、在咖啡勺的转动中沉沦堕落的

---

① John Ashbery, *Selected Poems*, New York: Elisabeth Sifton Books · Viking, 1985, p.107.

普鲁弗洛克是何其相似。但诗作真正的讽刺点在于，自省式的表达、先锋派诗句的朗诵，都不过是一种生活习惯、一种不会真正扰乱日常生活之流的消遣：一切只是说说而已（To utter the few words one knows）。诗作末段以一个讽刺性的画面揭晓了这一用意，在这画面中人们并没有找到生活的方向，相反，大家对欲望的追逐竞相投去好奇、观望与钦羡的目光，而不问这欲望是否野蛮、是否造成伤害、将走向何方：

> As one who moves forward from a dream
>
> The stranger left that house on hastening feet
>
> Leaving behind the woman with the face shaped like an arrowhead,
>
> And all who gazed upon him wondered at
>
> The strange activity around him.
>
> How fast the faces kindled as he passed!①

也就是说，对现实的批评、文学爱好者的舞文弄墨，不影响对现实的认同。街道上的每一个人都被那位步履匆匆的、欲望战场的胜利者所折服，人们的脸庞被其迅速照亮（How fast the faces kindled as he passed!），之前先锋派的社会批判似乎早已被抛在九霄云外。人们对那位胜利者的观摩甚至让人们自己都感到惊讶（And all who gazed upon him wondered at/The strange activity around him），但这惊讶也不会带来任何改变，每个人都像哲学家那样觉得自己只能看到这世界的一部分，因此不能对这生活之流的改变负起责任，因而选择转身离去：

> Yet each knew he saw only aspects,
>
> That the continuity was fierce beyond all dream of enduring,
>
> And turned his head away, ...②

---

① John Ashbery, *Selected Poems*, New York: Elisabeth Sifton Books · Viking, 1985, p.107.

② 同上，p.108。

回顾全诗,我们应该可以理解它的题目为什么叫作《副业》。当反思、批判、诗歌、哲学只成为与生活的一种点缀或是一种隔靴搔痒,它们也真的只能被当作"副业"。

通过《操作手册》与《副业》的分析,我们注意到阿什贝利的后现代浪漫派写作,在诗学上对过往诗学范式的戏仿与其对现实的批判是紧密结合的。阿什贝利不是简单地寻求诗学传统的突破,而是在对传统的调侃中辛辣地揭示浪漫派及现代主义诗学范式已不足以表现的当代生活经验。他的诗作提示我们,既然无力保持浪漫主义传统中那种坚实的自我,也不够资格去做一个大地上的异乡者,还不如诚实地表现"我"面对生活的无力、含混与复杂。《虚情假意的陈词滥调》(*Unctuous Platitudes*)也是体现这一立场的佳作:

> ... The weather has grown gray with age.
> Poltergeists go about their business, sometimes
>
> Demanding a sweeping revision. The breath of the air
> Is invisible. People stay
>
> Next to the edges of fields, hoping that out of nothing
> Something will come, and it does, but what? Embers
>
> Of the rain tamp down the shitty darkness that issues
> From nowhere. A man in her room, you say. [1]

这首诗歌与《操作手册》《副业》一样,从浪漫主义式的批评开始,对现实的浮华、躁动表达不满:"吵闹的鬼精灵们忙于他们的生意,时不时地/要来一次横扫一切的更新换代"(Poltergeists go about their business, sometimes/Demanding a sweeping revision),站在边际的人们"期待着在虚无中/出现

---

[1]　John Ashbery, *Selected Poems*, New York: Elisabeth Sifton Books · Viking, 1985, p.216.

些什么"(hoping that out of nothing/Something will come)。社会的潮汐变化,商业或时尚的牵引,像无形的空气(The breath of the air/Is invisible)暗中控制着我们,人们学会了期待新事物的出现,但也顾不上反思这些所谓新事物的性质与意义。它们带来的不是希望、方向,而只是虚无(shitty darkness that issues/From nowhere)。正如我们在《副业》中看到的,边缘者、局外人位置再次出现(to the edges of fields),但它不代表对平庸现实的任何真正抵抗。当然,在这些对现实的批评中,诗人并未将自己与人群隔离开来,而是同样呼吸着那"无形的空气"。此后,浪漫主义式的直接批判转入令人意外的场景拼贴:"一个男人在她的房间里,你说"(A man in her room, you say)。虽来得突兀,且毫无细节介绍,但考虑到前面诗行对现实的批判,这间房间的出现正令人想起《荒原》第三部分《火诫》中小职员与一女子有欲无情的相会。然而诗人并不留恋于这种暗示性的场景描写,而是立即又回到主观表达,更重要的,原先愤怒与冷峻的笔触消失不见,代之而起的是颇有些晦涩的暧昧:

> I like the really wonderful way you express things
> So that it might be said, that of all the ways in which to
>
> Emphasize a posture or a particular mental climate
> Like this gray-violet one with a thin white irregular line
>
> Descending the two vertical sides, these are those which
> Can also unsay an infinite number of pauses
>
> In the ceramic day....①

"我"对"你绝妙的表达方式"(the really wonderful way you express things)

---

① John Ashbery, *Selected Poems*, New York: Elisabeth Sifton Books · Viking, 1985, p.216.

有一种深深的欣赏。阿什贝利似乎是在讽刺表达的空洞,它如此连贯流畅(unsay an infinite number of pauses),但毕竟只是一种表达的形式、一个模样(a posture)。这一方面指涉着城市生活潮流更迭中的聒噪与虚无,另一方面,也可能意指诗作前半部分的社会批评空有冷眼旁观的姿态,实则隔靴搔痒。可是,作者又以"我喜欢"(I like)对这种空洞的聒噪给予拥抱,这就使其立场变得模糊与暧昧。因为,"我喜欢"这一态度的简单、突兀使我们很难认定最后四个诗节完全只是一种反讽,事实上,它缺乏反讽所需的那种假意迎合的过程。所以,"我喜欢"未必不是在表达对聒噪的时尚潮流、故作姿态的批评立场的一种迷恋。纵观全诗走向,阿什贝利是从浪漫主义式的直接批判转为艾略特式的暗示性场景描写,最终又回到暧昧的主体表达。诗人放弃将自己虚构为城市生活的对立面、拯救者、叛离者,而选择去展现既冷静反省又乐乎其中的复杂心态。诗作的"声音"从激烈到冷峻再到暧昧,虽然失去了浪漫气概与精英气质,但正如奥提瑞先生所说的,非单一化的主体及其经验对于阿什贝利而言或许更为真实、更值得描写。

综上,阿什贝利的后现代浪漫派书写,对浪漫主义的、现代主义的写作范式、审美趣味均有所包含,但又对它们作了嘲弄与舍弃。在其笔下,"自我"能够进行自我审视,但也会不自觉地被同化、建构,在与社会的依赖性关系中拖延不决、立场摇摆,在对自己的欣赏中故作姿态、陶醉麻痹。这种对人与他者、人与社会、人与自我更为复杂关系的描绘,使得阿什贝利的后现代浪漫派写作相较于现代主义诗歌更为立体也更为深刻地写出了当代生活经验中人的窘境。

二　主体的退场:日常场景与意义开放

既然阿什贝利注重"自我"的复杂性,敏锐地从人与社会及他者的复杂关联来看人的沉沦状态,那么,在揭示人在现实生活中的深度沉沦之余,意义的开放性也是其写作的题中之义。恰如个体不再是某种罗曼蒂克的、单质化的存在,事物的意义也将只能在人群的交叉网络中得以产生和改变,所以在阿什贝利的创作中,出现了一种有趣的自反性的生活经验:一方面"我"被闭合在人群里,难以彻底抽身脱离,另一方面,"我"又被释放到意义的自由空间之中。许多习以为常的惯性思维模式，在其诗中均被打破，比如关于"友谊"的认识、关于作诗的方法等等。

《朋友》（*Friends*）一诗以强烈的抒情开头，对友谊的留恋几乎浓得化不开，然而诗作又一步步地远离了这种对"朋友""友谊"的模式化描绘：

> I cannot restrain my tears, and they fall
>
> On my left hand and on my silken tie,
>
> But I cannot and do not want to hold them back.[①]

泪水自然表明了"我"对朋友的一种怀念。然而从这怀念之中，我们又可读出诗人绝非满足于这种抒情式的、怀旧性的友谊，因为这一段分明包含了对这种老套的"友谊"观的调侃。"我不能也不想把这眼泪收回"（I cannot and do not want to hold them back）——泪湿满襟的时候，如此淡定地从行动及意愿两方面考虑收回眼泪的可能性，不正是一种滑稽的讽刺吗？沿着这一思路，诗作在之后的四个段落中拒绝在抒情的轨道上作单一化的虚构，而是通过几个没有任何关联的场景将"友谊"呈现为一个多面体。恰如诗人在末行所说："这感觉就好像是一颗珍珠般的宝石"（The feeling is a jewel like a pearl）。[②]第二诗段写"我"因不想卷入邻里之间的闲言碎语，所以出门散步，"但是没有遇见朋友"（But met no friends）。这种朋友可能是每天在熟悉的路上遇到后会点点头、聊上两句的朋友，见与不见并无大碍。这是对第一诗节抒情性的某种弱化。至第三诗节，阿什贝利则描写了"我"与银行经理之间更为复杂的"朋友"关系：

> The banker lays his hand on mine.
>
> His face is as clean as a white handkerchief.
>
> We talk nonsense as usual.

---

① John Ashbery, *Selected Poems*, New York: Elisabeth Sifton Books · Viking, 1985, p.240.

② 同上，p.241。

I trace little circles on the light that comes in

Through the window on saw-horse legs.

Afterwards I see that we are three.

Someone had entered the room while I was discussing my money

　　problems.

I wish God would put a stop to this. I

Turn and see the new moon through glass. I am yanked away

So fast I lose my breath, a not unpleasant feeling.①

银行中双方谈话的姿态十分亲密，"银行经理将他的手放在我的手上。/他的脸像白手帕一样干净。"（The banker lays his hand on mine./His face is as clean as a white handkerchief）。"我"接受银行经理的这种友好动作，部分是因为我们已经是老熟人（We talk nonsense as usual），部分是因为此刻"我"要解决经济问题（I was discussing my money/problems）；同样的，这份"友谊"对于银行经理也是双面的，既包含长久的交往，也不乏维持客户关系的考虑。所以，很难判断"我"与银行经理之间友情的性质。不过，尽管情感基础似是而非，亲密的接触也令人尴尬，这毕竟也是"朋友"关系的一种发生类型。诗作提供的第四种关于"朋友"的情境，更是完全脱离了情感的基础，只关乎陌生人之间的相遇：

I reach for my hat

And am bound to repeat with tact

The formal greeting I am charged with.

No one makes mistakes. No one runs away

Any more. I bite my lip and

Turn to you. Maybe now you understand.②

---

① John Ashbery, *Selected Poems*, New York: Elisabeth Sifton Books • Viking, 1985, p.240.

② 同上,p.241。

诗中的"你"可以被理解为是读者。虽然"我"与"你"总体而言是陌生人的关系——"我"已经准备好了取下帽子、正式地打招呼（The formal greeting I am charged with）——但这并不妨碍"我"与"你"之间可以有相互的理解，也许只要一转身就心有灵犀地交流（I bite my lip and/Turn to you. Maybe now you understand）。当然，诗人并没有对这一种相互理解作任何保证，"可能现在你明白了"，仍只是一种可能。从令人垂泪的"朋友"到最后这陌生人的相遇，阿什贝利试图揭示的是"朋友"关系的不同形式的、不同程度的发生与消失。这些描写不是对"朋友"的任何界定或赞美，而是将其放置在各种稳定与不稳定的社会交往与关系中看其可能以及滑稽的、偶然的各种面向。

相对于《朋友》，讨论作诗法的《那么"诗如画"就是她的名字》（And Ut Pictura Poesis *is Her Name*）则更为戏剧化地把事物的意义抛掷在空中，提醒我们作诗最重要的是不垄断事物的意义。根据他本人的介绍，诗题中的"诗如画"来自古罗马先哲贺拉斯的《诗艺》，这首诗则是对贺拉斯的一种反对。阿什贝利不认为诗是对某种先在的模仿、追随，诗作开头第一行"你不能再那样说了"（You can't say it that way any more）就直接"挑战了传统的模仿说，在这一传统中，视觉艺术走在前面，诗人则总是跟随其后"①。但仅仅表达自己的观点，并不能成就一首诗，重要的是表达的过程。阿什贝利先是故作深不可测的模样，以一位美学家或哲学家的口气提出了"说"与"不可说"、"存在"与"不存在"等问题，展现出几分洋洋自得的学究气，继而步步降格，中止了自己对诗作进程的引导，把诗作存在的理由彻底交还给关系与"他者"。这个戏剧化的过程才是对作诗理念的一次绝佳阐发：

You can't say it that way any more.

Bothered about beauty you have to

Come out into the open, into a clearing,

---

① Barbara K. Fischer, *Museum Mediations：Reframing Ekphrasis in Contemporary American Poetry*, New York：Routledge，2006，p.56.

And rest. Certainly whatever funny happens to you

Is OK. To demand more than this would be strange

...

So much for self-analysis. Now，

...

Names of boys you once knew and their sleds，

Skyrockets are good—do they still exist?

There are a lot of other things of the same quality

As those I've mentioned. Now one must

Find a few important words，and a lot of low-keyed，

Dull-sounding ones ...①

为美所触动，起身到户外，但却不能言明究竟感受到了什么；岁月长河中的人与事，究竟存在还是不存在？这其中的道理并无出奇之处，甚至也只是一些老生常谈的哲学美学命题。当然，我们知道"美"是不可说尽的，事物的存在也是难以言明的。诗人以教导性的口吻——"你不能再那样说了"（You can't say it that way any more）、"正如我所提起的"（As those I've mentioned）——提出这些问题，其实不免有些可笑。但这种学术矫情姿态不是全部，诗中的"我"一直在让自己摆脱这种指导者的面目，先是表示"太多自我分析了"（So much for self-analysis），之后表示要更低调一点（low-keyed）。最终，他一改煞有介事的学院风，结束了自己的引导性的提问，开始将不起眼的事物赤裸裸地抛掷在读者面前，以事物出场的直接与陌生引起强烈的诧异感，把事物的意义交还给具体关系的形成：

... She approached me

About buying her desk. Suddenly the street was

Bananas and the clangor of Japanese instruments.

---

① John Ashbery, *Selected Poems*, New York：Elisabeth Sifton Books·Viking，1985，p.235.

Humdrum testaments were scattered around. His head

Locked into mine. We were a seesaw. Something

Ought to be written about how this affects

You when you write poetry[①]

一个女性靠近我，意在讨论购买桌子的事情；大街上突然充满了香蕉；日本乐器四处作响；人们像跷跷板一样彼此锁套在一起。这些场景出现得很突然，没有任何背景、语境作为支撑，彼此之间也无直接联系，很难对它们作出合并与解释。但正因为脱离了具体语境、设定，这些场景及其中的事物被还原到它们自身。这是阿什贝利所安排的我们与物的一次直接会面。也正是在这样近乎空白的会面中，我们能够更为充分地理解并想象到，这些事物要取得意义就必须要进入各种具体的情境、语境、关系。于是，作诗并不在于选择多么特别的题材、事物，而在于呈现、保持事物的具体性，恰如诗人所言，事物与每一个"你"的相遇才是诗歌写作的重点（Something/Ought to be written about how this affects/You when you write poetry）。此时，"我"第三次将自己拉下诗学指导者的神坛，因为"我"不是一个自足的存在，相反，"他的头脑/与我的相互锁定。我们好比是一个跷跷板"（His head/Locked into mine. We were a seesaw）。

为了说明作诗的道理，阿什贝利将不具备逻辑整体性的陌生女人、香蕉、大街、乐器、锁在一起的头脑并置在一起，他的这一用意早已得到批评家的关注。唐纳德·雷维尔（Donald Revell）就指出，这些事物的出现就像是约翰·凯奇（John Cage）所提出的碰撞中的新音乐，"在碰撞这一逻辑中，声音此起彼伏，仅此而已。其中的效果决定于碰撞的强度与物质性；语境是影响造就的事件，而不是一个已经给定的总体性。模仿说认为，理解是想象的确然终点，现实是可以被抓住的。阿什贝利则不断地在相反方向上作出证明"[②]。但正

---

①　John Ashbery, *Selected Poems*, New York：Elisabeth Sifton Books · Viking, 1985, p.235.

②　Donald Revell, "Purists Will Object：Some Meditations on Influence", *The Tribe of John：Ashbery and Contemporary Poetry*, ed., Susan M. Schultz, Tuscaloosa and London：Tuscaloosa and London, 1995, p.98.

如前文梳理所显示的,《那么"诗如画"就是她的名字》在反对模板、先在、实在的同时,生动地把"我"作为调侃的对象,幽默地反省"我"在讲述这个道理时的高调,并继而降调,最终以"你"与事物的直接碰撞来说明诗歌的要义,正是这一充满变化的表达过程使得反模仿、反控制的艺术理念获得了一次幽默的、具身化的表达。这是对主体性的又一次假意推崇与实质抛弃。

　　在对主体性的幽默抛弃中,在对关系及他者的强调中,事物的意义的确得以敞开。但阿什贝利没有局限于探讨个体视角与事物的关系,没有过于天真地关注意义的可能性,他也能够从更宏大的社会角度来书写事物意义的交错与变化,揭示人在社会发展中的被裹挟状态,表达其更具针对性的社会关怀。诗作《集注版》(*The Variorum Edition*)就展现了社会的发展不断改写着事物的意义,不过这并不意味着美好与解放:

> ... Too bad
> they did't ask my advice—I'd have told'em
> once more how the residuals taper off
> into climate change.
>
> Beer and pretzels is the one luxury here.
> Tented figures walk the escarpment
> behind which a luxury hotel is planned
> for comic suicides in the next decade.[1]

和其许多诗作一样,"我"仍然占据了诗作的开端,颇为严肃地有所抱怨:有人居然没听从我的建议,太糟糕了(too bad)!"我"提到食品残余会加剧气候变化,合理、节省地利用食物可能正是"我"的建议。谁也不能否认,这是极具社会责任感的建议,不过它在第二诗节立即被颠覆:"啤酒与饼干在这是奢侈品"(Beer and pretzels is the one luxury here)。在"我"大谈控制食

---

① John Ashbery, *Chinese Whispers*: *Poems*, New York: Farrar, Straus & Giroux, 2002, p.4.

品消费的必要性时，还有许多连啤酒与饼干都消费不起的贫穷地带。食品消费，对于某些人来说已经是全球性的生态难题，对于另一些人来说却依然是需要得到满足的基本生存权利。这种意义的交错，在第二诗节还关乎豪华酒店的建造。象征着财富的豪华酒店的建造与无家可归的人群（tented figures）被并置在一起——财富对某些人来说是享乐，对另一阶层的人而言很可能是家庭的窘境甚至灾难。即便是豪华酒店本身，它既是享乐之地，但未来也很可能会出现富豪或名人"喜剧性的自杀"（comic suicide），成为报刊新闻热衷聚焦之地。的确，事物——关于气候变化、关于豪华酒店——的意义仍然是在人群的交错作用下产生的，然而它们不再意味着思维的拓宽、可能性的释放，它们彰显出来的反而是文明发展的失衡、无序。阿什贝利的确仍然选择在社会关系网络中表现事物意义的不同可能，但它们已被赋予一种滑稽古怪的面目，它们所包含的不是对解放的憧憬，而是对社会文明发展的悲忧。

综上所述，阿什贝利的后现代浪漫派写作，对当代日常经验中的闭合与敞开有着双向的、立体的聚焦。一方面，其笔下的浪漫主义的坚实自我对现实保持了高度的警醒与批判，但也在调侃自嘲中深度坠落。另一方面，主体的暧昧与消散，又有利于事物意义的敞开，但敞开也不必然指向美好。这样的写作包含了各种悖谬与矛盾，但这也正是阿什贝利的诗学旨趣所在。他的创作并不提供任何单一性的答案、立场、态度，而把自己保持在一种中性的模棱两可与摇摆状态。这体现了诗人对当代人生活状态之复杂性的睿智观察，也体现了他对精英化诗学风范的幽默扬弃。

第三节　戏谑者科克：城市书写与"是其所是"

纽约诗派的另一位中坚诗人肯尼思·科克在对城市的书写中，也致力于打破意义对事物的垄断，体现着与阿什贝利、奥哈拉一脉相通的反中心、反意义、反惯性思维的后现代立场。但相对而言，阿什贝利与奥哈拉通过多重视角的引入或生活细节的并置，较为注重引发意义的可能性，科克所做的是更加"基础性"的工作,即首先去拆解事物所承载的意义及价值的重负,拆解它们被遮蔽的现状,以便让它们能够"是其所是"地得到静观与展现。在风格上,科克的写作也更具幽默性与戏谑特征。利用夸张的、漫画般的场景,科克让读者在笑声中反思、摆脱意义与价值观的过度运作,使各种需要被去除的遮蔽得以聚焦,让"是其所是"成为可能。科克制造的"笑果",并不缺少严肃的城市批判及相应的哲思。

一　调侃"文明":城市书写中的社会关怀

我们身处于其中的城市,是否真的在提供一种文明,或者说,我们身处其中的文明是否能够成立,它难道不是一种虚构或异化?　我们的生活是否处于一种被遮蔽、被操控的状态?　这是科克的诗作不时以戏谑的方式提醒读者所反思的问题之一。比如诗作《感恩节》(*Thanksgiving*),先是对印第安人的文化故意作一番"揶揄",假意将其放在"非文明""非现代"的历史位置上,以玩笑的方式将许多人内心的心理定式说了出来,以此为铺垫,诗人再将人们的目光带向阴郁的纽约街景,继而提出:当我们颇为居高临下地嘲笑印第安文化时,我们自己建立的文明世界是否就更为优越?

> How would you like to be living in an Indian America,
> With feathers dressing every head? We'd eat buffalo hump
> For Thanksgiving dinner. Everyone is in a tribe.
> A girl from the Bep Tribe can't marry a brave from the Bap Tribe.
> Is that democracy?
>
> And then those dreary evenings around the campfires
> Listening to the Chief! If there were a New York
> It would be a city of tents, and what do you suppose
> Our art and poetry would be like? For the community! the tribe!
> No beautiful modern abstract pictures, no mad incomprehensible
> Free lovable poems! And our moral sense! tribal.

If you would like to be living in an Indian America

Why not subscribe to this newspaper, *Indian America*?①

是否接受每个人都头戴羽毛？是否愿意让自己的部落身份来影响自己的爱情生活？每天晚上围着篝火跳舞,听着酋长来安排一切？在夸张的、典型化的印第安情境的描写与调侃中,诗作似乎对西方文明的长处给予了热切拥抱——我们有民主、抽象派画作、不完整的自由诗等等,诗作甚至建议热爱印第安化美国的人直接去订阅一份《印第安美国》以获得心理满足。不过这种立场很快被证明只是一种铺垫,它所要显示的是以西方文明为中心的人们的傲慢与优越感。对他者的贬低是否合理,是否就能够说明我们的高级?诗人问道,"这个国家是否越来越美好或是已经变好? /如果印第安化的纽约很糟糕,那么我们'白人化的纽约'(white New York)又怎么样呢?"

Is this country getting any better or has it gotten?

If the Indian New York is bad, what about our white New York?

Dirty, unwholesome, the filthy appendage to a vast ammunition

works,

I hate it!

Disgusting rectangular garbage dump sending its fumes up to suffocate

the sky—

Foo, what fumes! and the scaly white complexion of her citizens.

There's hell in every firm handshake, and stifled rage in every look.

If you do find somewhere to lie down, it's a dirty inspected corner,

And there are newspapers and forums and the stinking breath of

Broadway

To investigate what it feels like to be a source of stench

---

① Kenneth Koch, *The Collected Poems of Kenneth Koch*, New York: Alfred A. Knopf, 2013, pp.129—130.

And nothing else. And if one does go away,

It is always here, waiting, for one to come back. And one does come back,

As one comes back to the bathroom, and to a time of suffering.①

出现在我们眼前的"白人化的纽约"不但有环境上的肮脏、污秽,更有着人与人关系上的冷漠、隔阂——"萦绕着每一次紧紧握手的地狱气氛,隐藏在每一个脸庞中的愤怒"(There's hell in every firm handshake, and stifled rage in every look)。除此之外,城市的每一个角落无不处于"监控"之下(inspected corner)。在文化上,各种报纸与论坛所提供的庸俗评论也窒息着百老汇的艺术发展。诗人在上引诗节最后三行直言,这就是我们的生活,我们无处可逃,我们会厌恶地离开,但最终仍将回归它的怀抱。这样的纽约是否优越于印第安文化的纽约? 在末尾诗节中诗人不禁发问:"纽约,纽约?"(New York, New York?)

《感恩节》的上述描写,在先抑后扬的策略中完成了对当代城市文明的批判。它对印第安文明起初的调侃,最终转变为对白人至上主义的一种讽刺。应该说,科克在诗中制造的是一种反思性的喜剧效果,它引导读者反观自身的执妄之处。有评论者提出,这首诗歌体现了科克诗作的"包涵性"(inclusiveness)特征,即对事物、观点广泛包含而不作绝对评价的写作特点,认为"这些诗行当中有一种讽刺,但却没有反对的印迹"②,诗作预示了多年之后美国社会的一个争论,即感恩节是否应该被庆祝③。这一概括有其道理,但未免过于中性了。诚然,在强烈批驳"白人化纽约"的过程中,诗作并没有对所提及的印第安文化作任何具体辩护,对西方文明所建立的民主、抽象派画作的成就也未直接予以否定,诗人在印第安纽约与白人

---

① Kenneth Koch, *The Collected Poems of Kenneth Koch*, New York: Alfred A. Knopf, 2013, p.130.

② David Chinitz, "'Arm the Paper Arm': Kenneth Koch's Postmodern Comedy", *The Scene of My Selves: New Work on New York School Poets*, eds., Terence Diggory and Stephen Paul Miller, Orono: The National Poetry Foundation, 2001, p.317.

③ 同上,p.316。

化纽约之间并无绝对取舍，双方之间似乎的确有一种平衡。但这种平衡得以建立，最根本的前提就是诗人以反讽的方式批判了白人文明的自大与偏颇。进而，这种平衡的建立也是为了让读者能够摆脱简单化的对他者的偏见，"是其所是"地反观城市、文明究竟应该走向何方。简言之，去除了白人文明的话语主导权，才可能客观全面地看待纽约这个目前由白人文明主导的城市。

《感恩节》致力于拆解霸权性的文明偏见对城市的认识，而诗作《你穿着》（*You Were Wearing*）则聚焦于商业文明对城市的全面覆盖。科克以漫画式的笔法描摹了充斥在生活各个角落里的"品牌"，它们都体现出商业活动所追求的名人效应、市场效应。当这些"品牌"被科克并置在一起的时候，城市生活也就变成了一张巨大的、滑稽的"漫画"，里面有无数的名人、奇怪的逻辑，而使用商品的人则被淹没在其中。科克制造的笑声，让我们反思：在这张巨大的商业"漫画"之下，我们的生活是否变了形、走了样：

Mother was walking in the living room, her Strauss Waltzes comb in
　　her hair.

We waited for a time and then joined her, only to be served tea in
　　cups painted with pictures of Herman Melville

As well as with illustrations from his book *Moby Dick* and from his
　　novella *Benito Cereno*.

Father came in wearing his Dick Tracy necktie: "How about a drink,
　　everyone?"

I said, "Let's go outside a while." Then we went onto the porch and
　　sat on the Abraham Lincoln swing.

You sat on the eyes, mouth, and beard part, and I sat on the knees.

In the yard across the street we saw a snowman holding a garbage can lid
　　smashed into a likeness of the mad English king, George the Third.[1]

---

① Kenneth Koch, *The Collected Poems of Kenneth Koch*, New York: Alfred A. Knopf, 2013, p.133.

妈妈的梳子是"施特劳斯华尔兹"牌,茶杯上画的是美国小说家麦尔维尔的肖像,父亲的领结是"迪克·特雷西"①牌,屋外的"亚伯拉罕·林肯"牌秋千带有美国总统的气势,街道上以英国国王乔治三世的样貌做成的垃圾桶盖子则更体现出皇室的威严。第二诗节的这些描写,一方面讽刺作为商品的物件都借用名人形象来宣传推销自己,另一方面也生动地揭示出这些商品化的命名行为已经覆盖在日常生活的每一个细节当中。在这一诗节,只有梳头、喝茶、穿衣服、远望窗外等极为简单的行为动作,诗人就是要在近乎无事的描写中把商业行为在日常生活中的全面渗透呈现出来。的确,我们在夸张的品牌命名、形象塑造以及它们背后的流行趋势、离奇古怪的逻辑当中找到了强烈的喜剧感,但在狂笑之余我们不也分明感受到一种荒诞吗？就此而言,笔者并不同意有的批评家所说的,科克在此只是"对家庭事务进行庆祝"②。他的这幅"漫画"看似滑稽,实际上是对商业文明的极为严肃的反思。笔者更同意戴维·莱曼的观察,在他看来,"科克的幽默感的心理基础,可不是以欢快的性情就可以解释的。他的幽默的特殊性在于他找到了一种可被社会接受的方式来实施他的攻击。科克的诗作将愤怒平息下来,转换为一种审美立场,以温和的古灵精怪来表现他的挑衅"③。《你穿着》这首诗的成功之处就在于,它将商品话语在人们日常生活中的遍布,以玩笑夸张的方式罗列出来,在幽默中强化反省的必要。

二　戏弄"认知":城市书写中的诗学反叛

　　除了从社会批判视角拆解城市文明、城市生活被各种话语操控的现状,科克也更具哲学性地从对认知的背离上恢复城市——包括其中的人与事——的生成性而非完成性。他常常给诗作加上一个名词性十足的标题,而诗作内容绝不是对标题名词的一种充分说明或建立。诗作有意识地摆脱

---

① 美国 1970 年代流行的侦探故事人物。

② David Chinitz, "'Arm the Paper Arm': Kenneth Koch's Postmodern Comedy", *The Scene of My Selves: New Work on New York School Poets*, eds., Terence Diggory and Stephen Paul Miller, Orono: The National Poetry Foundation, 2001, p.316.

③ David Lehman, *The Last Avant-Garde: The Making of the New York School Poets*, New York: Doubleday, 1998, p.213.

了介绍、解释、总结、切题、隐喻、象征等与认知的形成密切相关的写作方式，只留下一些不能加以特定概括的、方向不明的、自言自语式的描写，而这些描写又琐屑、无谓到一种夸张可笑的地步：它们拉开十足的架势，好像要切题性地去说些什么，但最终又在唠叨散漫中归于空无。这样的诗作使读者惯常的阅读期待不断地落空，甚至会产生一种被戏弄的恼怒，但它们也带领读者破除认识事物、将事物意义化的执念，回归事物未被塑形前的"本相"，回归经验未被裁剪之前的具体。

《关于四十八个州的一首诗》（A Poem of the Forty-Eight States）就是这样一首拒绝对对象加以认知性建立的诗。看题目，它似乎要围绕美国各州或重要城市的风貌作一个展现，或是要展现诗人对四十八个州的特殊体验。但读罢全诗，我们就会发现，它提供的不过是一堆毫无辨识度、不带有任何地理文化特征的琐屑经验的叙述。诗作第二节：

> In Zanesville, Ohio, they put a pennant up,
>
> And in Waco, Texas, men stamped in the streets,
>
> And the soldiers were coughing on the streetcar in Minneapolis,
>
> Minnesota.
>
> In Minocqua, Wisconsin, the girls kissed each other and laughed,
>
> The poison was working in Monroe, Illinois,
>
> And in Stephanie, New Hampshire, burning fragments were
>
> thrown up.
>
> It was the day of the States, and from Topeka, Kansas,
>
> To Lumberville, New York, trees were being struck
>
> Down so they could put the platforms up. However I lay struck
>
> By sunlight on the beach at Waikiki, Hawaii ...
>
> Why can't Hawaii be one of the United States?
>
> Nothing is being celebrated here; yet the beaches are covered
>
> with sun ...[1]

---

① Kenneth Koch, *The Collected Poems of Kenneth Koch*, New York: Alfred A. Knopf, 2013, p.184.

在俄亥俄州的赞斯维尔，诗人给出了人们树起旗帜的场景；在得克萨斯州的韦科，诗人写了路上的行人——虽然用了"stamped"一词来修饰行人的状态，不过我们无法从这一个词当中解读出任何特定含义；在明尼苏达州的明尼阿波利斯市，我们也只不过看到坐在汽车里咳嗽的士兵；在其他各地，诗人告诉我们有许多大树被砍倒了。这种无聊、无谓到极致的书写，令人不禁瞠目：这难道是诗歌吗？作品究竟对四十八个州说了些什么？但这正是科克所主张的"语言的表面"（surface of the language）①——语言的运作并不是要真正去说明什么、传达什么。不难发现，诗中的场景描写与具体的州及城市并无特定关联，曾斯维尔城的场景可以与韦科城的场景直接互换，其他部分亦然，因为这些场景可以在任何一个地方发生、出现。诗节第八、九行关于各处所见的共同的砍树场景，似乎就是在提醒我们，诗作并没有以区分性的景象描写为己任。至于各处所见的砍树情景是否代表着破坏自然的行为，诗作极为俭省的笔墨也似乎在阻挡我们去做这样一种过度阐释。在这一堆去除了所有文化、地域、象征涵义的唠叨中，《关于四十八个州的一首诗》拒绝对州或城市作任何意义的添加、特殊的界定、具体的划分。它们几乎是以"无"的方式登场亮相。

科克的这种对"语言的表面"的使用，与他站在后现代立场对 T.S. 艾略特、拜伦的批评一脉相承。在科克看来，艾略特的《荒原》中那些抽象的声音与象征"超出了人类的可能性"②，他反对艾略特的那种宏大的认识世界的方式——当然这是纽约诗派的一个共同立场——宁愿去"寻找我生活中各种损失与悲伤之间的细微差别"③。同样的，科克也不欣赏拜伦在写作时所显示的主观智慧："我很害怕被他的老练所压倒。他似乎对什么事情都了如指掌，而很明显，我不是这样。"④可见，科克反对将诗学表达等同于以人的主观为基础的表象行为或认知行为。这不仅仅是一种表达风格上的选择，对于科克来说，事物的复杂性本就应该使我们意识到主观视角、认知行为的

---

① Kenneth Koch, *The Art of Poetry：Poems，Parodies，Interviews，Essays，and Other Work*，Ann Arbor：The University of Michigan Press，1996，p.214.

②③ 同上，p.188。

④ 同上，p.194。

片面与有限。即便是面对第二次世界大战这样易于发表评论的历史事件，科克也都倾向于让自己保持"无知"状态。他说，"我处理二战的唯一方式，就是讲关于它的笑话。我不知道应该如何处理这一题材。它是个很大的主题。"①在面对普通生活经验时，他也毫不遮掩自己认知上的有限，正如他在《关于四十八个州的一首诗》中所提及的，记忆的衰颓、视野的有限、生命的短暂，都影响到我们对事物的言说。

> I cannot remember what all I saw
> In northern Florida, all the duck we shot.
> You have asked me to recall Illinois,
> But all I have is a handful of wrinkles.
> Perhaps you would like me to speak of California,
> But I hope not, for now I am very close to death.②

按照科克本人在诗学与哲学的上述立场，城市以及城市中的人与事，在科克笔下就总是被保留为它们的片断性，被保留为它们未被或难以被说明、界定及抽象的状态，即前概念的状态。按照海德格尔的话来说这是使事物"是其所是"；以柏格森之言，这是对生活之流的尊重。所以在呈现城市场景时，科克不是表现经验的片断性，就是强调城市超出他个人经验与视角的部分。美国城市之外，他关于欧洲城市的书写也是如此。科克不会把这些远方的城市作任何异域风情式的、文化标签性的、罗曼蒂克化的处理。比如在里斯本的博物馆前，科克写建筑上的砖瓦，"据说有八万块，一个人难以把它们全部描述"(there are, it is said, eighty/Thousand of them, one cannot describe them all③)；在雅典街头，他不是描述建筑的古老、雄伟，而是说这里的人与建筑的面目"与公元五世纪时相比早已不同/没有事物能保持不

---

① Anselm Berrigan, "PW Talks to Kenneth Koch", *Publishers' Weekly*, March 27th, 2000, p.72.

② Kenneth Koch, *The Collected Poems of Kenneth Koch*, New York: Alfred A. Knopf, 2013, p.185.

③ 同上，p.448。

变"(can't have been the same in the fifth century BC./Nothing can have been[①]);在法国的艾伯耐,这个小城的存在只在因人而异的香槟酒的作用中才能被捕捉到一二。

此外,对于科克来说,拒绝以主观认识来片面、狭隘地概说对象,不仅仅是因为人的主观思维、认知能力有限而外物太复杂,另一重要原因是,人自身的存在状态、意识状态首先就是难以确定的。与其给外物赋予意义、建立象征形式,还不如先看到自己的意识活动的复杂构成。这或许可以解释为什么我们在科克的作品中,可以找到如此之多的非典型性、非标准、非常规化的心理瞬间。这些模糊不明的时刻,对于科克来说,一方面是难以厘清的,另一方面也无须刻意去厘清,因为它们恰恰是值得珍视的非公式化的、生动而具体的个人经验。《诗作在瑞典爆发的能量》(*Energy in Sweden*)回顾了诗人二十三岁时在瑞典斯德哥尔摩的一次滑雪经历。诗人不无幽默地说,当时年轻的自己充满了能量,在那个激情四射的年纪他遇到了六个同样来自美国的姑娘。他仍能回忆起那种能量爆棚的状态,于是连用多个比喻、煞有介事地向读者加以呈现:

... I had it, the way a giant has the hegemony of his nerves

　　In case he needs it, or the way a fisherman has all his poles and lines and lures, and a scholar all his books

　　The way a water heater has all its gas

　　Whether it is being used or not, I had all that energy.[②]

这能量的充沛感就如同巨人调动起浑身力量、蓄势待发,好像渔夫准备好了所有的鱼竿与鱼饵,恰似学者所有需要的书都到达了手边,或如即将发热的热水壶。这一连串比喻,以其夸张制造出喜剧效果,各种临界状态的叠加足以引发读者会心的一笑,让读者充分感受到"我"的力比多的爆棚。但诗人

---

　　① Kenneth Koch, *The Collected Poems of Kenneth Koch*, New York: Alfred A. Knopf, 2013, p.449.

　　② 同上,p.444。

随即滑稽地写道,自己深悔当年没有释放这一能量。然而,这一让他印象深刻的十年前的一瞬,究竟意味着什么,其实他自己也没搞清楚。"我时常想起这个瞬间"(I thought about this moment from time to time①),但答案仍然摇摆不定、晦暗不明。诗人说,那股能量当时似乎有两个出口,一是与姑娘们调情做爱,二是写诗,但"两个选择可能都被高估了,因为关系是如此明白清楚"(Both maybe are overestimated, because the relation is so clear②)。与姑娘们在斯德哥尔摩的意外相遇,在诗人看来,既是刺激写作的又是刺激情欲的,两种关系、两个方向都很明确,因此简单地认定或选择任何一个作为力比多释放的出口,其实都是偏颇之举。换言之,诗人感受到了力比多强烈产生的戏剧化瞬间,但并不能给予这力比多准确的概括或解释。这一无法被简单定性的心理瞬间并没有成为诗人的烦恼,经过多年的思索,诗人有了领悟:对经验的直接拥抱、面对而不是辨析、解释,才是最重要的:

> Sometimes there are the persons and not the energy, sometimes the energy and not the persons.
> When the gods give both, a man shouldn't complain.③

科克在城市经验书写中所表现的反表象、反象征、反认知的倾向,在其自然书写中也可得到佐证。未经裁剪塑形的经验本身,始终是诗人的核心坚持。《渴望春天》(Desire for Spring)展现的就是迎接春天到来的心理的非线性状态。诗人说对春天的渴望超过了其他事物对自己的满足,例如"死亡""破损的家具""头疼""忧郁"或者是"贪婪的野狼吃我的肉"。虽然渴望春天的温暖与生机,但不难看出,相反方向的、通常来说较为负面的心理满足同样在其生命中扮演着重要角色。这些相反方向的心理满足并没有被否定,而是与对春的渴望处于一种并存状态。再者,诗作写对春天的渴望就如

---

①②③ Kenneth Koch, *The Collected Poems of Kenneth Koch*, New York: Alfred A. Knopf, 2013, p.444.

飞蛾扑火,寻求更高的温度(Not even moths in the spell of the flame/Can want it to be warmer so much as I do!)①,但他对春的呼唤又是在等待"天堂的可爱的凉爽"(Dear coolness of heaven)②。生与死、复活与衰朽、热与冷,这些对立的、相反的范畴以一种并列、交叉的方式出现在对春的渴望中,它们具有可转换、甚至是相互抵消的可能性。看得出,科克在写作中很重视这些复杂多元、非线性、非单轨的意识状态,对于他而言,这些原初的、个人化的经验,哪怕再只鳞片甲或平凡琐碎,就其本身而言也是真实具体的。按照特定方向对经验予以整合,以可辨析、可理解的方式对个人心理或外部事物加以塑形,才是虚假。赋予外物以特定的形式、内涵及意义,将总是包含着思维与意识的裁剪作用与盲目自大。科克明言,自己的写作就是要"将语词或短语放入连环画式的网格中","而不是线条中"③——重点不是故事究竟在说什么,而是故事的每一个值得玩味的局部与瞬间。他笔下的城市经验,"可能仅仅是我的印象"④。科克曾经评论奥哈拉的诗作说,"他的诗歌的速度与偶然的面向,并不是一种无所谓,它们对于诗歌创作来说至关重要:捕捉真正'在那儿'同时也是正在发生的事物。"⑤如果说奥哈拉是以语言的速度与偶然性的强调,来拒绝认知意义的形成,那么科克则更多地以煞有介事、夸张、讽刺、模棱两可以及琐屑到极致的描写,来对认知活动进行戏弄和拒绝。不过两位诗人对于事物"在那儿"的尊重,对事物"是其所是"的强调却是完全共通的。

三 "纽约诗派"交往的"是其所是"

在城市经验的书写中,科克要剥离"文明"对社会生活的遮蔽,也要剥离认知思维对事物的塑形,在这些剥离中,他追求的是"是其所是"地看待社

---

① ② Kenneth Koch, *The Collected Poems of Kenneth Koch*, New York: Alfred A. Knopf, 2013, p.79.

③ Jordan Davis and Kenneth Koch, "An Interview by Jordan Davis", *The American Poetry Review* 25.6(1996), p.47.

④ Kenneth Koch, *The Art of Poetry: Poems, Parodies, Interviews, Essays, and Other Work*, Ann Arbor: The University of Michigan Press, 1996, p.214.

⑤ 同上,p.25。

会、文明、事物，反对褊狭的建构与塑形所带来的固化认识，尊重存在的具体与发生。在此过程中，科克也没有忘记让"纽约诗派"摆脱固化的认识，他以《命运》(Fate)、《一个时区》(A Time Zone)等诗作将自己与阿什贝利、奥哈拉等好友的相处彻底解构，以一种无所不包的方式，将诗人相处当中无法归纳、无法定性的诸多细节呈现出来，拒绝人们对"诗派"可能产生的模式化想象与认识——比如志同道合、惺惺相惜、志趣相投、深入理解、有着共同的目标等等。纽约诗派和所有其他事物的存在一样，也只是一种发生，充满着变化以及难以穿透也没有必要去穿透的部分，它只是"在那儿"。

《命运》从纽约西区第十大街上的小房子开始写起，讲述刚刚从欧洲回来的"我"与朋友们的相聚：

... The walls

Were white in that little apartment, so tiny

The rooms are so small but we all fitted into one

And talked, Frank so sure of his

Talent but didn't say it that way, I

Didn't know it till after he was

Dead just how sure he had been, and John

Unhappy and brilliant and silly and of them all my

First friend, we had met at Harvard they

Tended except Frank to pooh-pooh

What I said about Europe and even

Frank was more interested but ever polite

When sober I couldn't tell it but

Barely tended they tended to be much more

Interested in gossip such as

Who had been sleeping with whom and what

Was selling and going on whereat I

Was a little hurt but used to it my

Expectations from my friendships were

Absurd ...①

"我"兴奋地向阿什贝利、奥哈拉、拉里·里弗斯(Larry Rivers)、简·弗赖利克(Jane Freilicher)等好友讲述游历欧洲得到的快乐,但向朋友们讲述的热情并没有替代对那间小屋的兴趣,"我"又回忆起那屋子的小、那墙壁的白。当然,科克写各位好友在这小屋中"成为一体"(fitted into one),但这并不是以屋子的小来衬托纽约诗派好友之间有多么心灵相通。我们看到的,是他们既熟悉又陌生,既有共鸣又不协调的关系,在你想象他们是多么高深的鸿儒的时候,他们却表现得更接近于白丁。比如,"我"回忆大家相识于哈佛大学,大伙颇具有愤世嫉俗的特征,但奥哈拉却不在其列(Tended except Frank to pooh-pooh);奥哈拉对于自己的才能信心满满,但表达时却丝毫显露不出来,而"我"是在其去世之后才意识到他内心的那种自信(Didn't know it till after he was/Dead);至于阿什贝利,"我"也难以说清楚,因为他既忧郁又有才气,同时还傻气十足。"我"对朋友们讲述的欧洲之行呢,只有奥哈拉在听——不过只是一种礼貌,其他人则不感兴趣,大伙更在意男女之间的绯闻、路上的美食(Who had been sleeping with whom and what/Was selling and going on whereat)。"我"对朋友们的反应有点失望了,不过早已习惯。于是,我们从这一场纽约诗派诗人的相聚中,几乎得不到任何关于他们的罗曼蒂克化的整体印象,所谓立场一致、性情相投、相互理解、爱好诗歌等等关于诗派的习惯性认识,在此均不能成立。科克没有去迎合任何大众的想象,与前述他对城市经验的书写一致,对于他而言纽约诗派不应被塑形或被刻意地虚构。杰夫·沃德(Geoff Ward)在评论此诗时看到,诗作开头准备讲述故事的主体性十足的浪漫主义式自我,在诗作的展开中逐渐消散②,但应该说,消散的不只是一个浪漫主义的自我,而是整个

---

① Kenneth Koch, *The Collected Poems of Kenneth Koch*, New York: Alfred A. Knopf, 2013, p.307.

② Geoff Ward, *Statues of Liberty: The New York School of Poets*, New York: Palgrave Macmillan, 1993, p.8.

纽约诗派。这种消散，对于科克来说，不等于说纽约诗派不存在，而是说我们不应让这个诗派本质化、定性化、固化——这样的认识方式、想象方式与阿什贝利、奥哈拉以及科克的创作宗旨背道而驰。"是其所是"，是对待纽约诗派的最佳方式。科克在一次访谈中明确表达了自己的立场，他说："我们启发对方，我们嫉妒对方，我们模仿对方，我们对于对方很挑剔，我们羡慕对方，我们几乎完全依赖于对方的帮助。"①人际关系的主要形式，在诗人们的交往中均有体现，所以科克不无幽默地表示纽约诗派甚至可以被比作纽约洋基棒球队。的确，几位诗人确实组成了诗派，"我们对于其他成员的作品基本上没有抵抗力"，大家能够欣赏彼此的作品，但"这或许就像人们对冷和热没什么不适应一样"。②

在《命运》一诗问世十五年后，科克 1994 年的诗集《一列火车》(*One Train*)中又出现了一首关于纽约诗派的诗作：《一个时区》(*A Time Zone*)。在其中科克更具诗意地表达了对纽约诗派——以及相关艺术家——"是其所是"的态度。科克让朋友们一一登场，但又保持他们各自在创作上的投入状态，在诗中他们并不相互打扰，诗作也只邀请读者对他们远远地观看，他们只是如科克所强调的那样，"在那儿"：

> Frank is smoking and looking his best ideas come in transit
> I walk the nine blocks to the studio he says Come in
> New York today is white dirty and loud like a snow-clogged engine
> Huge men in undershirts scream at each other in trucks near Second
> Avenue and Tenth Street
> De Kooning's landscapey woman is full of double-exposure perfections
> Bob Goodnough is making some small flat red corrections
> Jane is concentrating she's frowning she has a look of happy distress
> She's painting her own portrait in a long-sleeved dark pink dress

---

①② Kenneth Koch, *The Art of Poetry： Poems，Parodies，Interviews，Essays，and Other Work*，Ann Arbor：The University of Michigan Press，1996，p.213.

I'm excited I'm writing at my typewriter it doesn't make too much sense[1]

以上我们看到了肯尼思·科克对城市生活——包括纽约城中的纽约诗派——"是其所是"的描写,他始终反对以概括、认知、虚构的方式来呈现经验。在此过程中,他的戏弄态度、自我矛盾以及琐屑的扯淡相较于奥哈拉、阿什贝利,有过之而无不及。当然,和其他纽约派诗人一样,从内在深处支撑科克这种幽默书写的,是他严肃的社会关心以及付诸笔尖的诗学哲学反叛。

第四节 斯凯勒:视角交叠中的自我与城市

詹姆斯·斯凯勒(James Schuyler)在纽约诗派诸家诗人当中,也许是最不活跃的一位,这与其相对内向的性格以及曾经历的精神抑郁状况不无关系。但斯凯勒的创作成就却不可小觑。他的诗集《诗歌的早晨》(*The Morning of the Poem*)于1982年获得普利策诗歌奖,标志着其创作成就与声望达到巅峰,尽管斯凯勒本人不无自嘲地说,获奖给他带来了更加广泛的尊重,但却似乎对他窘迫的经济状况毫无助益[2]。

与科克类似,斯凯勒的城市书写——大部分是关于纽约的——也指向"是其所是"。但科克倾向于以自己的某段独特的经验来对概念化、意义化、意识形态化的城市予以颠覆,在此过程中,作为诗人的"我"的观察、视角以及智慧扮演着重要作用。科克拒绝对意义的控制,但"我"的慷慨、"我"的包容、"我"的作为意义解放者的角色始终还是若隐若现。事实上,奥哈拉与阿什贝利的创作在一定程度上也同样如此。而斯凯勒的诗学姿态相较之下则

---

① Kenneth Koch, *The Collected Poems of Kenneth Koch*, New York: Alfred A. Knopf, 2013, p.467.

② Carl Little and James Schuyler, "An Interview with James Schuyler", *Agni*, No.37 (1993), p.174.

放得更"低"。他的创作更为积极地取消"我"在诗中的主导者地位。对于斯凯勒来说，"我"的视角极为有限、难以统一，且常常为物象所牵引，处于一种被动状态；只有尊重视角的变动性与被动性，才能真正恢复事物的现象性、物性，才能成就诗。因此，他的作品犹如一部不断调换镜头的照相机，斯凯勒在"镜头/视角"不间断的切换操演中、在不稳定的笔触中，将城市与所见保持为一种即刻之象。当然，和其他纽约诗人类似，斯凯勒的这一诗学立场绝不局限于诗学、哲学之思。他对即刻之象的追求，融合了他对政治、艺术、职业的多重感受。

一　以直观反对话语

在奥哈拉一节中，我们看到诗人对二战之后纽约或华盛顿街头宏大庆祝场景的拒绝，在科克一节中则看到诗人对"白人化的纽约"的反感。这种对意识形态或主导性的社会话语的反感，也为斯凯勒所有。他在评论画家简·弗赖利克的《带画的室内景》(*Interior with Painting*)时，就热烈赞扬作品中颜色的细腻、视角的转换、距离感的多变。这样的画作，在斯凯勒看来就是展现艺术家对景物的直观，此外无他——它们毫无寓意可言，但却以其平凡与非整齐划一性，使艺术区别于社会话语的运作。"简·弗赖利克的作品展明显缺乏那种权威模样，那种公共道德的或是公共演讲的模样，二战之后的太多作品都煞有介事地以这些模样装点自己。就好像一块牛肉上打上了'开袋即食'的标记。宏大的、冰冷的、戏剧化的姿态可能是受欢迎的，但它们不能给我们带来最能打动感受、促进理解的那些差异和细腻。"①

斯凯勒对政治话语之传奇性、模式化以及秩序化的反感，也直接体现在他的诗作中。长诗《生命颂歌》(*Hymn to Life*)赞美的是琐碎到极致的日常生活，是路边的小花野草。这些事物乏味无趣吗？在诗人看来它们就是生活最本真的面向。如果说它们乏味无趣的话，那么政治话语就有趣吗？斯

---

①　James Schuyler, *Selected Art Writings*, ed., Simon Pettet, Santa Rosa: Black Sparrow Press, 1998, p.30.

凯勒讽刺道：

> ……一根
>
> 拴在树干上的绳子绊住了我的腿，我被猛地一拉头朝前
>
> 栽进了泥泞的溪道中。真是过了好长时间啊，终于
>
> 回到岸上，真幸运没伤到大腿根部。这样的事
>
> 不会再发生了，我估计。那个夏天的太阳与
>
> 这个四月的是一个太阳：重复之事很无聊吗？抑或只有"停滞"才
> 是无聊？太多
>
> 的事都无聊，比如华盛顿特区的那些大路
>
> 它们不知从哪总能绕回来。人民公仆们
>
> 等待在十字路口准备过街去"华夫屋"吃午餐。①

此处对华盛顿特区的讽刺明显表达出诗人对政治话语的不屑。而且，如果说政治话语是一种价值观话语，那么斯凯勒也不愿意投身于任何一种价值判断。或者说，在他看来，诗或艺术与任何一种价值判断毫无关系，他在价值判断中看到的只是狭隘、虚伪与无知，与其堕入这些人为的对世界的划分与虚构，不如保持一份即物即真的简单。"生活，似乎，对自身没有任何解释。花园中的/水仙花已卓然绽放，观看它们就已经足够"，"你瞧，你制造了各种其实并不存在的选择。也许/那不是一个选择而不过是一个优先选项？算了吧，都选了吧，都是免费的，/请随意。元气上升。树木开始生枝发叶。你/突然感觉到：你啥也不明白。一种欢喜恢复了/古老的视角，引发了能量的澎湃，或者说带来了那种由'就只是看'/产生的快感"②。大地复苏、树木生长，对这种自然而然的"发生"予以"就只是看"（simply looking）的直视才是对生命、生活的真正回归。

　　当然，斯凯勒不是一个浪漫派的自然主义者，他所主张的并不是简单地回归大自然，而是对包括自然在内的各种现象、发生（happening）的去概念

---

①②　James Schuyler，*Collected Poems*，New York：Farrar Straus Giroux，1993，p.220.

化、去话语化的凝视。所以，他的《生命颂歌》也歌颂日常生活中的一切。洗午餐碟子，清洁剂所起的水泡，碟子晾干，洗头发，晾干头发的方式，这些一地鸡毛的生活细节本身，在斯凯勒看来反而值得艺术与诗去拥抱。"把你自己调向此时此刻的/发生（happening）"①，而不是对它们下判断、做编排，因为艺术是一种现实主义而非魔法，它"取悦并揭示，而非欺骗与限制"②。艺术不会制造特定的幻象，诱导人们限制自己的视角与思维，像话语那样在价值观的基础上作各种优劣区分、高下判断。艺术"不是一种宣言，它不是请我们抛弃城市生活而去选择乡村生活，抛弃公寓生活转向别墅生活。我们被给予的，是日常生活的一个面向，这个面向不是一幅快照也不是一种升华。其之为艺术就在于，将日常生活本身视为最高的、最富于变动的、可爱的知识。"③斯凯勒反认识论的、反话语的、去价值观的艺术与诗学立场，由此清晰可见。所以，当有人称其为"偶然事件的记录者"（chronicler of the haphazard）时，他欣然接受："是的，我喜欢这个说法。我一直以来都喜欢按照事物被发现时候的样子来描写它们，你知道，就像画那些桌子上的物件，不对它们作任何编排。"④

二　视角交叠与漂浮的纽约

既然斯凯勒要以对事物的直观入诗，那么不难想象，他笔下的纽约不会被赋予任何象征的或实质性的意义。纽约的面貌，在斯凯勒的作品中是漂浮不定的，这座城市从来不作为一个实体而只作为经验的瞬间而存在。更为重要的，在斯凯勒那里，直观经验也绝不是统一于"我"的，"我"反倒是属于即时即刻的直观经验的，正如他在称赞约翰·巴顿（John Barton）的画作时所说，"一幅画的实在性，不在于主体的在场或缺席，而在于确

① James Schuyler, *Collected Poems*, New York: Farrar Straus Giroux, 1993, p.219.
② James Schuyler, *Selected Art Writings*, ed., Simon Pettet, Santa Rosa: Black Sparrow Press, 1998, p.48.
③ 同上, p.16。
④ Carl Little and James Schuyler, "An Interview with James Schuyler", *Agni*, No. 37 (1993), p.174.

信(conviction)"①。属于艺术的"确信"不是由某一中心视角所主导的,而是物象在直观中确然而然、即刻当下的显现。所以,在斯凯勒的纽约书写中,各种前后不一致、方向偏离、自我消解时常出现,以至于有时我们甚至会觉得其诗作对纽约几乎没有任何"有效"的描写。但这就是斯凯勒不同于奥哈拉、阿什贝利与科克之处。他不再扮演意义的解放者这一角色,他的极端之处在于彻底拒绝了一切角色与言说。对于他而言,"纽约"与观看者"我"都只是不可规约的现象种种。且看其《乐子》(*Pastime*)一诗:

> 我拿起一支吸了墨汁的笔摆弄起来。
> 这是暴风雪过后
> 冰雪融化的寒冷时刻。
> 在出行时间一辆辆汽车
> 在我的窗下排起了长队
> 造成了交通阻塞。那位动作
> 麻利的正在指挥,
> 放牧着这些大个头的机器
> 仿佛它们就是牛羊。奇怪的是,全都
> 在以某种方式移动着。我读着
> 一本乏味的侦探小说。我
> 修剪我的指甲:它们硬得
> 如同钢铁或玻璃。指甲刀
> 不断把它们剪除。今天
> 我可有点颤抖。刮个胡子,洗个澡。
> 聊天。早报。
> 坐着。发呆。出神。
> 电视。一种荒原般的生活。②

---

① James Schuyler, *Selected Art Writings*, ed., Simon Pettet, Santa Rosa: Black Sparrow Press, 1998, p.48.

② James Schuyler, *Collected Poems*, New York: Farrar Straus Giroux, 1993, p.257.

不能因为看到最后诗行所写的"荒原般的生活"（A desert kind of life），就把这首诗简单视为对庸常现实的一种批判、对纽约这座城市之无聊的一种鄙夷。这种解读是对斯凯勒的最大的简化。诗作呈现的，不是一个被定性了的城市生活瞬间，而是多种直观经验的堆叠。首先，"我"对窗外街道上拥挤的汽车长列的观看，并非意在批判，拥挤的街道并不代表着城市生活的呆滞或模式化。当然，身手麻利的交通警察指挥车辆的场景，的确因其戏剧性有些现实讽刺意味，但诗作所用的"放牧"（herding）一词——警察指挥缓慢的交通如同驱赶牛羊——凸显的是车辆堵塞的场景在心理上激起的第一反应。这种即刻之间的心理反应不属于带有特定寓意的"象征"，因为很显然，此刻诗人的目光不是反省式的、犀利的或审判的，反而是有些模糊的、出神的："奇怪的是，全都/在以某种方式移动着。"诗中的"我"在感受着街道上汽车的移动，而不是在审视。接下去的诗行更是证明了，诗人没有把"我"放在一个高高在上的位置，其意识没有被统筹安排，没有任何具体的方向。我们所能看到的，是意识或目光的不同程度的力度或清醒程度。在诗句的诸多断裂处，"我"时而凝视着物——指甲刀、一本小说，时而无意识地跟随着自己的行动甚至被物所牵引——刮个胡子、洗个澡、指甲太硬，时而对自己有所判断——今天身体有点颤抖。最后，诗作进入到反思性、批判性的目光。但诗作末尾对"荒原"的批判目光在诗中并不占统治地位。一方面，它似乎不过是灵光乍现，从最后诗行的并列关系来说，这一批判只是从对"电视"的凝望以及之前各种不同的意识状态中突然闪现，带有一定的偶然，只是诸多意识状态的一部分。更有趣的，这一"荒原般的生活"何以成为诗题所说的"乐子"？根据诗作所写，诗人并没有在享受对纽约繁忙街道的凝视以及自己的家居生活。所以，诗题"乐子"更可能是指记录这一段城市生活瞬间的写作的"乐子"，也即将"荒原般的生活"转化为诗作的乐趣。以此看来，诗作的目标远不可等同于艾略特式的"荒原"批判，而是要呈现多种意识状态在交织穿插中对一段城市生活场景的共同聚焦。这其中，有无意识的直视、有些许的讽刺、有无所事事的放松、有物理性的判断比较、有精英化的反思、也有审美写作的把玩。不是对"荒原"的批判，而是不同视角对纽约生活的"观看"，对于斯凯勒来说才是真正的"乐子"，这才是诗歌呈现纽约以及在纽约的日常生活的正确方式。恰如他认为费尔菲尔德·波特(Fairfield Porter)画笔下的"农家屋舍"没什么特别的立意,"就是在那看到的、显示出来的东西,没有什么内涵,没有什么解读"①;绘画的优势就在于,能够"把我们的注意力集中在'在那儿'的事物上"②,而不是提供意义或被意义俘获。这也正是斯凯勒的《乐子》在书写纽约时所力图达到的诗学效果。

《哈德逊码头》(Hudson Ferry)一诗描写的是坐船的伙伴、纽约城的烟雾、纽约的市政厅等,也明显可见陈述、叙述的不稳定状态,并且更具有自我消解的性质。诗中三次写到在哈德逊河上同船出游的伙伴:"好像四月的天气/你没法谈论这天气/就好比要如何去谈论我的女士的绸缎般(damask)的面颊呢","看泽西那边耀眼的烟雾/公寓着火了恰如红扑扑(flushed)的脸颊","看看埃斯塔、伊莎多尔还有埃尔文光亮的/镀上玫瑰色的(rosy-gilded)、为风所吹亮的脸颊/在风中笑着聊着。"③短短四个诗节出现了三次"脸颊",从所写对象的重复,似乎可以认为斯凯勒写作过于单调,但斯凯勒诗作要呈现的永远不是作为内容的对象,而是作为经验的对象。上引三处关于"脸颊"的描写,事实上显示了"脸颊"在经验中跳跃性的变化。"脸颊"上的光与色,与作为季节的春天、远处房屋上的火光、眼前的微风等先后结合,诗作用来形容的词汇——"damask""flushed""rosy-gilded"——也不断更迭,斯凯勒实际上表现的,是周遭环境与眼前佳人之间各种瞬时性的共鸣、共在。他不断改变用词来予以形容,表面看似有些笨拙,但却体现了他对即刻经验之差异性的尊重:"你没法在日落时分来说道颜色/那种深度那些变化那种感觉深之又深"④。

除了同船出行的友人,《哈德逊码头》中纽约的烟雾与建筑同样被保持为纯粹现象,它们的存在不但是不稳定,更包含着矛盾性的诸般面向。"在近处一根烟囱吹出一阵浓密的黑蓝色的/烟它是滚烫的它看起来冷冰冰像头发一样飘来甩去/有那种牵拉头皮的弹性或者四处抛散","那烟从烟道里轻快地倾泻而出/懒洋洋地散逸着又几乎不能散开"⑤。烟雾既被感知为滚

①②　James Schuyler, *Selected Art Writings*, ed., Simon Pettet, Santa Rosa: Black Sparrow Press, 1998, p.15.

③④⑤　James Schuyler, *Collected Poems*, New York: Farrar Straus Giroux, 1993, p.21.

热的也被感知为冷的；它们的左摇右摆既有一种牵拉感，但又因为"四处抛散"而毫无牵拉的疼痛感；浓烟有"倾泻"（pouring）之势，却又保持"轻快"和"懒洋洋"。相反倾向的感知与描述之间形成的相互抵消，使得烟雾最大程度地保留着自身的变化，这凸显出诗人眼光对纽约城上空烟雾形态的跟随而非塑形。同样处于对立式叙述中的是纽约的市政厅。诗人自述在寒气依然逼人的四月，看到市政厅前玉兰花的盛开，也看到市政厅因为被洗刷一新而减损了古老的风貌，因此甚为不满："他们把它清洁了一番。看上去成新的了。/他们能不能别再搞清洁/清理下大街就得了"[1]。但结束了哈德逊河的游乐，远观崭新的市政厅却又给百无聊赖的诗人带来了慰藉："真无聊，等候列车/读着小报。清新的市政厅/像是一团银色像是玉兰花在月下闪出亮光"[2]。

　　关于周遭事物的不稳定的甚至是自我矛盾的叙述，使得《哈德逊码头》的表达保持为即刻性的种种尝试。如果对诗作的内涵、抒情性、故事性或戏剧性有过高期待的读者，无疑会对这样的作品感到恼怒，因为它似乎什么都没"说"。可是对于斯凯勒来说，轻易地以某种方式建立事物，给它们赋予特定内涵，反而是一种狭隘与欺骗。正如看到纽约贫民窟破旧的房屋样貌时，是应看到生活的无望，还是应将其视作对外部世界的一种抵抗？斯凯勒认为，任何一种现成答案都是错的，因为"两种眼光都是幻觉。那些建筑带来的是审美的落空，住在其中的人们恰恰是最少打量它们的，而（身在其外的）我们则对它们几乎一无所知"[3]。关注、表现这一对象的唯一正确方式，就是把它保持为"某种我刚刚看到的事物，或者某种我以为我看到了的事物"[4]。当然，就和《乐子》一样，《哈德逊码头》也不乏对现实的关心与批判，诗人对纽约市政厅的描绘就表达了他对老建筑的兴趣、对城市面貌日渐簇新的抗拒、对市政管理的一种揶揄，但这只是观看城市的一个环节。他对高

---

　　① James Schuyler, *Collected Poems*, New York：Farrar Straus Giroux, 1993, p.21.

　　② 同上，p.22。

　　③ James Schuyler, *Selected Art Writings*, ed., Simon Pettet, Santa Rosa：Black Sparrow Press, 1998, p.15.

　　④ Mark Hillringhouse and James Schuyler, "James Schuyler：An Interview", *The American Poetry Review*, 14.2(1985), p.5.

大建筑释放的、萦绕在城市上空的烟雾有一种厌恶,但也乐于观察其形态与颜色的变化。对城市进行观看,在斯凯勒那里永远是一个现象性的过程,以其游移、反复、不受控制抵抗着凝定或建立。

三　全盘戏弄:纽约诗人、"我"与"麦克菲利餐厅"

斯凯勒与其他纽约诗派诗人的诗学诉求是相通的,即反对对事物的抽象认知。不过,在斯凯勒的诗作中,叙述者"我"的放松程度更大,对叙述、场景呈现的把控程度更低。在同样的诗学诉求中,奥哈拉提供着一种节奏,阿什贝利提供一种睿智,科克提供一种幽默;斯凯勒则因为坚守自我视角的不统一、不稳定,因而在大部分时候都显出一种不动声色、莫辨西东的"冷感"。但有的时候,他的确更近于科克:以不知所云的写作戏弄着读者的认知,展现出一种幽默。不过斯凯勒在让读者的认知期待落空的同时,总不忘对自己也揶揄一番。他更为主动地调侃自己的摇摆、被动、无知与空洞,这是其幽默风格一个很特别的面向。在这种幽默中,诗人的生活与城市场景都更大程度地抵抗着对自身的抽象认知与定性。

斯凯勒也像科克那样,从他的诗界交往来书写纽约。在上一节,我们看到科克在《一个时区》中以平凡、琐屑的生活细节的记录来展现纽约诗派的"是其所是",抵抗着对纽约诗派的任何规整的想象与概括。但我们可以感受到科克在提供这些生活细节时积极的表达欲望以及他对这些温暖的生活片断的把玩。在此意义上,科克对这些细节的提供,仍然带有一种驾御全局的感觉:

> 弗兰克与我在写很长的诗
> "长"这个词真的很适合这些诗作
> 他的诗题为"第二大道"我的那首叫作"当太阳努力前进"
> 我不知道我从哪想出这个题目
> 我每天下午都在琢磨这首诗各种词语对于我来说蜂拥而至
> 如同成群的牛羊
> 并不是都很清晰但平生第一次这些词语感觉上

> 非常的精确
>
> 如果我写上三个小时我就允许自己来根雪茄
>
> 我是抽烟的抽得有点多我也不确定自己一个人能度过①

对这些生活细节的观看，来自诗人稳定的、聚合的、平均化的目光。而在斯凯勒的作品中，我们看到的则是一种更为彻底的摇摆，诗人对朋友的描述更像是一只断了线的风筝在空中的自由飞行。

斯凯勒的《与道格、弗兰克外出用餐》（*Dining Out with Doug and Frank*）回忆了与两位诗人朋友道格拉斯·克拉泽（Douglas Crase）以及弗兰克·波拉克（Frank Polach）的交往。在此过程中，诗作当然也有科克式的对平凡生活细节的提供，这些细节也的确试图把诗人、诗人的交往还原到非概念化、非定性化的生活本身："原来/道格（道格拉斯·克拉泽，诗人）/得忙工作（他做着面包/同时写着演讲稿）：三十页的稿子/解释为什么伊士曼柯达公司的大幅暴跌（?）正是/股东们所安排的。他/看上去有点郁闷，也拒绝/喝上一口"②，"所以我和弗兰克（诗人，/他以图书馆工作为生，/在罗格斯大学做植物学方面的馆员/工作起来可是一个勤奋：/5 点 30 分起床，7 点后才到家，但/在条纹鲈鱼面前他说他/已经认识到自己这种生活方式的不明智/而下周却又回到一天工作七小时的日子/他以此为生"③。但这样的平凡却又稳定的目光只是诗作的一部分，更多的时候，斯凯勒是在展现作为回忆者、叙述者的"我"的视角的散漫、飘忽甚至是虚无。比如诗作开首一节就远离于诗题：

> 还不是那么回事。首先，
>
> 就在街角，去
>
> 贝拉·兰道尔印刷品系列展
>
> 的路上：

---

① Kenneth Koch, *The Collected Poems of Kenneth Koch*, New York: Alfred A. Knopf, 2013, p.465.

② James Schuyler, *Collected Poems*, New York: Farrar Straus Giroux, 1993, p.245.

③ 同上，p.246。

精美的石头啊为什么

"仙女肥皂"销声匿迹而

"克劳奇与菲茨杰拉德"这牌子却存活了下来？

"仙女肥皂"可曾经是

家庭生活的一个代名词啊！我住在

百老汇大道与西区第 74 街的交汇处

已有一个礼拜但

仍未敢前往

两个奇特街区之外的中央公园一游。

（说奇特是因为那些联排房屋，它们是拜占庭式

与哥特式以及安妮女王风格的混合。）

我之所以远离中央公园

是因为比利·尼科尔斯

他去那观鸟，摆弄

他的望远镜，却被人

打伤了头。流着血，

他踉跄来到大街旁，

没有出租车愿意载他

总算最后停下一辆后来

在罗斯福医院他等了

几个小时才得到医生救治。一

年之后他死了。但

我要去中央公园：我特意

多带了些钱然后

夜晚行走在大街上

毫不害怕除非

遇到可怕的人走过。①

---

①　James Schuyler, *Collected Poems*, New York: Farrar Straus Giroux, 1993, pp.244—245.

斯凯勒的这一诗节，提到了观看展览、在纽约街角的联想、老友尼科尔斯在中央公园的不幸遭遇以及后来的死亡。它们并不触及诗题所指向的"与道格、弗兰克外出用餐"。我们也没有必要强行把这首节的叙述纳入诗作整体，硬将其看作为"与道格、弗兰克外出用餐"的背景介绍。事实上，斯凯勒否定了这样一种整体性的、一致性的目光。诗作首行"还不是那么回事"（Not quite yet），就是在表明"我"的叙述的未决定状态。其后关于博物展览、商业品牌兴衰、中央公园偶发事件的诗行，也都是一种去主题化的描述。首节末尾，"我"多带了些钞票——遇到劫匪给钱即可，不必再像朋友尼科尔斯那样被打伤——前往中央公园，感到心里很踏实，但见到模样可怕的人还是害怕，这一描写在"毫不害怕"与"可怕"之间，把诗人自我设想的无用、心理的易变以及自我否定戏剧化地展现了出来。及至诗作末尾，斯凯勒更是对自己的写作发起了自嘲：一些过往好友的死亡与道格拉斯、弗兰克毫无关系，"为什么这首诗/这么长？还充满着死亡？/弗兰克与道格这么年轻/这么漂亮而且与这些/毫无牵连。为什么这首诗/这么长"①。

可见，斯凯勒不仅像科克那样解构着对外界、对诗人生活的想象与期待，同时他也在瓦解着"我"的视角、"我"的写作。他没有在进行前一项工作时，把"我"设置在一个带有优越性的高度，相反，他乐于展现自我视角的有限以及在诗学表现上的不确定与无把握。因此不难理解，斯凯勒对纽约这个城市的去蔽化操作比科克更为彻底。因为，正如我们在《一个时区》中看到的，通过稳定地呈现自己眼中的日常生活场景，科克虽然拒绝将纽约诗派进行定性化的概括，但其实还是把他自己的公寓塑造成了一个理想的诗学空间，这个空间恰如其分地展示着纽约诗派诸家诗人琐屑的生活片断，寄托着科克关于发散性与现象性的诗学理念。而在斯凯勒笔下，因为"我"的浮动，任何纽约的场所都不会被锁定在单一面貌与维度之中，都不会被"认真"对待，都将始终处于一种漂移状态。

《与道格、弗兰克外出用餐》当中关于麦克菲利（McFeely）餐厅的描写就体现了斯凯勒对纽约城市空间的这种终极消解。行至中段，诗作终于开

---

① James Schuyler, *Collected Poems*, New York: Farrar Straus Giroux, 1993, p.250.

始触及主题,写到了"我"与诗人好友弗兰克前往麦克菲利餐厅。然而,这个餐厅并不像科克笔下的公寓那样,以其日常状态来代表诗人的诗学理念。事实上,斯凯勒甚至把这个餐厅——诗人之间交流、相处的空间——拉平到"物"的状态。在诗中,"我"当然与弗兰克在餐厅里有诗歌方面的交流,但那并不重要,"我"直接提醒读者说:"别惦记这个了"(Oh forget it)①。反倒是餐厅里面的"物"——用黄油烹饪的佩克尼克海湾干贝、颇有气势的柜台、餐厅顶部带花纹的玻璃,甚至还有餐厅的洗手间,占据了"我"的大部分思维:

> ……我真切地记得
> 在男洗手间门上
> "厕所"一词镌刻在
> 横梁上。字真漂亮,
> 但跟里面陈设相比还不值一提:
> 有三个我所见过的
> 最为富丽堂皇的小便池。
> 颇有古罗马大石柱的派头。我
> 不知道该怎么
> 说。……②

在不值一提的"我"与弗兰克的诗学闲谈中,在对物品陈设的一连串的惊奇中,麦克菲利餐厅并不具有那种属于回忆的温度,它不承载任何象征意义,既不是完全精神的也不是完全物质的。它不再像科克《一个时区》中的公寓那样,成为一个诗学意义上的完美空间,它没有被升华。斯凯勒的麦克菲利餐厅,只给我们留下一个模糊的、古怪的微笑,既嘲弄着诗人自己的举棋不定,也嘲弄着读者关于空间的特定想象。

《与道格、弗兰克外出用餐》对纽约的诗人、描写诗人的"我"、大家生活

---

① James Schuyler, *Collected Poems*, New York：Farrar Straus Giroux, 1993, p.250.

② 同上,p.247。

于其中的纽约所进行的左摇右晃的描写，有力地体现了他反认知、反话语的诗学立场。也许，我们会不自觉地用"解构一切"这样的字眼来总结斯凯勒的创作特质，但这未尝不是对斯凯勒创作成就的一种贬低。作为一种口号或理念，"解构一切"只是一种立场或态度，但斯凯勒的价值在于，他细节性地、具体地记录了人与城市难以被规约、也不应被缩减的诸般面向。他提供的不是口号，而是经验。当然，根本而言，斯凯勒对于类似于"解构一切"这样宏大的口号是不会接受的，任何绝对化的视角都是他所不屑的。

本 章 小 结

通过对纽约诗派四位中坚人物奥哈拉、阿什贝利、科克以及斯凯勒的梳理，我们看到，虽然他们只是一种松散的诗坛好友关系，从未发布过共同的诗学纲领，但彼此间的共同之处显而易见。他们尊重描写对象的不可规约性，在这一点上，他们与第一章论及的"客体派"诗人们颇为相似。不过应该说，纽约诗派走得更远，他们对事物的现象性更加看重，在更加随意、任性、滑稽的笔调中，他们更少地对场景、经验作主观视角的把控。尽管和"客体派"诗人一样，纽约诗派诸家都看到城市场景、城市经验当中的蒙蔽、压迫和异化，但他们也更为乐观地看待城市经验中意义的解放和多元。

当然，几乎与第一章论及的"客体派"保持一致，纽约诗派诸家都以区别于T.S. 艾略特的诗学范式为自己的立场姿态。斯凯勒就曾直言，"艾略特创立的是每个人都想打破的规则"，相比之下，"史蒂文斯和威廉斯比其他诗人更能激发自由，史蒂文斯激发的是想象的自由，威廉斯激发的是主体与风格的自由"[1]。从斯凯勒创作中主体视角的不稳定，从他对自由地"看"的强调、对承载特定意义的叙事及话语的反对，不难理解他对艾略特的上述批评。以宏大的象征体系来寄托作者本人的用意，无论再怎么深刻，对于斯凯

---

① James Schuyler, *Just the Thing*: *Selected Letters of James Schuyler*, ed., Corbett, New York: Turtle Point Press, 2004, p.109.

勒来说都只是一种褊狭的、虚假的杜撰。这样的写作方式只能是一种束缚，而不是心灵的解放。像斯凯勒这样不留情面地对艾略特提出反叛意见的还有科克。在回顾自己所受到的文学影响时，科克细致描述了他对艾略特诗学风格从喜爱到排斥的过程："影响我早期关于诗的看法的诗人有雪莱和叶芝。再后来是艾略特。我记得第一次读到《荒原》时自己的那种着迷状态。就好像它绝不仅仅是一部文学作品。进入它的那种模糊、清晰以及零散，如同在一个宽阔无边的空间里展开一段神秘的旅行（我当时并不在乎、也几乎没有关注作品究竟在讲什么）。我已经有点记不清了。现在我读艾略特则总是有点恼怒，难以理解《荒原》为何神奇，它过去为何有那么大魅力。宁静（Shantih）、宁静（Shantih）、宁静（Shantih）。它似乎超出了人类的可能性。之后，把艾略特作为反对的对象则是一个不错的选择。"[1]科克明言，不同于艾略特的宏大象征体系、宏大的社会关怀，他宁愿以生命中"细微的"欢乐与损失入诗。摆脱意义的重负、体系化的象征或意象建构，是科克以及其他纽约派诗人共同的选择。与斯凯勒、科克不同，奥哈拉与阿什贝利对艾略特的批评相对来说含而不露。在本章第一节中，我们看到奥哈拉的《多愁善感的单元》将艾略特置放在平庸琐屑的日常生活之流中，讽刺性地暗示了艾略特式的诗学表达对于现实的影响几近于无。这种暗含在诗作中的对艾略特学院化、精英化写作范式的讽刺，在阿什贝利的创作中也频繁出现。

纽约诗派对艾略特的反叛，其诗学史意义不言而喻。继"客体派"之后，这种反叛进一步丰富发展了 20 世纪美国诗学。但纽约诗派在城市书写中所实现的写作视角及意义的释放，也留下了相当棘手的问题。虽然我们可以认同，神奇宏大的象征体系、深邃的意象系统、艰深的学院诗风未必能够带来对现实足够有力的呈现，但是，任性洒脱的对现实的自由观看——就像斯凯勒明确主张的那样——是否也会因为写作主体立场的隐化和淡化，使诗作的批判性急剧减弱，进而导致对现实的某种跟从或苟同呢？纽约诗人的创作，的确在城市场景中，揭示出理解现实、观看现实的不同方式和可能，

---

① Kenneth Koch, *The Art of Poetry: Poems, Parodies, Interviews, Essays, and Other Work*, Ann Arbor: The University of Michigan Press, 1996, p.188.

致力于以思维的解放来摆脱褊狭的话语建构，但这是否会造成对现实生活之封闭性、异化性的一种轻视，似乎写作的"狂欢"就可以构成一种解放的力量？当然，我们无法也不应该在三言两语之间就对纽约诗派创作的成就及缺陷作出绝对化的概括，但对他们作品的欣赏与担忧确实是并存的。庆幸的是，许多更为晚近的诗人在与纽约诗派的诗学风格保持高度共鸣的同时，又重新拾起批判的重任，将诗学实验与对异化的思考推上同步发展的轨道。

第三章　解构之难:日常生活之压迫性的深化体认

　　纽约诗派在写作中狂放不羁、自在调侃的态度自20世纪70年代以来,渐渐在诗坛消退,但他们淡化主观视角的做法、退出象征与意象建构的决定、对日常生活之流原貌的尊重却得到了延续。美国诗人的城市书写、对城市经验的展现,越来越走向不动声色的记录化、档案化风格。尤其值得关注的是,在这种写作趋向中,许多诗人放弃了对于日常生活之流的罗曼蒂克的想象,不再轻言驳杂的日常生活能够带来经验的多元与解放。他们采取漠然的态度,静观潜藏在日常生活中的异化的发生,在看似规范、轻松、合理、闲适的日常场景中揭示解构的难度、经验的不自由、后现代的不可能。这种"冷化"写作发展至今日,最为极端的一种尝试是肯尼思·哥尔德斯密斯对媒体新闻播报的文字整理与汇总。此外,近来美国诗坛也有一些诗人开始脱离档案化写法,复兴了"古老的"表现主义手法,以揭示日常场景中异化之深、控制之紧。这类作品同样获得了好评与肯定,值得重视。总的来说,回望"客体派"、纽约诗派,20世纪70年代以来美国诗人在城市化日常场景的表达中,形式上的实验性与精神上的焦虑感有着同步的演进。

第一节　经验能否自由:后现代诗歌中"冷化"的日常场景

　　日常生活场景描写在当代美国诗歌的发展中占据着大半江山,同时也体现出一种愈来愈"冷化"的趋势。许多诗人放弃了精心设计的形式,中止了对视角的排列组合,这使得诗作中的日常生活场景在表达性上被降到了冰点。

通过对日常场景的"冷化"处理,诗人们对现实的运转、机制、价值体系采取了间离与审视的态度,但诗人们并不庆祝、虚构自己的独立或任性,反而是在"冷化"场景中揭示经验的被动状态——在生活的每一个角落,经验早就被塑形完毕或是面对着强大的塑形力量。后现代诗歌中"冷化"的日常场景呈现的是反束缚与束缚、反规训与规训之间的交叉与张力。本节,我们围绕罗恩·西利曼、克劳迪娅·兰金以及迈克尔·戈特利布(Michael Gottlieb)等诗人的作品来对此加以说明。

一 罗恩·西利曼:湾区见闻与解构之无用

罗恩·西利曼是兴起于 20 世纪 70 年代美国诗坛的语言诗派的代表人物之一。与其志同道合的还有琳·赫基尼安(Lyn Hejinian)、查尔斯·伯恩斯坦(Charles Bernstein)等人。尽管各有侧重,但总体而言,语言诗人不再围绕特定话题来统筹叙述,转而以彻底零散化、碎片化的方式来展现现实。

西利曼长期生活在加州的湾区,他的诗作也聚焦于湾区包括旧金山在内的许多城市。长诗《湾区快速列车》(Bart),写的就是西利曼乘坐列车穿梭于各个小城之间的见闻:

一位父亲在和他的小儿子说话,家里其他人都没搭茬。又有一些人上了车,没人下车,11 点 59 分,现在开得快了,其他一些对话声音不大我也就听不清了,广播说"第 24 街"到了,没人在等车但我们还是停了下来,这笔记本是专门为今天买的,几个月前,这支笔是上个星期五刚买的,今天是礼拜一,凯西·托宾和雪莱也有这样的笔,49 美分,细细的笔尖,有个人手里拿着赛马消息报上了车,看上去有点忧郁,你总能在每个人的脸上看到压力,在他们的眼睛里,他们抿着嘴的样子,好像他们控制住嘴唇挺不容易的,保持不变形的状态,你没有必要认识他

们，随便哪一天，特别是在下班的时候，"城市中心站"，12点08分，这
一节车厢满了，停得比平时要长一点，目前为止还没有人要坐我边
上……①

　　这种近乎无事、高度冷淡的叙述，并不是要呈现任何完整的事件，事实上作
品就这样一直持续下去，把"我"从上午到下午乘坐地铁的见闻以流水账的
方式记录下来。这种写作当然寄寓着诗人的诗学立场。在西利曼看来，写
作只有摆脱了视角与模式的限定才有希望把触到现实，只有保持自身对场
景的直击，经验才有可能避免被裁减。

　　西利曼这种停摆自我的冷感写作，基于他对日常经验被驯化之现实的
反感。在他看来，不仅仅是关于社会重大事件的看法总是被特定的意识形
态或价值观锁定了，日常经验也不例外。"合适的内容，其主要问题就在于
它的套路化。人们被教会把某些事物看成是有意义的，也倾向于拥有这些
东西。当然，其他事物继续存在于这个世界中，它们获得意义并成为情感反
应的仓库，这些反应有时看上去是非理性的，但事实上都是社会性的录入。
我们表达的不是自己对事物的反应，因为我们先天地未被允许去省察它们
的内容。对于我来说，探索这样一个领域比制造另一个校园小说或写一个
不圆满的爱情故事要更加重要。"②也即，人们在日常生活中的经验常常是
被社会给定的，是"社会性的录入"。西利曼也特别提醒我们，来自社会的对
个体日常经验的塑形，并不仅仅是政治的，而是关乎各个领域。"日常话语
完全是意识形态的，并且它们都是专门化的。各种限定强加在职业性的行
话、技术性的语言之上，无论是在科学、法律、医学或其他哪个领域。"③在各
种术语、行话、套话组成的"现实"中，个体学会了表达和交流。面对这样一
个困境，唯一摆脱的方式就是在写作中中止一切判断，采取"内容为中心的"

────────

　　① Ron Silliman, *The Age of Huts* (*compleat*), Berkeley and Los Angeles: University of
California Press, 2007, p.301.

　　② Larry McCaffery and Cinda Gregory, *Alive and Writing*: *Interviews with American Au-
thors of the 1980s*, Urbana and Chicago: University of Illinois Press, 1987, p.250.

　　③ Ron Silliman, "The New Sentence", *The New Sentence*, New York: Roof Books, 2003,
p.74.

(content-centered)①而非"判断为中心的"或"叙述为中心"的写作方式。

西利曼提出的"以内容为中心的"写作，针对的是话语的无所不在与强迫性，同时也针对诗歌写作的历史。他认为，诗歌史上前赴后继的形式实验都未能避免对真实的干预。"一切诗歌都是形式主义的，以形式对真实进行干预，把真实转换入形式。但真实的事物是社会性的、不连续的、不稳定的、不透明的。若无视这一点，任何一种固定化的诗学（稳定的、设定完成了的一套程序）必然就是一种虚构。只有当真实引起新的形式的时候，真实本身才可见。程式的关键就在于，如何让问题可见。"②诗歌写作的目的，不应该是把经验、事件以打包好了的、装配完成了的方式呈现出来，相反，它应该把经验、事件从打包状态、装配完成的状态释放出来。可惜的是，"所有的写作都在表达价值观"③，都不肯放弃自己对经验、事件的塑造。在此意义上，语言就是牢笼，框定了经验的形成与呈现。而西利曼对自己的定位则是，"我写作的目标不是成为一个'伟大的诗人'。我想要的，是在语言的牢笼中引发一种暴动。"④

正因为抱有这种彻底、极端的反限定、反控制的写作初衷，西利曼在《湾区快速列车》一诗中告别了形式化的、视角性的叙述，从头至尾保持着一种诗学的高冷。他的这一选择当然很容易令人联系到解构主义的立场。事实上，他在自己著名的《新句子》(The New Sentence)一文中就提及了罗兰·巴特所说的"写作的零度"，不过西利曼并不把巴特的学说作为自己的理论依托。在他的理解中，托多罗夫、巴特、康拉德、19世纪的法国诗人阿洛依修斯·贝尔特朗等一系列作家与批评家都有着与自己类似的诗学关怀。

不仅仅是在批评文章中拒绝被搁置在解构主义的浪潮中，西利曼的诗作更在实践上超越了解构主义洋洋自得的"解构"。《湾区快速列车》冷感十足的零散化观察与记录不仅仅是摆脱理念或价值观控制的一种努力——如果仅仅是这样，诗作实际上就从写作的"零度"又转向了迎接解放的狂欢的

---

① Tom Beckett and Ron Silliman, "Interview", *The Difficulties* (*Ron Silliman Issue*) 2.2 (1985), p.35.

② 同上，p.34。

③④ 同上，p.38。

"热度"。这首长诗的"零度"或"冷化"之所以彻底，就在于它在零散化的过程中所呈现的零散之不可能，它在解构叙述的过程中所呈现的解构之无效：

> 当我们开到地上来到"户外"时，我在车窗玻璃里就看不到自己了，世界在这展开，康多样式的办公楼，拉法耶特的新生活，一个女孩，最多有 10 岁，穿着一件闪亮的粉红色连衣裤站在月台上，等着相反方向的列车，我们不远处的高速公路上可见各种改装的汽车，24 号东向高速公路，穿着黄色上衣的男子正在看电视节目表，那里有座公墓，我注意到他左手上的戒指，有很长一段时间我们随着车稍稍左转，在核桃溪市你能看见岱阿布洛山，这里的山峦与塔玛佩斯那边的一样多，更多的停车场，更多康多公寓，为什么没人朝亨利·福特开枪呢，住房是取决于交通情况吗？或是相反？只是在我们这个时代人们才开始居住在工作地点以外的地方，这对心理会产生什么影响，你的草皮有多大，……快到终点了，12 点 47 分，没有人行道的街道，有树，郊外风格，几处游泳池，彩色碎石组成的图案，一个各家各户共用的割草机，穿着短袖的胖胖的男人，那么这儿就是他们停放所有列车的地方，有几十辆，灰色的一排排，平坦的棕色乡野，我在康科德下了车……①

从湾区拉法耶特到康科德的这一段行程中，虽然西利曼仍然保持着即景实录的写作，克制着对眼前一幕幕场景作主观建构，但隐约之中，现实话语的大叙述却没有放松对人们意识的调配与定格。拉法耶特的富裕气息，小孩子的时尚装扮，到略逊一筹的核桃溪市的热闹繁荣——停车场与公寓的增多体现出核桃溪市是更多人群能够承受的地方，再到康科德在"灰色"与"棕色"中透露出的经济上的落后，明显可见财富在不同地区的分配及其所造就的不同生活模式。至于高速公路上穿行的汽车，乘客手中的电视节目表，关于家中草皮大小的讨论，又无不体现着现实逻辑的渗透。因此，西利曼打碎

---

① Ron Silliman，*The Age of Huts* (*compleat*)，Berkeley and Los Angeles：University of California Press，2007，p.303.

了作家叙述的完整性、连续性，但也向我们展示，这所有的片断见闻就是人们的经验形成的基础、材料，它们本身就暗含着一整套与现实运转相吻合的逻辑，它们看似不经意的环绕却正是个体经验无法摆脱的框架或轨道。就此而言，我们很难同意批评者关于西利曼的这样一种认识："费解、多角度阅读以及终点的缺席所带来的可能性，不仅仅是诗学上的创新，而且也是我们直接经验到的存在的基本特点。语言诗歌，在此意义上，是现实主义的。一种偶然性的、环境化的语言。"①可能性，并不是西利曼诗学的终点，他的"冷化"的写作并不具备如此乐观的指向，而是在反叛中又揭示了"体制与意识形态如何侵入以及决定了日常生活中的那些最小的细节"②。

《湾区快速列车》记录的拉法耶特到康科德的这一段见闻，在西利曼乘车前往弗莱蒙站的过程中得以重复。随着弗莱蒙站的靠近，街道的、人的、设施的各种景象都在发生变化，"贫穷的诗意"也越来越明显，前去体验"贫穷的诗意"的乘客也越来越少。相隔不到三小时，两段旅程在见闻上的重复，倾泻着以财富为基础的现实运转规则。对于西利曼而言，所有这些看到的、听到的、用到的，在相当程度上会直接进入我们的经验，成为我们的一部分。我们并不如想象中那么自由独立。他以自己为例说明了这一点：

> 我在麦克阿瑟站下了车，决定在阳光下坐一会，喝我的 Fresca，不得不侧身躲过那些赶着上车的乱哄哄的人群，这儿不是那么热，我的整个身体都能感觉到那种运动，有一种压力在身上，带动着每个器官，摇摇摆摆有点蹒跚，在站台尽头盘腿坐下，才想起今天我没带香烟，准备放弃了，骆驼牌香烟忘在家里桌子上了③

长时间乘坐快速列车的"我"，准备下车放松一下。但令人哑然失笑的是，

---

① N.S. Hussain, "Performing Ketjak: The Theater of the Observed", *Postmodern Culture*, 20.1 (2009), Retrieved from https://search.proquest.com/docview/1431394289?accountid=10659.

② Andrew Epstein, "'There Is No Content Here, Only Dailiness': Poetry as Critique of Everyday Life in Ron Silliman's 'Ketjak'", *Contemporary Literature* 51.4(2010), p.740.

③ Ron Silliman, *The Age of Huts*(*compleat*), Berkeley and Los Angeles: University of California Press, 2007, p.305.

"我"的放松所依赖的正是两个知名的流行产品:可口可乐公司的 Fresca 饮料以及骆驼牌香烟。当发现其中一个不在手边时,"我"甚至觉得根本无法放松,直接"准备放弃"。与此同时,作品中的"我"是一个打破写作惯例的诗人,一个在快速列车上对现实采取解构性姿态的写作的人,可惜,"我"与商品化现实高度契合的习惯性动作暴露了"我"的解构姿态之空洞。这一颇具讽刺意味的细节展现的正是反规训与规训之间的交叉张力。

诗作中,除了片断化的场景、商品之外,一些标准化的思维也会对个体经验形成规训和压力。比如写诗这回事。诗作明言,"我"是在劳动节这一天乘坐"湾区快速列车"的。这一列车,在平时为穿梭于湾区各个小城的工作人群服务,而在劳动节这一天,它应该是为人们的休闲旅行服务。根本而言,这一列车体系是为交通、出行而建。而"我"在九月劳动节这一天乘坐列车,是为了写诗,是为了践行一场诗歌革命。就此而言,"我"的革命、独立、卓尔不群的姿态着实令人欣赏,不过西利曼让我们看到他的这种姿态逐步萎缩的过程。早上登车后不久,"我"的写作就遇到了一位好奇的小朋友的关注:

> 一个戴着墨镜的女人让她的女儿坐在她腿上,小女孩没听,自己坐了一个座位,轻声地哭着,金发小女孩,大概四岁,从她位子上侧过来,看着我写作①

小女孩对"我"写作的关注,并没有让"我"感到压力,好奇心是可以理解的。不过,当关注"我"写作的人越来越多时,当这种针对"反常"行为的好奇心在人群中普遍出现时,"我"分明感受到慌张与不安:

> 我在麦克阿瑟站转车,我的手疼,走路有点不稳,一个女人上前来,问我在做什么,我们讨论了写作,她"有时"想尝试尝试,问我是否在写点什么,我耸耸肩,我没有问她的名字,前往戴力城的车来了,我上了

---

① Ron Silliman, *The Age of Huts*(*compleat*), Berkeley and Los Angeles: University of California Press, 2007, p.304.

车，太拥挤了我只能站着，我继续写作，我现在更惹人注目了，人们都盯着我看，我没法一边写作一边又让自己站好，我差点倒了，我回去这一路上都得站着，我们马上就要驶入海湾之下了，80英里每小时，一个男人看着我写着这些①

虽然"我"并没有停止自己的写作，但周围人的观看显然让"我"感到了不安，甚至让"我"有点站立不稳了——"我现在更惹人注目了，人们都盯着我看，我没法一边写作一边又让自己站好，我差点倒了"。发生这一切，正因为"我"的写作与"湾区快速列车"的用途与宗旨不相符合，或者说，这里本不应是写作出现的地方，它的"可疑"不仅仅暗示出它的少见，也彰显出它与工作、旅行之间的不兼容。这让我们再次看到个体经验与社会通行模式之间的强烈冲撞。

如果说牵引着人们注意力的见闻、影响着人们意识与行动的商品、标准化的思维，是来自外部的对个人经验的种种规训，西利曼没有忘记挑明来自写作者自身的对个体经验的约束。对于他而言，自己的写作虽然主动抛却了形式、叙述、情感上的建构，但它仍逃脱不开"描述"（describe）的限制：乘车"进入这个世界并描述它"②。而描述，事实上也并不能代表经验，"我所描绘的就是我望向窗外时，从语词中来到我面前的东西，丢失了其余所有的，就连这些也不能全都写下来"③。描述与经验之间的脱节，描述对经验的截取，使得西利曼在诗中不断地从见闻记录中停下笔触，反身自观。他很清楚自己写作的局限与"欺骗性"：

> 现在那边是一对大学生模样的年轻情侣，用臂膀拥抱着对方，描述暗示着**一种关系**，奥林达干燥的小山，在干燥的夏天的尾声，约翰与安曾经就住在那座山的最上面④

---

① Ron Silliman, *The Age of Huts*（*compleat*）, Berkeley and Los Angeles: University of California Press, 2007, pp.310—311.
② 同上，p.301。
③ 同上，p.309。
④ 同上，p.303。

坐我旁边的男人几乎就压在我的照相机上,他有着"部队"发型,带着一个棕色的纸袋子,被描述出来的东西形成了**一个处所**,所有的语词都瞄准着它,我现在更难堪了,夹克衫,书包。①

词语使用形成的"关系""处所",构成了记录——经过处理的经验。正因为此,西利曼希望读者对这部作品保持距离,他主动提醒读者这部作品作为一种虚构是有限的:"什么时候车站与列车相靠近,快要到了,安巴卡德洛站,我的写作是一种涂抹,一种描述的行为,我在描述这些看着我的人,马德拉斯棉布衬衫,卷曲的灰色头发,这就到站了,我下车,坐下。"②

批评者威廉·沃特金(William Watkin)指出,西利曼这种对自己描述行为的自觉,使得"诗人的工作被降格到对描述本身进行描述"③。不过,沃特金认为西利曼这种写作突出的是对不可通约性、不可判断性的强调,体现了后现代语境中"诗学的、单数的、不可通约的思考与哲学的、一般的、共识性思想之间的争执"④,这就未免又把西利曼放置回了他自己所反对的现代主义先锋队列。正如西利曼所言,"不存在外在于社会的东西:即便是隐士也实现着社会的某种功能。"⑤描述行为,并不外在于日常生活,并不外在于个体与社会的接触。与被塑形的意识、行为、习惯同在,进行描述的个体声音与社会给予的声音之间不但是可通约的,而且很可能就是后者的复制与传导:"在你从一个门厅推门走向另一个门厅,各种声音渐渐弱去,大广场上柔和的灯光,(归根到底)没有什么会把你撇开,人群的**动量**就成为了你自己的。"⑥描述行为,难以与来自社会话语的规训互不相干。西利曼

① Ron Silliman, *The Age of Huts*(*compleat*), Berkeley and Los Angeles: University of California Press, 2007, p.304.

② 同上,p.311。

③ William Watkin, "'Systematic Rule-Governed Violations of Convention': The Poetics of Procedural Constraint in Ron Silliman's 'BART' and 'The Chinese Notebook'", *Contemporary Literature* 48.4(2007), p.518.

④ 同上,p.527。

⑤ Tom Beckett and Ron Silliman, "Interview", *The Difficulties* (*Ron Silliman Issue*) 2.2 (1985), p.42.

⑥ Ron Silliman, *the Alphabet*, Tuscaloosa, The University of Alabama Press, 2008, p.139. 黑体为原文所有。

并非要标榜或炫耀自己的描述行为，而是提醒我们描述行为作为经验框架的存在。

可见，西利曼笔下日常场景的"冷"，呼应着其关于个体与现实关系的冷峻观察，这种"冷"彰显的是庆祝的不可能。挣脱框架界限的意图虽然明显，被始终框定的意味也等量齐观。这种框定，不再是宏大可见的意识形态对人的框定，而是现实秩序在日常生活中润物细无声的框定。所以，当有人把西利曼概括为"关于一切事物的诗人"[①]——因为他围绕日常生活的写作似乎是无所不包的——西利曼直接予以了拒绝。他表示自己关注的是现实运转中鲜被人留意到的部分："这个说法这么具有全球化色彩，对于我来说是毫无意义的。更准确地说，我试图寻找的是那些很少被评论到的事物，那些被遗忘的和未被看见的部分。我曾经开玩笑说，我是一个关于线头的桂冠诗人，是关于沙发后面那些陈年老灰的桂冠诗人，事实上我开那个玩笑是当真的。"[②]西利曼并不讳言自己的反资本主义立场，"阶级应该是预置在我的作品中的，而我对阶级的感知因为我身为诗人而不断变得更为强烈"[③]。但他的深刻之处正在于，没有将自己的反对派立场罗曼蒂克化，而是着力于呈现日常生活中的异化之深与反对之难。

二　兰金、费特曼与戈特利布："冷化"趋势的延续

对日常场景的"冷化"处理，在当代美国诗坛一直得以延续，"冷化"程度也在加剧。不同于西利曼略显刻意的解构式场景记录，克劳迪娅·兰金2004年的诗集《别让我孤单：一首美国抒情诗》(*Don't Let Me Be Lonely*：*An American Lyric*)截取了一个个相对完整的日常生活片断，体现出更加不具形式特征的档案化特点。这些档案化场景"推动着读者采取一种更慢的、更具持续性的关注日常的方式"[④]，使得个体经验的失声与被剥夺的现

---

①② Lepota Cosmo and Ron Silliman, "Interview with Ron Silliman", *Ginosko Literary Journal*, 19(2017), p.384.

③ Ron Silliman, "Q & A: American Poetry", https://poetrysociety.org/features/q-a-american-poetry-1/ron-silliman.

④ Rebecca MacMillan, "The Archival Poetics of Claudia Rankine's Don't Let Me Be Lonely: An American Lyric", *Contemporary Literature* 58.2(2017), p.201.

实得以被细细咀嚼。

大多数批评者关注到兰金档案式写作中的种族内涵，但事实上，兰金冷眼旁观的日常生活范围比此广泛得多。譬如诗集中关于"病"的体验："我"在医生的指导下每日服用一片药，但身体情况未见好转，医生随即指示每日增量至两片；用药量的上升导致"我"不得不提前去药房拿药，但药剂师拒绝给药：

> 你应该还有七片。保险公司不会支付这额外部分的。
>
> 她说每天服用两片。
>
> 他们总是这么做。
>
> 给我医生打电话吧。
>
> 她不能改变授权。
>
> 授权？哦。
>
> 明天过来吧。
>
> 第二天他又试了一下。还是不行，然后又行了。他给了我药片。不太清楚究竟是怎么回事，但我拿走了药片。
>
> 没有包装。
>
> 或者，她说，你可能并不需要这些药，但如果你真的觉得你需要，你希望手边就有。[1]

这是典型的美国式医疗流程。医生开处方，病人到独立的药房拿药，药房根据处方以及医保公司的规定给药。然而在这一片断中，"我"的医生开出的处方，超出了保险公司规定的用药量，遭到药剂师的拒绝。但药房有权根据医生处方、病人情况与保险公司协商是否可以给药，所以药剂师告诉我"明天过来吧"。第二天，"我"总算稀里糊涂地拿到了药——"不太清楚究竟是怎么回事"。而医生随后也改变了说法，她开始强调给药是基于"我"自己的额外需要，这显然意在开脱责任，以防卷入任何因为药物过量而引起的纠

---

[1]　Claudia Rankine, *Don't Let Me Be Lonely*, Minneapolis: Graywolf Press, 2004, pp.31—32.

纷。这的确是个复杂的日常事件，医生、药房、医保公司的意见以及他们职权范围内的调整，相互牵扯在一起，但又完全符合操作流程与规范，可是作为病人的"我"、"我"对药的需要却在这个流程中晦暗不明了。"我"究竟是否需要这个药？医生的药方违反常规，是否合理？医保公司是否一定会支付这笔费用？药房的操作是否违规？归根到底，用药究竟是应该视"我"的情况而定，还是应该首先吻合整个机制流程？在诗作中，这个诊疗机制的旋转让"我"无所适从，根本无法断定是否要服用这些药抑或是把它们扔掉。"我"能做的就是看着药瓶怔怔发呆：

> a. 最终我决定不吃它们。
>
> b. 我把它们放在浴室的壁橱里。
>
> c. 我从未碰过它们。
>
> d. 有时我打开了壁橱。
>
> e. 我看着那塑料药瓶。
>
> f. 红色的药片吸引着我的目光。
>
> g. 我把药瓶从架子上拿下来。
>
> h. 我读了一下我的名字。
>
> i. 我读了一下服药说明。
>
> j. 我用大拇指擦了一下印刷在瓶上的字。
>
> k. 我从来没有打开过瓶子的安全盖。①

　　"我"的病与"我"的药之间的关系，不属于个人，而是受到机制、规则的左右。在"病"的体验中，个人被间离了出去。诗中场景的"冷化"，表现了个体经验被程序理性置换后难以言表的茫然，也着力于让我们细细查看一切都符合规范的现实生活流程的荒谬性。如果说在这一例中，"我"的个体经验受到诊疗机制的禁闭，在这个机制中是受害者，诗集中的"我"在下一刻则变身为这个机制的维护者："我"明白应该按照游戏规则与整个机制打交道

---

① Claudia Rankine, *Don't Let Me Be Lonely*, Minneapolis: Graywolf Press, 2004, p.32.

进而争取自己的用药主动权——西利曼诗歌中那种抗议与收编共在的张力在兰金的作品中同样可见：

> 我用的药从"百忧解"转为"氟西汀"了。"百忧解"的专利已经到期，现在它的学名"氟西汀"各厂家都能用，保险公司以后只支付氟西汀了，我的编辑不经意地说。……我正好知道所以我就告诉她说，Eli Lilly 公司，就是生产"百忧解"的那个公司现在正在宣传一种新药："每周百忧解"。尽量说服你的医生，每天吃一片抗抑郁的药，这种方式本身就挺让人抑郁的，我建议道。我们都在其中，无论何时、无论什么事，无论在哪里——细节上都没问题。[1]

"我"的编辑朋友习惯了抗抑郁药"百忧解"的药效，而这款药专利期满之后，其他公司的同类药物以"氟西汀"之名就都可以进入市场了，而且更为便宜。这就是为什么保险公司不再支付"百忧解"的原因。但既然朋友不想换药，那么我的建议则是，说服医生在开方时选择 Eli Lilly 公司为应对"百忧解"专利到期而开发出的新药"每周百忧解"（即每周服用一次的缓释药）。可是要说服医生这么做，就得给医生充足的理由让其和保险公司去申请。"我"所设计的理由就是，每天服用"氟西汀"这种服药方式本身就令人疲倦抑郁，每周一次服用"每周百忧解"才真正有利于身心健康。当然，"我"给朋友的这个主意可以被视作对体系的一种挑衅，不过这种挑衅的内在逻辑本身就是体系的产物，就是对体系的一种归顺与同谋——"我们都在其中，无论何时、无论什么事，无论在哪里"。

事实上，在兰金的《别让我孤单：一首美国抒情诗》中，不仅仅是用药的体验跟随着诊疗体系而旋转，人们对于什么是"病"的界定其实也已经标准化、体系化了。诗集当中记录了一段"我"在纽约去看望病中友人的经历。因为朋友不接电话、不回信息，于是"我"带着一瓶好酒跨越了纽约 36 个街区前去探望。见面后，朋友的状况基本令人放心，但因为每日服药所以拒绝

---

[1] Claudia Rankine, *Don't Let Me Be Lonely*, Minneapolis：Graywolf Press, 2004，p.53.

了"我"带去的好酒。遵守服药规范的"我们"开始一起看电影：

> 看电影的时候，眼泪从他的脸颊落下。除了用来表达感情，眼泪还有两个其他功能：它们对眼睛起到润滑作用，这样你眨眼的时候眼睑就能顺畅地开合；它们也能将异物冲刷出去。从电影《陆上行舟》当中很难找到那种让人流眼泪的情感，因为它讲述的是以艺术之名被构思出来并得到实现的宏大计划，但是在眼睛已经能够顺畅眨动、眼中异物也被冲走的情况下，眼泪还是留个不停，我知道我的朋友明显是在表达情感，而且他的情况真的不好，不行，不。①

这段文字中包含了一整套的逻辑：看雄心抱负类的电影，就不应该流眼泪，应该振奋；适当流眼泪也可以理解，那是眼部健康的自我需要；过度流眼泪，就是真的病了。不难发现，这一套逻辑反映的是情绪反应的常规化、标准化模式，超出这个模式，人就进入"病"的区域。这种标准化思维，是在与科学、医学话语的并列中得以呈现的，就在这段文字旁边，诗作附上了一张医生名片的画面。名片上煞有介事的服药指导、对标准化药效的介绍，与"我"对朋友的逻辑推断形成了合奏。

从诗集中关于"病"的体验可以看出，兰金在描述场景时几乎不动声色的、档案记录式的"冷化"写作，就和西利曼一样，表明了对日常现实细致审视的态度，更表明了对个体的被动状态、被收编状态的重视。想要批判，却始终身在其中，正是他们笔下"冷化"场景得以出现的必然原因。兰金的这部诗集绝不是表达纯属个人的心理困境，正如兰金自己所说，它不是一部抒情诗，而是"一部美国抒情诗"。"抒情诗是和私密性结合在一起的"②，这不是她创作的出发点，但编辑出于市场定位的需要，要求她在标题上更多地体现出抒情性，于是她想出了"一部美国抒情诗"这个副标题，因为这一题目可以承载她的想法："把文本带入到公共领域"③。所以，《别让我孤单：一部美

---

① Claudia Rankine, *Don't Let Me Be Lonely*, Minneapolis: Graywolf Press, 2004, p.43.

②③ "Interview: Claudia Rankine", Conducted by Jenny Buschner, Braulio Fonseca, Kristen Paz, and Josalyn Knapic, *South Loop Review*(2011), p.63.

国抒情诗》当中的"病"不能被理解为纯粹个人的，它更是社会性的。正因为意识到个人已经被社会体系深度同化，抒情主体的存在就被打上了问号，它的静默无声、它的"冷化"姿态也就是一种必然。

如果说西利曼的碎片化描述、兰金的档案化记录对日常场景的呈现，虽然"冷化"，但毕竟还是包含一定的主观视角、主观色彩，那么罗伯特·费特曼（Robert Fitterman）与迈克尔·戈特利布则在日常场景的"冷化"上采取了更为极端的方式。费特曼的长篇组诗《大都市》的第16章完全摒除了作者主观的声音，整个由街道上连绵不断的商家品牌名称组合而成。为保持其中的商业气息，我们按其英文原文将第一、第二诗节摘引如下：

McDonald's

Burger King

Taco Bell

Home Depot

Gap

Dunkin' Donuts

KFC

J. Crew

Home Depot

Staples

Sunglass Hut

Wendy's

KMart

Wal*Mart

McDonald's

Wal*Mart

Sunglass Hut

KMart

Wendy's

Starbuck's

Taco Bell

J. Crew

Staples

Home Depot

Gap

KFC

Dunkin' Donuts[①]

读者被直接带到繁华的街道上，举目望去，除了耳熟能详的"星巴克""麦当劳""沃尔玛"，还有世界服装名牌"J. Crew""Gap"等等。人们的目光能及之处，无不属于这个商业世界的一部分。这种商业品牌的陈列，以直截了当的方式把个体经验的框架与界限勾勒了出来：看的顺序可能有异，看到的内容却总是相同。费特曼的这段陈列当然不是一种商业广告，它表达的仍旧是一种体验，一种每日重复、无处遁逃的体验。与费特曼的这种写作有着异曲同工之处的是迈克尔·戈特利布写于 9·11 事件之后的《灰烬》（*The Dust*）。诗作同样也是一种陈列，但陈列的内容是倒塌的世贸大楼废墟中的各种物件。这些物件并非经过戈特利布的仔细辨认，而是诗人结合现实的可能而作的一种想象。而这一想象仅仅以纯然物的形式被呈列堆叠在一起："毛呢短袖衬衫/染色剑桥衫/弹力府绸衫埃及 60 年代风格长袖、单袖口、燕子领衬衫/美利奴 V 领毛衣/弹力平纹布褶裤/弹力斜纹裤/牛仔裤/五扣牛仔裤/多色菱形纹绒面呢四角裤/兔八哥字符绒面呢四角裤/做旧灯芯绒棒球帽/黑色平面皮带/棕色编织皮带……"[②]戈特利布笔下散落在世贸大厦废墟中的这些物件，与费特曼笔下无处不在的商业机构，形成了一种

---

① Robert Fitterman，*Metropolis 16—29*，https://www.robertfitterman.com/works/metropolis_16_29.pdf. See also Robert Fitterman，*Metropolis 16—29*，Toronodo：Coach House Books，1998.

② *Against Expression：An Anthology of Conceptual Writing*，eds.，Craig Dworkin and Kenneth Goldsmith，Evanston：Northwestern University Press，2011，pp.283—284.

有趣的共鸣和互补。费特曼的《大都市》勾勒了个体经验逃脱不了的商业框架，而戈特利布的《灰烬》表现了这个框架之中对物的歇斯底里的追求。诗人肯尼思·哥尔德斯密斯在点评戈特利布这一作品时，指出其具有"批发产品清单手册的风格"①，所言甚是。这份清单越是体现出风格、材料、款式的多样与细微差别，越是体现出物与资本的运转对个体的淹没。戈特利布并没有想当然地把自己置身于这一彻底物化的世界之外，他以漠然的、怠惰的态度对具体物件的陈列，使物化现实不断漫延与膨胀、席卷所有人的力量彰显出来。这种无声的对现实的凝视，虽然不乏被动特征，但至少比单纯地向9·11遇难者致以同情要深刻得多。

三 "冷化"场景与诗歌边界的扩大

面对诗歌中大量的日常场景及"冷化"呈现，我们需要了解它们所寄寓的"反表达"诉求以及难以表达的困境。与此同时，一个难以释怀的问题也悄然而起：如果诗歌这么浓墨重彩地转向日常生活，而且如此明显地削弱着诗人的主观表达，诗歌还是不是诗歌？当诗歌越来越像是日常生活的记录，它是否还有存在的价值？

回答这样的问题并不困难。即便是最具学院派气息的 T.S. 艾略特也早已提出，文学、诗歌的边界从来都不是绝对的。在艾略特看来，对"什么是诗歌"这个问题的回答总是具体的人群或个人"为自己而做出的"②，而不是诗歌—文学本身固有的东西。关于文学的"共同因素"的归纳，"因为处于具体地点、具体时间中具体的人的局限性，而受到限制；而这些局限在历史的视角中得以彰显"③。艾略特如此开放的文学观、诗学观，到了乔纳森·卡勒等解构主义思想家们那里，也就更是一种常识了。不过，看到诗歌边界的可变性并不能充分说明诗歌边界变动的必要性。或许，列斐伏尔的这一段话能给我们更多一些启示：

---

① *Against Expression：An Anthology of Conceptual Writing*，eds.，Craig Dworkin and Kenneth Goldsmith，Evanston：Northwestern University Press，2011，p.282.

② T.S. Eliot，*The Use of Poetry and the Use of Criticism*，Cambridge：Harvard University Press，1961，p.9.

③ 同上，p.135。

　　哲学断言，通过新的日常生活意识，通过日常生活的改造，在日常生活层面，提出和解决人的全部问题（完整的人的问题）。这样，哲学正在展开成为一种新的整体：知识理论、逻辑和方法论、观念的社会评判、生活的批判。哲学不再是专门的，不再与实践与生活分开，哲学不再是抽象的、沉思的。然而，哲学还是哲学：寻找、发现一种"有关世界的理论"，发现一个活生生的整体。通过更替哲学自己，哲学已经扩大了，加深了哲学。①

如果说，哲学要在日常生活转向中获得对"现实"的更多把握——以传统的抽象与沉思的方式所不能获得——那么诗歌与日常生活的直接拥抱，也有同样的目的。因为，今日世界的异化已远超于可见的劳动与剥削，异化已经隐身在生活的各个角落中："无论何时我唱一首爱情歌曲或吟诵一首诗，无论何时我处理一个银行票据或进入一家商店，无论何时我瞟一眼广告或读一下报纸，我知道，'异化'就在那儿"②。诗歌不得不深度地沉浸到日常生活中，仔细地加以端详。即便反抗与改变尚无可能，冷静的凝视不但有其必要，说紧迫亦不为过。

第二节　肯尼思·哥尔德斯密斯：被自然化的城市经验

　　在当代美国诗坛，肯尼思·哥尔德斯密斯的创作可谓独树一帜。他的写作不但拒绝了"独创性"的标签，而且明确地以"非原创"（unoriginal）、"非创造性"（uncreative）为自己的写作立场。从此写作立场出发，哥尔德斯密斯的多部作品就是对电视、广播、报纸、网站上的新闻内容以及已经出版的书籍报刊的摘录和挪用。其工作的一个重要部分，就是把语音视频新闻中的内容转录为文字，然后按照特定主题把这些"现成"材料集结成篇。诗人

---

① 亨利·列斐伏尔：《日常生活批判》第 1 卷，社会科学文献出版社 2018 年版，第 231 页。
② 同上，第 169 页。

坦承："我曾经是个艺术家；之后成为一名诗人；之后是作家。现在当别人问我时，我就直接把自己称为字词处理工。"①字词、材料的搬运工作，对于哥尔德斯密斯是严肃的，他是要展现浩如烟海的各类表达、文字、文本如何包裹着当代人，如何支撑起现有的价值观、生活模式、社会运转方式。换言之，其诗作旨在揭示当代的城市经验是如何在各类文本中被自然化的，这种自然化的过程使"现在"的一切得到巩固，而不再以问题的形式存在。这一自然化的过程，引导被文本包裹的人更少地对现状发出质疑，而更多地予以遵循、认同。

一　危险的"无聊"与写作的挪用

哥尔德斯密斯的这种搬运工式的写作，基于他对当代生活的感知。无聊，是哥尔德斯密斯用来概括当代人生活现状的关键词。但理解他所说的无聊，又必须注意其区分的两个类型，即"无聊的无聊"（boring boring）与"不无聊的无聊"（unboring boring）。在第一种无聊中，人们知道某事无聊也不愿去接受，而在第二种无聊中，人们明知某事无聊但却乐意地或无所谓地加以接受：

> 无聊的无聊，是去我们不愿去的地方，无聊的无聊，是做我们不愿去做的事情。
>
> 不无聊的无聊，是一种主动状态，无聊的无聊是一种被动状态。不无聊的无聊是我们向其投降的无聊，比如说，我们去看一出极简主义的音乐演出。我想起了罗伯特·威尔逊 1970 年作品的一次重演。两个演员穿过舞台花了四个小时，当他们在舞台中间相会，其中一位抬手刺杀了另一位。而刺杀的动作又花了整整一个小时才完成。但我自愿去体会这无聊，这是我看到过的最精彩的事情。②

---

① Kenneth Goldsmith, "I Love Speech", https://www. poetryfoundation. org/articles/68773/i-love-speech-56d248607161f.

② Kenneth Goldsmith, "Being Boring", http://writing. upenn. edu/library/Goldsmith-Kenny_Being-Boring. html.

显然，第二种无聊更为危险，因为它代表着标准化选择、流行的生活模式已经深入人们的意识、深入社会的骨髓，不再成为无聊，反而变得有趣、可接受、令人习以为常。这种无聊，不再作为我们意愿的对立面而存在，而成为生活与意识的自然组成部分。通俗地说，这指向一种被异化和牵引而不自知或不在乎的状态。

那么，造成第二种无聊的原因何在？哥尔德斯密斯的答案在于"语言"。我们被各种类型的语言包裹、缠绕，在传媒时代，各类语言又以各种形式迅速繁衍、增殖、爆发，而我们正是在这种语言环境中被深度驯化。"我不认为有一个稳定的或者本质的'我'。我只是许多事物的集合：我读过的书，看过的电影，看过的电视节目，听到过的谈话，唱过的歌，爱过的人。事实上，我是许多人与许多观念的产物，而我却会以为我实际上有一些原创性的思想与观念。要是以为属于自己的就是原创的，那可就是盲目无知的自我中心主义的想法"①。面对着"前所未有的语言的绝对数量的攻击"②，我们要做的是"去重新想象我们与语言的标准化关系"③。但在今天，要怎样去重新想象或审视我们与语言的关系？是像现代主义、先锋派甚至解构主义那样以自己的难度、独特、傲然于世的姿态来考察我们与语言的关系吗？哥尔德斯密斯认为，这样的策略已经不太可能奏效。显而易见的事实是，今天我们读到的、听到的、看到的大部分语言，完全撇开了那些严肃的思想家们的期待。因此，现在要做的是审视把我们包裹、驯化的语言，而不再是自我陶醉般地搞"独创"："对于当下写作情境而言，这样一种反应也许是恰当的：面对着前所未有的巨大数量的文本，问题的关键不在于继续再写点什么；相反，我们必须学会与现有的文本打交道。我已经从一个作家变成一个信息管理者，现在擅长于复制、编排、再现、记录、囤积、储藏、重印、偷运、剽窃以及转移等等技巧。

---

① Kenneth Goldsmith, "Towards a Poetics of Hyperrealism", *Uncreative Writing：Managing Language in the Digital Age*, Chichester：Columbia University Press, 2011, p.83.

② Kenneth Goldsmith, "Why Conceptual Writing? Why Now?", *Against Expression：An Anthology of Conceptual Writing*, eds., Craig Dworkin and Kenneth Goldsmith, Evanston：Northwestern University Press, 2011, p.xviii.

③ Kenneth Goldsmith, "I Love Speech", https://www.poetryfoundation.org/articles/68773/i-love-speech-56d248607161f.

我需要具备一整套技巧，我已经成为了一位打印大师，一个标准的剪切—粘贴者，一个搞文字识别的怪兽。我最爱的就是转录；我发现很少有什么事情比校对工作更有趣。"①也即，今天的写作应该首先关注我们被各类语言重重包围的现实，探寻这个现实，而不是忽略这个现实而另起炉灶，自以为傲立在精神的峰顶。现在的需要，不是制造自我欣赏的碎片化的象征迷宫，而是"再次观察作为整体的语言——句法上和语法上完整无损的语言"②。

简言之，正面应对现存的、大量的、各种类型的语言，是哥尔德斯密斯的写作思路，因为正是它们把当代人心甘情愿地纳入"无聊"之中，将各种流行的生活模式、价值选择自然化，使社会的现状得以巩固。所以，当哥尔德斯密斯说"我是史上最令人感到无聊的作家。如果有一个关于极度无聊的奥运会，我将摘得金牌。我的书不太可能被顺畅地阅读下去。事实上，在把文稿寄给出版商之前，每当我进行最后的校阅时，我自己都会忍不住睡着。你真的不需要在我的书中读出些什么；你只需要了解一下它大致在说什么"③，我们并不能当真。他虽然是在就自己作品对其他作品的挪用而自嘲，但其实也是在嘲弄他所摘录的各种文本。他的写作绝不是无所关心的，而是带有强烈的社会关怀，看似无所表达的文本摘录，包含着对现实之无聊状态的强烈警醒："秘密在于，自我表达的抑制其实是不可能的。即便在我们做一些如重新录入文字这样的看似'非创造性的'工作的时候，我们也在以许多方式表达自己。择取与重新罗列这样的工作，所能表达出来的东西，和关于妈妈的癌症手术这样的故事所能表达的一样多。只是过去我们没有领会到这些工作的价值。"④以摘录、挪用手法来建构作品，绝不等于否决诗人的主动性，相反，它代表着对"无聊"现实的挑战，"在错综复杂的信息丛林中的我的道路——我如何处理它，解析它，组织和分配它——就是我区别于其他人之处。"⑤

---

① ③ Kenneth Goldsmith, "Being Boring", http://writing. upenn. edu/library/Goldsmith-Kenny_Being-Boring. html.

② Kenneth Goldsmith, "I Love Speech", https://www. poetryfoundation. org/articles/68773/i-love-speech-56d248607161f.

④ ⑤ Kenneth Goldsmith, "Uncreative Writing", *The Chronicle of Higher Education*(Sep 11, 2011), Retrieved from https://search. proquest. com/docview/893757564?accountid=10659.

二　媒体播报与"自然的"纽约

在哥尔德斯密斯的具体写作中,城市是其关注的重点。正是在城市中,人们受到广播、电视、报纸、出版物综合立体的包围。他的《交通》(*Traffic*)、《天气》(*Weather*)、《美国的七宗死亡与灾难》(*Seven American Deaths and Disasters*)等三部作品,聚焦于纽约城,力图展现大众媒体如何制造着、灌输着"不无聊的无聊"——以表面上的客观塑造着一个"自然的"城市,一个运作良好的、在价值观与生活模式等方面完全没有问题并召唤我们加入的城市。

《交通》一书从头至尾由数百段交通新闻组成,它们是对纽约市"1010 WINS"广播电台交通播报的文字转录,当然,其中包含了哥尔德斯密斯在转录中对材料的选择、裁减与拼配。这数百篇交通播报,跨越了周末假期,对纽约城周末的交通运行有着全程观察——频率高达十分钟一次。看其中任何一段播报,都会有一种熟悉却又稀松平常的感觉,比如夜间 1 点 51 分的这段:

> 好吧终于有了个好消息,就是乔治·华盛顿大桥通往纽约的这部分道路拥堵已经有了一些缓解。但还是会让你堵上个 20 分钟,但是,呃,好消息就是上层拥堵的情况好了一点,而且,呃,看上去 46 街与 4 号公路对疏解拥堵有更多的帮助,如果你,呃,从那边开往林肯隧道,目前这仍然是你通过哈德逊河的最佳选择。荷兰隧道两个方向都非常拥堵,因为有道路维修。在东河那边,呃,因为道路维修的缘故目前白石大桥上两个方向都只有一条道可以通行。还有 59 街大桥的上层,好像他们已经,呃,把通往皇后区的路段给封上了,我看目前没有任何车辆在通行。目前所有车辆都被引导到了下层,而且现在已经开始堵塞了,呃,下层到皇后区的路段,我们在松下交通监控上看。……①

---

① Kenneth Goldsmith, *Traffic*, Editions Eclipse, p.7.

我们会在诗集中看到上百个这样的片段。就单个播报而言，它们每一个对城市人的交通出行都有帮助，让人们在第一时间掌握交通信息，在可能的情况下选择适当的出行线路。哥尔德斯密斯的这本诗集当然不是批判交通播报的这种实际用处。

我们必须把这种稀松平常的交通播报放置在它们不间断的进行中来观察体会，这也正是哥尔德斯密斯在《交通》中将它们集录在一起的用意。如果把这些每隔十分钟就进行一次的播报堆叠在一起，它们的确产生出一种既简单又魔幻的画面：城市是如此各安其分、有序运转，尽管拥堵是其常态。

首先，上百篇播报的叠加，灌输的不仅仅是昏昏欲沉的节奏，其实也激起人们心中关于城市运转的力比多。"好消息""灾难""情况变得更糟糕""避免""检查站""周末""节日""道路维修""警察就在现场"等等词汇与信息的反复出现，制造出一个戏剧化的巨大景象：人们在按照各自的需要、各自的工作进出纽约，穿行于林肯隧道、华盛顿大桥。在令人既疲倦又紧张兴奋的气氛中，城市的运转仿佛是一件再正常不过的事情。如果说单篇播报提供的是具体的交通信息，上百篇播报的叠加，则展现出城市运转迷人的笑脸，它的运转承载着人们的工作、生活、希望、目标——等待着也邀请着你的加入。此处，交通的运转与城市的运转有着内在的转喻关系。然而"交通—城市"的运转是否值得加入，它的热闹非凡、秩序并然是否有问题，这些疑问统统都被屏蔽在外。当然，必须再次明确，这并不是说交通播报偏离了它的职责，相反，在"1010 WINS"电台一分钟就要完成的交通播报，提供了很有用处的交通信息。但是正如哥尔德斯密斯意识到的，当这种播报在频率与数量上在日常生活中累积到相当大程度时，它产生的是超出其自身的效果。

交通播报的不断翻滚，将人们的注意力直接卷入繁忙的城市运转。同时，关于街道通畅的理想，又进一步设定了感知城市的方向。在诗集最后一段播报中，周末假日已经开始，交通也终于宽松了下来，一切都是那么完美：

> 我们已经过了高峰期，进入到法定假日周末了。我祝愿每一位都有一个安全、快乐的假期，特别是周末期间在路上的时候。如果你现在正要出城，你可赶上了轻松的时段。我正在看我们的松下交通监控，城

区之内目前没有关于堵塞的报告。让我们把目光转向东河,从炮台公园到三区大桥这一整段道路都没有堵塞的情况。罗斯福快速路也非常通畅。……您所要了解的桥梁与隧道情况都在这了:穿越东河的道路都很畅通;三区大桥、59 街大桥、皇后区—中城隧道没有任何堵塞报告。再看看威廉斯堡大桥、曼哈顿大桥、布鲁克林大桥,一路绿灯。在泽西那边,通行情况从来没这么好过,在林肯隧道与荷兰隧道车辆均能顺畅地通过哈德逊河。即便是乔治·华盛顿大桥,好像过去 24 小时它都在堵车,但现在上面的车辆就像流水一样通过。别忘了,换边停车明天又将生效了。①

从播报员的情绪、播报的内容来看,完美状态终于到来,一切是那么安好、顺畅。这一播报暗示我们,这就是城市生活的绝佳状态或绝佳状态的一部分。交通的顺畅意味着城市的美好得以实现,而可以用来描述这份"美好"的潜台词就是:伟大的城市架构(伟岸的桥梁、便捷的隧道)、速度、畅通、有序。关于它们的各种直接的、间接的、反复的表达,折射出关于效率与时间的价值观。对现有架构高速运转本身的关注,替代了关于目的、方向、问题的所有追问。也就是说,一个巨大的城市之轮的运转,不但在热闹非凡的、戏剧化的交通场景中直接取得了合法性,成为不言自明的东西,而且还获得了关于自身的终极指引。②

《交通》一书转录的是"1010 WINS"电台的交通播报,但它指向的其实是由于媒体与技术的发达如今无处不在、无时不在的各类交通播报。人们在生活中当然不会时刻去收听这些播报,但无疑仍然是在与各种媒体的接触中被这些播报包围着。这些播报本身并无过错,它们不过以简洁、迅速的方式传递信息,但它们的累积所形成的画面,却在不知不觉间强化着、支撑

① Kenneth Goldsmith, *Traffic*, Editions Eclipse, p.81.
② 大众媒体对速度与效率的强调,哥尔德密斯另一部作品《运动》也有所揭示,正如布莱恩·库尼(Brian C. Cooney)指出的,解说员在运动比赛中滔滔不绝、几乎毫无间断的解说,体现的正是商品文化对语言的入侵,因为"商品文化的本质就是速度"。此处《交通》中的播报所指向的城市高速运转的美好,同样是与商品社会同谋关系的体现。见 Brian C. Cooney, "'Nothing is Left Out': Kenneth Goldsmith's *Sports* and Erasure Poetry", *Journal of Modern Literature* 37.4(2014), p.31.

着对于城市运行现状的认同，引导着对它的期待。所以，理解哥尔德斯密斯的作品，应注意它"对待语言，就像是对待大量的数据与信息，它们被采集是因为它们的数量，而不是它们在质量上的诱惑力。它们被看重的部分是它们的铺天盖地以及它们的唾手可得，而不是它们的原创性或审美价值"①。

我们在《交通》上百篇播报的叠加中，不但可以辨别出对城市运转本身不假思索的肯定，对运转速度的肯定，还可以察觉到商业与科技完全正面的角色。商业与科技不但对城市生活是有用的，而且是必须的，几乎就是我们最好的伙伴，它们的异化作用与对利益的掠夺被悄然忽略。这是对城市经验进行自然化的又一重要操作。在作品中，播报员在几乎每一次播报中都会表示自己正在将眼前交通监控屏幕上的情况告诉大家，以此显示播报的及时性、现场性与准确性。从具体操作而言，这确是事实，但从播报累加所制造的日常经验来说，科学技术与城市运转之间的合作得到了强调，反思性的角度则尽数缺席。而对监控摄像技术的强调，又与商业利益内在牵扯在一起。在《交通》中，每相隔半小时，播报员就会"提醒"听众监控摄像系统来自于"松下"公司。让公司产品以一种提供帮助的方式露面，这是广告宣传的通行手段之一，但《交通》一书所呈现的不是作为个案的广告，而是这种广告以一种不停歇的方式出现在播报中所可能产生的麻痹作用。商业在《交通》中强大而合法的角色，还在于其作为准公共设施为人们周末出行所提供的便利：

> 长岛的公共巴士在整个假日期间都会按常规时间运营。配合长岛铁路的运营，呃，还有许多地方有停车换乘服务以及拼车服务，呃，梅西百货曼哈塞特店停车场、艾森豪威尔公园以及萨福克县的许多地方的设施。您可以登录我们的网站"1010wins.com"，就能找到一份完整的，呃，关于那些，呃，设施的清单。今天以及整个假日期间，换边停车暂停实行。但是你还是得付停车费。②

---

① Scott Pound, "Kenneth Goldsmith and the Poetics of Information", *PMLA* 130.2(2015), pp.317—318.

② Kenneth Goldsmith, *Traffic*, Editions Eclipse, p.16.

著名的梅西百货，在这一刻已经不太像是商业机构，而更接近于公共服务单位。和所有公园、市政交通系统、交通法规一道，梅西百货将成为享受周末顺畅交通的重要一环。可以想象，在诸如此类的、成百上千的表述的包裹中，听者、观者对于商业机构的感知会得到怎样的引导。尽管播报很直截了当地告诉听众，金钱依然是享受交通服务的必不可少的部分，但浸没在城市交通美好的预期之中，梅西的角色有时几乎就要向阳光洒满草坪的公园转换了，因为它们在周末交通的顺畅中，扮演着类似的服务性、支持性角色：

> 如果今天您要找停自行车的地方，很多公园都有临时的自行车停车处，比如华盛顿广场公园、汤普金斯广场公园、联合广场公园、麦迪逊广场公园、布莱恩特公园。[1]

可见，在交通播报喋喋不休的信息更新中，城市生活的运转、运转的最佳状态、运转中的商业与科技，所有这些值得静观细察的方面，都变得透明、无疑、值得拥有和追求。摒弃了一切反思性视角，被自然化的城市生活至多给人们带来一些堵车的烦恼。交通播报看似中立、客观的语言，在不经意间传递着、重复着、强化着太多关于城市的价值判断与感知引导。哥尔德斯密斯的挪用、摘录、拷贝式写作就是要把这些环绕着人们的媒体表达变成"一个去熟悉化的场域"[2]，揭示熟悉的、看似不起眼的语言中的恐怖之处。这样做的必要性在于，这些表达"既是无意为之的，也是强迫性的"[3]。就此而言，笔者不能完全同意玛乔丽·珀洛夫对《交通》中的"时间"的解读。玛乔丽提出，《交通》中数百篇播报与周末的自然时间并不对应，纽约的时空"被压缩在了二十四小时的框架之内"[4]，它们"并不指向任何具体的时间序列"[5]，它

① Kenneth Goldsmith, *Traffic*, Editions Eclipse, p.28.

② Barrett Watten, "Presentism and Periodization in Language Writing, Conceptual Art, and Conceptual Writing", *Journal of Narrative Theory* 41.1(2011), p.143.

③ Nikolai Duffy, "Reading the Unreadable: Kenneth Goldsmith, Conceptual Writing and the Art of Boredom", *Journal of American Studies*, 50.3(2016), p.687.

④⑤ Marjorie Perloff, *Unoriginal Genius: Poetry by Other Means in the New Century*, Chicago and London: The University of Chicago Press, 2010, p.161.

们指向的是一个幻觉般的未来。诚然，这一解读聚焦于哥尔德斯密斯的主观编辑设计，意在揭示哥尔德斯密斯所呈现的交通播报对现实时间的剥离，但这或许只是作品的意涵之一。正如我们在分析中所看到的，哥尔德斯密斯辑录的上百篇交通播报自身对城市运转不间断的"自然化"，才是制造幻觉般未来与当下的真正推手。

与《交通》相比，哥尔德斯密斯的《天气》不仅同样呈现媒体语言对城市生活的自然化，而且还将这种自然化中所包含的更为政治化的意涵揭露了出来。乍看上去，每一天的天气预报非常客观、科学化，虽然对当下的商品社会充满了肯定，但与政治并无关联：

> 接下来几小时有时会转阴，阳光充足的时候不多了。记住，这可是一年中时间最短的一天。看上去，直到今天晚间天空都难以晴朗。天气有些寒凉，郊区低温将在 29 度左右，而中心城区差不多 38 度。明天可是一个购物的好时间，阳光会很好，然后转多云，是一个微风天，最大风速大约为 50。[①]
>
> 周一，会有短暂的晴好天气，高温 42 度。周二就要转多云了，有微风，温度适宜，高温为 50 度，注意晚间有雨，特别是如果你要去时代广场的话。目前，伊斯利普 32 度，贝尔玛 28 度，中央公园现在天气比较晴好，温度 30 度，湿度为 63%，西风，风速为 10。重复一遍，当前中心城区的温度为 30 度，并将慢慢升到 40 度。[②]

《天气》开头的这两段冬日中的预报，就和《交通》一样在表面中性的天气介绍中灌输着关于消费的理念。第一则预报以晴好天气来鼓励消费，第二则预报则以纽约地标性的处所"时代广场"暗示了娱乐、闲逛与消费的必要性，特别是后者特意将预防下雨与前往时代广场突兀地并置在一起，以商业为中心的逻辑编排令人惊讶。

---

① Kenneth Goldsmith, *The Weather*, Los Angeles：Make Now Press, 2005, p.3.
② 同上，pp.4—5。

经过漫长的冬季，天气预报、城市生活、海外政治三者间的"同谋"关系在"夏季"部分开始时得以体现。因为天气预报的范围已经不再以纽约为中心，而是涵盖到伊拉克的巴格达，天气预报不仅仅是关于纽约城的舒适生活，而且也是关于伊拉克战争的：

> 明天与周一天气都将比较干燥。天空会逐步变得晴朗，高温在 55 至 60 度之间，到周二就将回升到 64 度。在巴格达，干燥的天气将在周末持续，周六晚间有些多云，周日整个巴格达会有晴朗的时段。现在中央公园是 54 度，明天中心城区的温度将升为 64 度。①
>
> 战区预报，呃，那边的天气现在真的很糟糕。强冷空气前锋已经抵达，并伴有大风，呃，很容易引起沙尘、降低可视度。呃，风速将会在未来 24 小时之内逐步降低，但仍将制造许多麻烦。……回到我们的家乡，现在凯德威尔 57 度，中央公园 53 度并且阳光灿烂，东南风，风速 11。重复一遍，当前中心城区的温度为 53 度，将会下降到 47 度。②

从此处所引的第一段到第二段，天气预报慢慢卸下"中立"的面纱，开始越来越直接地表露出为伊拉克战争服务的工具性质，它们不再仅仅对衣着、出行提供建议，而且也是为战斗安排提供参考意见——"呃，很容易引起沙尘、降低可视度"等表述，明显是针对美军的战术安排而言的。而纽约与巴格达两地天气预报的并置，在《天气》中大约持续了两周时间，然后每一段天气预报又完全回到了纽约自身。这一带有哥尔德斯密斯主观编辑性的设计，推进了对天气预报的意识形态属性的反思。

首先，天气预报中所包含的科学技术的使用，在此显然已不只是维护、赞赏纽约城的日常生活，它更支撑着战争行为。这本身就对天气预报反复提到的"雷达"（radar）形成了反讽。但这种针对科学技术的反讽并不是重点。重点在于，天气预报倾情赞美的纽约城的日常生活，在面对战争时的无

---

① Kenneth Goldsmith, *The Weather*, Los Angeles: Make Now Press, 2005, p.40.
② 同上, pp.40—41。

动于衷。玛乔丽·珀洛夫指出，巴格达的天气预报在《天气》中的消失，其背景在于美军在伊拉克战斗的成功，"对于天气预报而言，'战争'已经结束"①。从背景上而言，这的确是巴格达天气预报在书中短暂出现的原因。但玛乔丽的这一解释尚不能完全解决我们的疑问，即美军在伊拉克的军事行动其实远超两个星期，为何不让伊拉克的天气预报多持续一段时间，以增加作品对战争的批评意味呢？事实上这正是哥尔德斯密斯的编辑工作最富讽刺力量的地方。对战争的直接批评，其实不需要哥尔德斯密斯再来添砖加瓦，他的《交通》《天气》的长处也不在于直接性的批评，而在于挖掘意识形态的隐蔽存在。伊拉克或巴格达天气预报的迅速消失，纽约城天气预报的恢复原样，其实更能彰显日常生活之流对于战争与政治运作的"默许"。战争仿佛不曾发生，或者发生了也不过是一个轻若鸿毛的事件，一日又一日的天气预报继续轻快地对纽约城的生活提供帮助，鼓励大家以最有效率的方式参与城市的运转，享受商业、科技的美好。在这种超然的播报气氛中，海外战争似乎不过是一段波澜不惊的小小插曲，完全没有被追问的必要，而纽约城的运转是无辜的、也不应受到影响。但对于哥尔德斯密斯而言，这是一种欺骗，也是一种自我塑造，正如他虚拟了一个同时播报纽约与伊拉克天气的播报员，他要表现的正是纽约城与政治、战争的不可分割。天气预报迅速回归纽约，正是对城市运转之政治面向的视而不见。如同对商业与科技的处理，政治面向中值得被反思的部分，在日复一日的天气预报中被忽略、淡化，被不着痕迹地"改写"为无了。当然，天气预报不可能超越自己的范围，去点评战争与政治，但按照其本身的职能，也随着媒体的发达，它的不停歇的进行，最终使自己成为一种维护现状准意识形态。因此，理解《天气》中数百篇播报的堆叠，重点并不在于看到哥尔德斯密斯对伊拉克战争的直接批评，而在于看到他所揭示的天气预报与战争的"不经意"的合谋。他的后现代拼贴、堆列，不是要揭示意义的多元，而是"召唤人们从整个话语体系中撤出与逃离"②，因

① Marjorie Perloff, "'Moving Information'：On Kenneth Goldsmith's The Weather", *Open Letter*："*Kenneth Goldsmith & Conceptual Poetics*", 2005. Retrieved from http://marjorieperloff.blog/essays/goldsmith-weather/.

② Jeffrey T. Nealon, "RealFeel：Banality, Fatality, and Meaning in Kenneth Goldsmith's *The Weather*", *Critical Inquiry* 40(2013), p.129.

为环绕着人们的万千表述不是可能性的诞生地,而是窒息人们反思力的"话语的洪水"①。

媒体播报对于哥尔德斯密斯而言,也不总是像《交通》《天气》这样以隐蔽的方式来对城市加以美化。它们也会肆无忌惮地、公开地利用自己的话语权力来强行设定关于城市的感知,仿佛这些感知就是普遍的、毫无争议的、大家都认可的,也即把某些特定类型的关于城市的感知自然化。《美国的七宗死亡与灾难》一书中,媒体关于"唐人街"的评论就是一例。

《美国的七宗死亡与灾难》中的第六篇"世界贸易中心",是对9·11事件中CNN等媒体报道的文字转录。这些媒体报道,聚焦于世贸中心遇袭倒塌的现场情况,其紧张细致的程度,让人们可以感受到当日恐怖袭击在纽约造成的巨大灾难与恐慌。但也正是在哥尔德斯密斯辑录的这些媒体报道中,以自我为中心的态度与立场兀自岿然不动,依然渗透在播报员、主持人连珠炮似的话语中。作为报道本身,它们体现出十足的现场感、时间感,但堆叠在一起,人们看不到也听不到相应的对事件的反思,环绕着观众和听众的是"迅速地反击""美国军队的伟大"等等以自我为中心的表达。如果说这些反应出自自我保护的本能,意图维护原先的世界秩序,那么播报员顺便把纽约"唐人街"贬损一番的行为则是在维护某些人心目中的关于纽约城的等级结构:

> 乔治·韦伯目前就在世贸中心现场附近。乔治?跟我们说一下你现在了解到的情况。
>
> 布鲁斯,纯粹是因为好奇,我现在已经往东移动了很长一段距离,我想。市中心现在弥漫着巨大的黑白色烟雾。今天下午,他们不让任何记者靠近现场,两栋世贸大楼今天早些时候就在那边倒塌了。现在我就站在曼哈顿大桥旁边,这里是目前救护车与急救人员进入现场的入口之一。我们也可以看到美国军队的飞机不时在此飞过。就是你现在听到的这个声音……就这样已经过去了很多个小时。

---

① Jeffrey T. Nealon, "RealFeel: Banality, Fatality, and Meaning in Kenneth Goldsmith's *The Weather*", *Critical Inquiry* 40(2013), p.129.

　　而在我下方的公园就紧邻着唐人街。虽然那里的人们对发生的事情有一些好奇,但他们仍在打他们的扑克牌。他们继续聊着天,仿佛什么都没发生。他们的超市继续营业。他们正在买东西,他们正在……他们正在……他们正在买他们的鱼。呃,就……就好像纽约城的这个小角落完全不受影响,但是你懂的,这就是他们思维的上限。他们在讨论。他们时不时地对空中的烟雾指指点点,同时继续玩他们的牌。所以,呃,只是对纽约一角的简单印象,呃,看看他们是如何面对着这巨大的悲剧的。[①]

　　一个站在远处曼哈顿大桥边的播报员,身临其境般地讲述唐人街上人们的行动和思维,一派如假包换的腔调。不需要任何仔细的辨析,这段播报的虚构性质也是一目了然的,播报员与唐人街的物理距离直接决定了它的虚假。播报员在此不是讲述他所看到的,而是在表达一种刻板印象或者想象。然而,在播报员自然流畅的表达中,这种刻板印象被连缀在新闻现场的报道中,也就获得了一份"真实感"或"现场感"。借助新闻播报的形式,这一对刻板印象的推销获得了一定的力度。不得不承认,唐人街、华人的品质被强行但又顺畅地编排入一种话语秩序中,在这种话语的建构中,真正的可怕之处不在于族裔歧视,而在于这段播报能够以如此堂而皇之的方式向观众灌输这种歧视。这样的"新闻"以其强势,塑造着纽约城的种族版图以及相应的价值观判断,巩固着由偏见支撑的城市想象,而不是对它们提出疑问。

三　非媒体文本对纽约的"自然化"

　　哥尔德斯密斯对媒体播报的文字转录,令人看到我们既是新闻播报的享受者,也是新闻播报的产品。因为这些播报并不只是新闻播报,它们也是意识形态性的对城市的塑造,是对人的心理想象的牵引,它们是"被忽视的

---

　　① Kenneth Goldsmith, *Seven American Death and Disasters*, New York: Powerhouse Books, 2013, pp.153—154.

但却无处不在的文化形式"①。在文字转录之下，这些播报得到凝视，平时
被忽略不计的怪异之处因而得以彰显，哥尔德斯密斯在写作上的挪用、拷贝
就是要让我们看到"表达的怪异之处转变为极端异化"②的机制。除了在大
众媒体中观察这种异化的力量之外，哥尔德斯密斯的挪用写作也拓展到了
其他类型的文本之中。他的近作《首都/资本》(Capital)③一书，以引用、摘
录的方式集合了几千段非媒体文本的文字，展示出"纽约"的另一种形成。
这些文本并没有按照立场或主题被划分开来，也没有严格按照时间顺序来
排列，它们形成了一种万花筒般的结构。但在这种迷宫般的材料堆列中，纽
约城被自然化的趋势依然清晰可辨。它的需要被审视的部分渐渐得到淡
化，逐步演变为值得热切拥抱的奇观。

全书以四十八个关键词来排列，每一个关键词下辑录了数十条至上百
段来自不同文本的文字。在"梦想之城""帝国""地铁""商品""中央公园"
"贫穷""艺术"等关键词的陈列中，哥尔德斯密斯意图让读者看到纽约城各
个侧面所得到的文本塑造。比如在"商业"词条下，我们可以看到有些文本
对商业社会的弊端有着警醒，虽然这种声音很无力地被其他材料所淹没：

> 我们有时可以感觉到，商业社会中所有人的生活都献给了经过乔
> 装打扮的欲望。资本主义的罪恶，或许，就是把欲望转变为需要，是给
> 愚蠢的东西赋予准物质必需品的必要性。……④

> 如果你贫穷，你可以去联合广场的圣·克莱恩商区，去与那些纽约
> 历史上最难搞定的女人们讨价还价。⑤

---

① Darren Wershler, "Kenneth Goldsmith's American Trilogy", *Postmodern Culture*, 19.1 (2008), Retrieved from https://search.proquest.com/docview/1430224971?accountid=10659.

② Helene AJI, "Un(decidable), Un(creative), Un(precedented), Un(readable), Un(nerving): Christian Bök, Craig Dworkin, Kenneth Goldsmith and Vanessa Place", *Études Anglaises*, 65.2(2012), p.172.

③ 哥尔德斯密斯在书名上有一个复义的设计，在该书封面与扉页 2 上均可见书的全名"纽约：20 世纪的首都"(*New York: Capital of the 20ᵗʰ Century*)，但封面上仅用黑体标明"capital"一词，扉页 1 更是只有"capital"一词。哥尔德斯密斯对书名的这一模糊化处理，应该是想突出其对资本控制下的纽约的批判。

④⑤ Kenneth Goldsmith, *Capital*, London and New York: Verso, 2016, p.627.

在这些文字中,商业社会的纽约至少不是完美的,它有着阶级的划分,金钱决定了人们行动的区域也牵制了几乎所有人的生活。但这样的声音在哥尔德斯密斯的辑录中所占比重并不大,更多的声音是在描述、赞叹商品社会的运转:

> 辉煌的迷梦交织的城市,玻璃之城,玻璃之城,购物橱窗之城。①
> 沿着传统的购物路线:上西区的百老汇到下东区的狭窄街道。②
> 最靠近第十四街与第十五街交叉处的百货商场,曾经是时尚之地,后来那边的商品变得特别便宜与普通;但随着这个区域的复兴,它现在又变得灵光了。③
> 大街上处处可见可爱的女生与优雅高尚的男生。④

如果说"玻璃之城"这样的对商业社会的形容并不特别,那么上引第二段中的"传统的购物路线"则把购物行为完全正常化了——"传统"已经形成,你要了解、遵循或者在此基础上开拓。第三段赞赏百货商场从没落中重新变得"灵光"(smart),肯定商业与时尚的成功结合。而在第四段,时尚已经化为街道上人们的可爱姿态。在这些不同来源的文字中,纽约的商品化是如此值得鼓励、钦羡,如此正常。虽然哥尔德斯密斯对这部长达九百多页的作品未作任何前言或结语式的介绍,但它对纽约的资本主义现实的讥讽是不言而喻的,正如封底内页上来自《华尔街日报》的一段评论所说:"《首都/资本》……意在沉浸下去,引起惊异,仿佛路上的偶遇。一个城市的灵魂不间断的纠结,以及它被不成比例地罗曼蒂克化的情况,充斥在《首都/资本》之中。"

无需更多的例证,哥尔德斯密斯挪用式写作的用意已基本可见。简单来说,他的策略是以彼之矛攻彼之盾,以对各类文本的陈列来显出它们的可疑、展示、进而动摇它们对人的包围与牵制。正如他自己所言,"比如说,如果我们要批评全球化,非创造性写作的方式就是复制、重组 G8 峰会的文字

---

① Kenneth Goldsmith, *Capital*, London and New York: Verso, 2016, p.626.
②③ 同上,p.633。
④ 同上,p.636。

记录……让文本自己代表自己说话：在 G8 这个例子上，它们将自己看到自己的愚蠢。我称此为诗歌"①。肯尼思·哥尔德斯密斯的挪用、拷贝、摘录，不是因为诗歌的黔驴技穷，而是出于对对手的重视，是尊重对手无处不在的现实："我们从页面剥离下极端的诗学，然后使他们向着科学实验室、法庭、心理分析家的沙发、白宫的东屋开进，我们迫使诗学变身为一名话语的司机，这位司机温柔地搂抱着这些体制性的机构，与此同时，也从背后给它们狠狠来一棍子。不从这个角度来理解（我们的实践——译者加），就太令人难堪了。我想说，要取得'小小的骄傲'，就必须采取这种带有攻击性的激进的策略，要仔细端详这种诗学实践在概念上的、政治上的以及针对体制的复杂性，别不好意思地扭头而去。一旦我们同意自己这样做，诗歌就能稳稳地保住自己在球场边的座位。"②

第三节　表现主义城市与当代诗歌的现实讽喻

档案化写作在当下美国诗坛占据着重要位置。但仍有许多诗人坚持主观构思的作用，近年来多位获奖的诗人正属于这一类别。从他们的创作中，我们明显可见一种对表现主义的回归。这一写作走向闪现出卡夫卡小说的鬼魅身影，让读者在一种荒诞的、执拗的、梦魇般的场景中，在以诗人的感受为基础的城市景象中，观看当代人的生存状态。卡夫卡当年的眼光，跨越时空地在当代美国诗人的作品中产生共鸣，这不得不令人唏嘘。

一　卡明斯基："聋"了的瓦森卡，"聋"了的美国

伊利亚·卡明斯基（Ilya Karminsky）的《聋了的共和国》（*Deaf Republic*）于 2019 年出版后，引起了普遍关注与肯定，赢得美国国家犹太图书奖

---

① Kenneth Goldsmith, "Towards a Poetics of Hyperrealism", *Uncreative Writing: Managing Language in the Digital Age*, Chichester: Columbia University Press, 2011, pp.84—85.

② Kenneth Goldsmith, "My Career in Poetry or, How I Learned to Stop Worrying and Love the Institution", *Enclave Review*(Spring 2011), pp.8—9.

（National Jewish Book Award）（诗歌类）并进入美国国家图书奖以及国家图书批评家奖等奖项的长名单。这部作品并不是单篇诗作的集合，除了首尾两篇单独的诗作外，它的主体部分是一出诗体戏剧，讲述了瓦森卡（Vasenka）这个小城被背景不明的军队侵略的故事。而关于瓦森卡小城的一幕幕场景，并没有多少传统戏剧的对话成分，它们更像是卡夫卡式的梦境，情节发展非常直接、突然、执拗而又荒诞。在这座"聋"了的小城发生的一切，寄寓了卡明斯基对暴力、霸权以及日常生活的综合批判。变"聋"了的，不只是瓦森卡的居民，也是观看战争悲剧的"我们"。暴力与霸权绝对要被审视，但对日常生活的沉浸——作为对暴力与霸权的纵容——同样需被反思。

在作品中，"聋"的状态首先是指瓦森卡居民在遇到战争暴力后的反应，它体现出的是人们的自我欺骗与冷漠。这一主题在第一幕第一场"枪声"中即有体现。占领小城的军队命令居民中止广场上的木偶戏演出，小城里最优秀的木偶提线人索尼娅（Sonya）和她的侄子佩特亚（Petya）对军人们表达了反抗，这导致了佩特亚最后的死亡，小镇的居民的"聋"也从此开始：

> 一辆军车冲进了广场，送来了它的中士。
>
> *立刻解散！*
>
> *立刻解散！* 木偶用呆板的声音模仿了一声。
>
> 除了佩特亚，每个人都呆住了，佩特亚还在咯咯地笑。有人用手捂住了他的嘴巴。中士转向这个小男孩，举起他的手指。
>
> *你！*
>
> *你！* 木偶也举起了手指。
>
> 索尼娅看着她的木偶，木偶看着中士，中士看着索尼娅与阿方索，而我们则看着佩特亚身子往后仰，聚集了喉中的痰，朝着中士发射了出去。
>
> 那一个我们听不见的声音惊起了水面上的海鸥。①

面临着侵略者的威权，小镇上的居民"呆住了"，充满了恐惧。这种反应当然

---

① Ilya Karminsky, *Deaf Republic*, Minneapolis：Graywolf Press，2019，p.11.

可以被理解，但是反抗者佩特亚因为公然挑衅而最终被枪杀时，大家集体变"聋"的反应——"我们听不见"——着实也令人不寒而栗。

这种自欺欺人的"聋"在作品中很快就体现出荒诞的意味。瓦森卡的居民不但不以"聋"为耻，而且迅速地把自己的"聋"高尚化、英雄化。他们把"聋"塑造为一种反抗的形式：

> 早上 6 点，当士兵在小巷子里恭维少女们时，她们指着自己的耳朵。8 点，面包店当着伊万科夫士兵的面关上了门，尽管他是最佳顾客。10 点，盖尔娅大婶在士兵营房入口处的门上用粉笔写下：没人听得见你们。①

人们延续着"聋"的做法，并且越来越陶醉其中，以至于制作了表示自己的立场的标牌，上书"人们都聋了"②。诚然，这种充耳不闻、故意疏远的做法的确也是一种抵抗侵略者的方式，但以之作为自己勇气的标榜、完全将之英勇化的做法则掩盖了它产生时所包含的自我欺骗。对这种被高尚化了的"聋"的虚伪，阿方索——索尼娅的丈夫——有着清醒的认识。他和索尼娅想鼓励大家有所行动，却失望而归："我们蹑手蹑脚地穿过城市，/索尼娅和我，/穿过剧院、花园还有精细的铁门——/勇敢起来，我们说，但没人/有勇气，我们听不见的那个声音/惊起了水面上的鸟儿。"③

对"聋"所包含的虚伪、懦弱的批判，更见于关于阿方索对自己的观察。"他听得见汽车停下来的声音，门被甩手关上的声音，狗吠的声音"，但他还是与左邻右舍们一样，继续以"聋"来对现实避而不见。不过，在陶醉于与妻子索尼娅的亲昵行为时，他没有忘记深深地自嘲：

> 她把我的鞋子
> 和眼镜扔到了空中，

---

① Ilya Karminsky, *Deaf Republic*, Minneapolis：Graywolf Press，2019，p.14.

② 同上，p.17。

③ 同上，p.16。

我属于聋了的人群

我没有

国家,只有一个浴缸、一个宝宝和一张新婚的床!

在一起打肥皂擦洗

对于我们来说是神圣的。

洗洗对方的肩膀。

你可以操

随便什么人——但你能和谁一起坐在

*水中呢?*①

作为"聋了的人群"中的一员,阿方索对自己的懦弱与平庸的自嘲,让"聋"作为一种抵抗方式的虚伪性完全显露出来。"聋"在某种程度上给了人们一个理由,使得他们可以不去采取实际行动,心安理得地、暂时安全地在自己的角落中沉沦,因为他们"把'聋'打扮成一种令人感动的反压迫的方式"②。当然,瓦森卡小城的逮捕与屠杀还在继续,英雄主义的"聋"在事实面前轰然倒塌。当索尼娅被捕、被杀时,"我们看着四个人/推着她——"③,当不久之后阿方索被抓时,"瓦森卡看着我们看着四个士兵将阿方索·巴拉宾斯基扔到了人行道上"④,大家引以为傲的"聋"就在小城见证着一切,"我们的沉默代替我们站了起来"⑤。

瓦森卡小城中不约而同的、自以为是的、自我欺骗的,同时也是不可扭转的"聋",使作品散发出浓浓的荒诞气息。这并不是一个写实化的描写,其中人物的抽象、行为与情节的怪诞、语言的冷漠以及值得玩味的寓意,不由得让我们想起卡夫卡的《乡村医生》《饥饿艺术家》《审判》《城堡》

---

① Ilya Karminsky, *Deaf Republic*, Minneapolis:Graywolf Press, 2019, p.29.斜体为原文所有。

② Karl Kirchwey, "Silent Strength", *New York Times*, Jul 14, 2019, p.18.

③ Ilya Karminsky, *Deaf Republic*, p.32.

④⑤ 同上,p.43.

等小说。当然，这样一个表现主义的小城，并不是卡明斯基创作的终点。卡夫卡用荒诞的、不可逆转的场景来喻指现实，而卡明斯基则在"聋了的共和国"与现实之间作并列和对比，揭示现实社会较瓦森卡更加荒诞的本质。所以，在作品开篇第一首《我们在战争持续中快乐地生活》(*We Lived Happily during the War*)中我们看到，比瓦森卡小城的居民更加"聋"的，是现实中的当代人：

> 当他们轰炸其他人屋子的时候，我们
>
> 抗议过
> 但远不够，我们反对过他们但
>
> 远不够。我当时
> 正在我的床上，就在我床的周围美国
>
> 正在坠落：看不见的房子连着看不见的房子连着看不见的房子——
>
> 我搬到屋外一把椅子，在那看着太阳。
>
> 在金钱之屋灾难性统治
> 的第六个月
>
> 在金钱之国的金钱之城的金钱之街
> 我们伟大的金钱之国，我们（原谅我们）
>
> 在战争的持续中快乐地生活。①

---

① Ilya Karminsky, *Deaf Republic*, Minneapolis：Graywolf Press, 2019, p.8.

"我们"的确抗议过霸权与暴力,但随后就逍遥地享受着金钱之国的美妙生活,任由远方那些地区在战争中被"我们"的军队轰炸。相对于瓦森卡居民出于恐惧而产生的"聋","我们"的"聋"不是一种更为可怕的自私与纵容吗?表现主义小城瓦森卡的确有些荒诞,但"我们"这远离战争与轰炸的国度,不是更有一份残酷与荒诞潜隐在平安祥和的生活之下吗?卡明斯基在当代美国与瓦森卡小城之间设置的对比,在作品的结尾处得到进一步的强化。如前所述,我们在阿方索身上还可以看到瓦森卡居民对自己"聋"的羞耻感,在金钱之国的当下,人们纵容霸权与暴力的"聋"则完全没有底线。人们越是对自己美好的日常生活的精心对待,金钱之国的荒诞性越是尽显无遗:

> 我们所有人
> 依然需要费尽力气提前去与牙医预约,
> 牢牢记住自己要做的
> 夏日沙拉:罗勒叶,西红柿,这份快乐,西红柿,加点盐。
>
> 这是和平时光。
>
> 我听不见枪响,
> 只看见鸟儿在郊外的后院中扑腾来扑腾去。天空如此之晴朗
> 大街按着它的轴线运作着。
> 天空如此晴朗(请原谅我)如此晴朗。[①]

瓦森卡的荒诞正是被卡明斯基用来表现现实社会正常表面下的不正常。当然,根据卡明斯基的许多自述,《聋了的共和国》对当下美国社会的讥讽是与他对历史的回顾结合在一起的。卡明斯基是来自乌克兰的敖德萨(Odessa)移民。他的父亲是一名孤儿,从小在敖德萨被人收养,而在二战期间,他的父亲差点因为犹太人的身份而被德国士兵抓走。在父亲的

---

① Ilya Karminsky, *Deaf Republic*, Minneapolis: Graywolf Press, 2019, p.76.

这一经历中，卡明斯基对人们的"聋"有着刻骨铭心的感受。"一个士兵把一个犹太小孩从房子里拖了出来。他的养母，一个俄国女人，在士兵身后赶了出来，半个身子赤裸着，嚎啕大哭。另一个士兵挡住了她的去路。又有一个士兵打她的耳光，放声大笑。街道变得空荡荡，孩子的玩具躺在雪地里。邻居关上了窗户。一扇扇门砰砰地都关上了。一个女人跪倒在空无一人的人行道上，而两个士兵正在把她的孩子弄进车里"①。这一段自传性的回顾中，犹太小男孩——卡明斯基的父亲——的无助在周围人的"聋"的表现中，尤其醒目，而这一场景与《聋了的共和国》中瓦森卡小城发生的事情如出一辙。《聋了的共和国》这部作品的自传性确定无疑，但正如卡明斯基所说的，"仅仅写一个'旧世界的事情'并不令人感觉诚实。相反，我想搞清楚我的存在：作为一个难民意味着什么？以一个陌生人的眼光来看美国的模样究竟意味着什么？所以，在书的开头部分有一个意象的重复，即一个被士兵杀死的男孩的意象。而那就是一个美国意象。左邻右舍几个小时、几个小时的完全的沉默，刻意回避，仿佛什么都没有发生，这就是一个非常、非常美国化的沉默。当我找到一种方式能在书中用到它、表现它，我明白我给故事找到了一个架构，一个对于我来说感觉很真实的架构。是的，故事是发生在东欧，但它也是非常美国的。它反映出此刻的我的存在。所以，……这是一种情境，在其中你在不同的自我之间找到一种韵律或者说响应。它们之间的张力。通过意象与音乐，这本书围绕着这种张力建造了一个世界。"②可见，卡明斯基是把战争时期的"聋"与和平当下的"聋"结合在一起进行描写，彰显出不同的历史情境中相同的、甚至是有增而无减的虚伪。

卡明斯基在历史与当下之间所作的勾联，当然基于他的移民体验。在他的观察中，当下美国社会给他印象较深的一个部分就是，人们对与自己无关的事物热烈地表示同情与理解，但对与己相关的事物，则相当一致地保持

---

① Ilya Karminsky, "In a Silent City", *New York Times Magazine*, August 12, 2018. See also https://www. nytimes. com/2018/08/09/magazine/searching-for-a-lost-odessa-and-a-deaf-childhood. html.

② Ilya Karminsky, "Interview", *The Hopkins Review*, 12.3(2019), pp.349—350.

沉默。上引《聋了的共和国》首篇诗歌中提到的"轰炸"，就直接指向多个有美国参与的局部战争，而卡明斯基也直言不讳地提到人们对当下美国边境政策的冷漠。"当我给美国听众讲述我的苏维埃时代的童年故事时，人们总是给予同情。美国人对于异国他乡的苦难具有特别大的同情心。但当我开始讲到圣迭戈(San Diego)这里——我在此生活、学习了十年——边境政策的不公正时，整个房间却安静了下来"①。

不过，《聋了的共和国》也没有固守于"聋"的虚伪性，而是逐步给它赋予了转变的可能。在瓦森卡，人们在阿方索与索尼娅死后开始有了积极的改变。他们继续保持"聋"的状态，但在其中加入了更多的行动。瓦森卡木偶剧院的老板娘噶尔雅(Galya)，利用它的剧院作掩护对侵略的士兵们实施报复。噶尔雅剧院的木偶提线师们，假意出卖自己的肉体，在色诱中将一个又一个士兵杀死在剧院后台，把他们的尸体悬吊在剧院的横梁上。"聋"在此时，不再是虚伪的自我保护和自我美化，而接近于对残酷现实真正清醒的观察和抗拒，正如噶尔雅所说的：

> 我并不聋
> 我只是让世界
>
> 把它疯狂的音乐关掉一会儿。②

"疯狂的音乐"，既可以被理解为暴力与杀戮的力比多，也可以被理解为导致战争的、蒙蔽人们心灵的话语体系。"聋"在噶尔雅和剧院的提线师那里，已不再是出于畏惧而自保的行为，而开始转变为对现实的直面。噶尔雅对"聋"的意涵的这一升级，代表着卡明斯基非常明确的愿望，他在作品末篇"注释"中说："聋了的人不相信沉默。沉默是另一种听到。"③他希望人们能

---

① Ilya Karminsky, "Living on the Border in Trump's America：'Walls Don't Stop People from Crossing'", https://www. theguardian. com/books/2017/mar/03/living-on-the-border-in-trumps-america-walls-dont-stop-people-from-crossing.

② Ilya Karminsky, *Deaf Republic*, Minneapolis：Graywolf Press，2019，p.58.

③ 同上，p.77。

够从自我欺骗的、利己主义的"聋"中有所觉醒。

二 博尔楚茨基的"白骨之城"

如果说卡明斯基以"聋"了的瓦森卡小城对当代人在精致的日常生活中的自我满足、自我欺骗进行讽喻，意图唤起人的自省，2014 年美国国家图书奖（诗歌类）得主丹尼尔·博尔楚茨基（Daniel Borzutzky）则更偏重于表现城市对人的强力吞噬。在博尔楚茨基的城市中，现实体系的运转、铺天盖地的媒体甚至诗歌写作等，都化身成怪异的形象，将人们锁定在既定现实中。在其 2011 年出版的诗集《关于恼人的身体的书》（*The Book of Interfering Bodies*）的封面上，无人操控的机器流水线自动打造着一排又一排、不计其数的白骨骷髅，这一画面非常准确、有力地契合于博尔楚茨基创作上的批判意识及表现主义取向。

《关于恼人的身体的书》对于 9·11 事件有着高度的关注。诗集的开篇题词就是美国政府 9·11 事件调查委员会报告中的一句话："因此很关键的一点在于，要找到一种日常化的、甚至是由政府主导的想象的方式。"博尔楚茨基曾解释说，这句话出自 9·11 报告的"想象"一节，强调需改造人们的想象方式以提高对恐袭危险的防范意识。他并不认为想象应该被塑形，相反，应该去反思美国社会自己出现的各种问题。在他的感受中，当下美国社会的诸多方面都体现出一种疯狂的、不可遏制的异化力量，人们被裹挟在这些力之中，成为附属物与牺牲品。"就是说，我们这个时代的政治暴力（国家支持的迫害，不停歇的战争，对平民以及无关人士的轰炸），我们这个时代社会与经济的暴力（全球化经济的垮塌，商业贪婪中的野蛮行径，美国的穷人以及对穷人的忽略，对工会和工人的战争，对移民、妇女的攻击，食物供给、水资源、教育资源方面存在的巨大不平等），这些事情本身就很怪诞（grotesque）。那么，如果看到了政治与政策中的这些怪诞之处，怪诞的语言与想象就正是一种从文学角度作出回应的方式。"①

---

① Craig Santos Perez, "Talking with Daniel Borzutzky", https://jacket2.org/commentary/talking-daniel-borzutzky.

呼应着其对"怪诞"现实的观察与感受,博尔楚茨基的诗作中也用各种怪诞化的场景来展现他心目中的城市,而很多场景正带有9·11事件中纽约的印迹。譬如在《碎石瓦砾之书》(*The Book of Rubble*)这一篇中,我们仿佛可以看到人与物从世贸大楼上摔落下来的场景。但在博尔楚茨基的描写中,这个影射中的纽约城不是令人悲伤的,而是充满了疯狂——对于利益、利润的追逐具有绝对的统治力,它诱导着人们以一种疯狂的方式奔向死亡:

> 身着昂贵西装的人们从他们的窗口扔下一包包纸张文件,并且点燃了它们,随着这一包包纸张文件的坠落,这些人也坠落下来;随着纸张文件与身体的飞溅,一个微型的迷你市场(market)从残渣碎片中诞生了。首先到达这个市场的,是"瞎眼公民联合会",这些人是被他们的狗儿们带到此处的,狗儿们在远处嗅到了一些有趣的气味。这儿,拿着这张纸,我会给你一些骨头的,一个瞎眼公民说。瞎眼公民们用身着昂贵西装的人的骨头相互攻击起来。纸张飞落得到处都是,狗儿们把它们撕咬成碎片;就在瞎眼公民相互厮打得不可开交的时候,碎石瓦砾在远处轻声低语:推土机,起重机,屠宰场,泥土里的身体,白噪音、枪声、警报声组成的一段段小型交响曲。①

身着昂贵西服的人的坠落、纷纷扬扬的纸张文件的洒落,瞬间将人们带回到9·11遭遇袭击的纽约。然而此处的场景完全是非理性的。瞎眼公民、凭着嗅觉本能带着主人行走的狗、迷你市场、相互间的厮打、各种器械的和声等,组成了一个怪异荒谬的"城市"。但这种缺乏现实合理性的场景所表现的人们对市场、利润的疯狂追逐,却清晰可辨。这种疯狂的追逐,即便是在死亡与灾难降临的那一刻,也不曾中止。我们分明可见:当人们坠楼而死时,一个莫名的新市场立刻形成,"瞎眼公民们"第一时间赶到这个市场展开厮杀与抢夺。与此同时,这个以"市场"为绝对轴心的荒诞之城,仍然在不断

---

① Daniel Borzutzky, *The Book of Interfering Bodies*, Callicoon: Nightboat Books, 2011, p.92.

地扩张与自我巩固，将人们锁定在等待宰割的动物状态："碎石瓦砾在远处轻声低语：推土机，起重机，屠宰场，泥土里的身体。"显然，波尔祖斯基的这一描写对资本主义运转机制有着强烈讥讽。这个机制无视任何社会的、个体的悲剧，旁若无人、自顾自地"轻声低语"，呼唤着下一步的建设。波尔祖斯基也把这种机制称作为"官僚体制"（bureaucracy）："官僚体制，不论是某种政治官僚体制，还是军事官僚体制，抑或宗教或商业机体，毫无疑问地要使它们所摧毁或吸收的个体消失不见。我想艺术则可以让那些个体重新变得可见，并揭示出贪婪、战争以及迫害中的暴力是多么的怪诞。而这也就不是现实主义了。"①在这样一种空自运转的体制中，人们已经被调教到这样一种地步，即他们不仅仅呈现出异化的被动状态，而且凭借着一种癫狂的、连死亡都不能中止的激情极为主动地与物拥抱："无家可归的公民们现在就像驴子一样流浪街头，在背上背着所有属于他们的东西。他们行进到大桥边，带着捆绑在身体上的属于他们的物件跳进了水里，这样他们就会毫无希望地沉到水底。桌子和椅子以及沙发以及写字台以及书架以及床以及电视机以及台灯以及咖啡机现在随着空虚的胳膊和腿——世界的这个部分的天然产物——漂浮在水底。"②

在以抽象、怪诞形式普泛化地表现社会对人的吞噬之外，博尔楚茨基还特别关注穷人、移民、"罪犯"等群体的生存状态。这类弱势群体在其描写中，更加无法抵抗体系性的压力。诗作《黎明时私有化的水》（*Privatized Water of Dawn*）就呈现了具有如此身份特征的"我"在芝加哥的经历。"我"被警察以暴力方式审问，"我"也在家中窗边看到警察惩治嫌疑人的做法，"我"也迫切地想要得到银行的贷款来解决生活困难。博尔楚茨基在现实场景与心理场景之间不断转换，重点去表现对现实的观察与体悟。比如"我"被警察盘问的场景，就明显被赋予了夸张、残酷、非理性的特点：

---

① Craig Santos Perez, "Talking with Daniel Borzutzky", https://jacket2.org/commentary/talking-daniel-borzutzky.

② Daniel Borzutzky, *The Book of Interfering Bodies*, Callicoon：Nightboat Books, 2011, p.93.

> 芝加哥警察局的调查人员戳着在浴缸里的我
>
> 他们就不能停止在我面前咳嗽
>
> 他们想要知道我从哪条街来
>
> 我说的是什么密码
>
> 我从哪买来我的头发和皮肤
>
> 我在我的血管里藏了什么疾病
>
> 我的胳膊上有好几个洞，调查者把他们的雪茄烟放进去
>
> 他们并不抽雪茄
>
> 他们只是把雪茄塞进我的胳膊①

无论这一场景是否有现实事件作为基础，我们都可以明显察觉到它从现实性描写到表现性描写的转换。如果说，警察的咳嗽、"我"来自哪条街这样的问题，还是具有现实合理性的情节，那么作为一个人，"我"的言语不可能是密码，"我"也不可能给自己粘上皮肤，更不可能主动地将疾病藏在血液里。这一连串的问题以及审问的方式，已经脱离了对现实事件的模仿，而只是借助现实事件的形式来传达诗人对权力之暴力面向的感受。"我"被盘问的经历与感受，在诗作中很快又与"我"目睹的另一幕叠合在一起："凌晨三点我睡不着我从卧室望向外面/我被警笛声吓了一跳/从我的窗户这我看见警察从一辆黑色小汽车里拉出一个年轻人/驾驶员有着长头发/他身材瘦长一副营养不良的样子而他们让他走一条直线/你可以看见他的下巴显露出来的饥饿/他完美地走出了直线/他们将光打向他的眼睛/眼睛跟着光线动，警察说道/他们让他以一条腿站立/他们让他以一条腿走路/他完美地以一条腿走了/他完美地以一条腿站了/他们让他做二十个俯卧撑/我为什么要做二十个俯卧撑，他问道/因为你是一个烂货，公共身体，警察说，你不再是你自己的了/那个饥饿的驾驶员以他所能漂亮地做了二十个俯卧撑。"②

---

① Daniel Borzutzky, *The Performance of Becoming Human*，New York：Brooklyn Arts Press，2016，p.51.

② 同上，p.53。

　　这一段描写在开始部分也是具有现实依据的描写。在查酒驾时,警察的确会让汽车驾驶员完成单脚站立、走直线等动作,但做俯卧撑的命令比较少见,至于"你是一个烂货,公共身体""你不再是你自己的了"这样的言辞,则完全是诗人对一般现实场景的心理改写。对警察权力之压迫性的感受,在诗中也与因为要获得贷款而不得不接受银行盘问的焦虑感、恐惧感混合在一起,进而制造出了全诗最具表现主义的一幕,在其中,盘问"我"的警局与银行化身为一个完全张开了的巨口,向"我"不断抛出问题,几乎就要把"我"吞噬:

　　　　我回到了我的床上听见一个声音叫喊着:

　　　　你说英语吗? 你吃肉吗? 你会用肉在你身上摩擦吗? 你拥有你自己的身体吗? 你愿意和我一起吃生的器官吗? 你喜欢你的长满蛆的器官吗? 你想要知道你如何能够到达河对岸吗?

　　　　这个声音是没有躯体的

　　　　但它有一张嘴

　　　　这是我看到过的最大的嘴

　　　　它张开了它的嘴而那里面有小动物们

　　　　在其舌头上有一只有两个头的狗还有一个刚出生的婴儿而这个婴儿叫道:

　　　　你有工作吗? 你有可传递的技能吗? 你知道你的迟钝意味着什么吗? 你愿意被烤还是被烘还是被煮?[1]

《黎明时私有化的水》中的这张巨口,令人想起西班牙画家戈雅的名作《撒旦食子》。巨口发出的问题是攻击性的、羞辱性的,而巨口中的孩子与动物,更见出其阴森可怖。"我"在这张巨口面前,毫无还手之力。这一场面当然是表现主义的,表现了博尔楚茨基所说的体制性的、程序性的暴力对

---

　　[1]　Daniel Borzutzky, *The Performance of Becoming Human*, New York: Brooklyn Arts Press, 2016, p.54.

人的吞噬、在人们心头制造的焦虑。当然，这首诗歌围绕需要贷款的"我"与"瘦弱的"驾驶员而展开，着重表现了社会边缘群体在社会体系面前的默然与恐惧。诗歌对于博尔楚茨基而言就是要表现这种默然被吞噬的现实：

> 　　暴力、畏惧、语言、恐惧、屠杀、污染的身体、折磨、伦理、权力等一系列综合连续体。
> 　　因为我们周围都是默然无声地活着、呼吸和死去的人们。
> 　　因为不管在何处房子、街道、城市、州、国家都在默然无声中倒塌。
> 　　因为那儿有这样的事情，写作就将继续进行。①

由上述《碎石瓦砾之书》与《黎明时私有化的水》两例，我们可以看到博尔楚茨基作品的核心旨归之一正在于围绕城市场景揭露社会体系的压迫性、暴力性。因此他的创作也被称作"怪诞的、去乌托邦式的轰炸"②。但博尔楚茨基在以怪诞手法对社会的体系性暴力作"轰炸"的同时，并没有把诗歌创作奉为救世主，相反，他常常不无讽刺地表现诗歌在现实面前的无力与虚伪。诗歌如果不能真正地触及现实的种种不公正，那么也就只能提供虚假的、游戏般的对城市的"轰炸"。他的《关于笑与静默的梦》（*Dream of Laughter and Silence*）一诗提供的正是这样一幅滑稽的画面。诗中，"我"追述了父亲的经历。父亲本来生活在"静默之村"，那里一片安静，但是这种安静不被允许，"一个警察和一群官僚"③进入村庄强逼着人们开口说话，父亲只好逃亡，流落到"狂笑之村"。但一只老鹰，就像行使权力的警察与官僚那样，要求父亲停止狂笑，并且制造噪音以扰乱父亲的笑声：

---

① Daniel Borzutzky, "the continuum: a broken introduction", *American Poets in the 21ˢᵗ Century: Poetics of Social Engagement*, eds., Claudia Rankine and Michael Dowdy, Middletown: Wesleyan University Press, 2018, p.105.

② Kristin Dykstra, "Pardon Me Mr. Borzutzky", *American Poets in the 21ˢᵗ Century: Poetics of Social Engagement*, p.110.

③ Daniel Borzutzky, *The Book of Interfering Bodies*, Callicoon: Nightboat Books, 2011, p.88.

停止笑,老鹰再次高声叫道,当我父亲没有停下来时,老鹰,为了惩罚他,将一嘴的种子吐在了离我父亲几步之遥的地方。这些种子沉入土壤,生长发芽,很快就长成为一个摩天大楼。不是的,老鹰没有飞入这个楼把它炸掉,尽管它能够这样做。老鹰把大楼变成了一个由迷你野蛮诗人以及他们的狗占领的军事基地,诗人们在狗的身上绑上了炸弹,让它们前往距离最近的城市中心,狗儿们在街道上、学校里、办公大楼、医院以及购物中心日复一日地制造着爆炸。①

"迷你野蛮诗人"制造的爆炸和噪音,并没有阻止父亲的狂笑。原因很简单,他们的存在、他们对城市实施的爆炸,只是一种戏法、一种幻觉、一种虚假的噪声,"迷你野蛮诗人"更像是一种玩具性的或道具性的存在。这一场景的讽刺意义有二:首先,"迷你野蛮诗人"空有"野蛮"的头衔,仿佛对现实文明有一种颠覆性力量,但事实上并无真正改变城市的力量;其次,"迷你野蛮诗人"服从于老鹰——与警察、官僚保持行动一致性的角色——的安排,他们隔靴搔痒、仅仅是姿态性地对城市文明反对与攻击,其实与体制性的监管有着同谋关系。

从上述"迷你野蛮诗人"与城市的虚假对立可以看出,对于博尔楚茨基而言,城市文明的吞噬性,不仅仅在于官僚体系、经济体系,也在于文学创作。当然,确切地说,博尔楚茨基批判、讽刺的是那些对现实没有实质性反思的作品。特别是,博尔楚茨基敏锐地注意到,如果诗歌创作、文学创作只是为了在本领域争个高下,为了在竞争中夺取自己的一席之地,那么这就直接是对市场规则的迎合与顺从,必将使自己成为另一种"吃人"的力量。他对纽约这个超级都市中文学市场的讽刺,正意在于此:

一个极细小的诗人爬上窗台,用蜂鸟的血做墨、羽毛做笔,写下了一首诗。

① Daniel Borzutzky, *The Book of Interfering Bodies*, Callicoon:Nightboat Books, 2011, pp.89—90.

他写道，诗人的职责是把美国的经济打垮。

一个我认识的诗人希望"基地"组织能够把他不喜欢的另一位诗人所在的建筑给炸掉。

纽约城里的一位诗人，他想除掉纽约城里所有其他的诗人，而他希望恐怖分子替他完成这事。①

在这个奇幻的场景中，诗人之所以"极细小"，也许正是因为他们口号激进而实际的意图极为平庸。将其他诗人从纽约城清除出去的想法，体现的不仅是文坛竞争，更是文学创作受市场、经济元素统治的现实。本身被异化了的写作，不可能将人们拯救出被吞噬的命运，而只会以另一种方式吞噬人群：

我窗台上的迷你雌雄同体诗人是一个恐怖分子，他最深切的愿望就是把曼哈顿变成一个盛着牛奶的超级大碗。

雌雄同体恐怖主义诗人站在牛奶碗边的平台上。

他把纽约居民的身体的某些部位切割下来扔入那碗牛奶中，通过这种方式他写诗。

……

一个出租车司机的腿与上东区画廊老板的胳膊组成了一个"T"。

这两个身体部位的组合构成了这样一句话的开头字母："恐怖主义（Terrorism）与诗歌是两种上佳的品味，它们合在一起味道也是如此之妙。"②

此处，迷你诗人要将纽约居民的身体放入自己的牛奶碗中作为盘中餐，这依然是在隐晦地讽刺诗人受到市场规则的异化，而尽可能地想要获得更多的图书消费者。这样的创作者在诗中被直接等同于恐怖分子，他们不是净化纽约城的力量，他们承载着经济的暴力性，是另一种剥夺人生命的

---

① Daniel Borzutzky, *The Book of Interfering Bodies*, Callicoon: Nightboat Books, 2011, p.9.
② 同上，pp.10—11。

力量。当然,在诗人与恐怖分子的等同上,博尔楚茨基并未作严格的逻辑论证,他只是将经济对文学的异化及其后果,以非现实的方式作一种直觉性的表达。

与许多其他当代诗人一样,博尔楚茨基也没有忘记媒体对人的吞噬性力量。在他的描绘中,城市并不简单的是媒体运作的载体,相反,整个城市都在媒体的控制与制造之下,而人也完全被改造为"媒体人"——不是在媒体工作的人,而是身体、思维、眼光完全受媒体支配的人。诗作《关于恼人的身体的书》呈现的正是具有如此特征的类似机器人的形象:"语词照亮了纸张,就在光亮之中出现了一个官僚,他的眼睛就是两个电视机,在电视机中两个作家正准备做爱,但电视屏幕上有些东西阻隔在两者中间。是一条狗的尸身,接着又是一个穿着昂贵西服的人从窗户摔落,接着是……一阵大风吹动着书页,一个年轻女孩子出现了,两个电视机是她的眼睛。……在这女孩的电视机眼睛中两个年轻的身体出现了,它们的眼睛也是电视机,在蓝色的屏幕上读者可以看见女孩想要与另一名读者做爱,但他俩的身体被城市、高速公路、宗教机构、语言、门、汽车、窗帘、山谷、前线、海洋、战争、科学进步、时钟、武器、森林、黑暗、垮掉的国家和光阻挡着。"[1]在此,我们看到的不仅仅是电视机对人体的侵占,更是它对人与人之间交往的全面控制。城市、公路、宗教以及几乎所有其他事物,都经过了电视机的中介作用,经过了塑形或过滤,之后再形成人的经验,在人的交往中发生作用。换言之,人与城市、人与事物、人与人之间的直接接触已经被电视机/媒体剥夺了。所以,博尔楚茨基的这一段描写并不是真的在关注做爱、聚焦色情,他是要呈现包括城市经验在内的所有经验的被媒体化。的确,博尔楚茨基笔下不计其数的怪诞场景制造出一种极为阴暗、沮丧的色彩,正如迈克尔·道迪(Michael Dowdy)所说,很多关心现实的当代诗人正是"以挫败感作为写作、社会生活以及政治可能性的起点"[2],这其中体现的正是改变现实的深切愿望。

---

① Daniel Borzutzky, *The Book of Interfering Bodies*, Callicoon: Nightboat Books, 2011, pp.102—103.

② Michael Dowdy, "Introduction", *American Poets in the 21st Century*, eds., Claudia Rankine and Michael Dowdy, Middletown: Wesleyan University Press, 2018, p.11.

卡明斯基与博尔楚茨基这两位先后获得美国国家图书奖的诗坛新秀，体现出共同的表现主义色彩，在荒诞、怪异、超现实的"城市"塑造中，寄托着各自对现实的强烈批判。有意思的是，这两者的侧重点又形成一定程度的相互补充。卡明斯基的瓦森卡小城提请现实中对他者命运、对暴力行为"聋"了的人们能够有所惊觉和反省，他重视人们改变自身现实的能力。而博尔楚茨基的"白骨之城"所呈现的吞噬性力量之强大，则提醒我们看到个体的被动性。不论在个人与社会的关系上有何侧重，这两位诗人在对现实之荒诞性的感受与呈现中，不无启发地为我们揭示了表现主义与当代语境、当代题材相结合的可能。

本 章 小 结

本章论及的各家诗作，在写作风格上较纽约诗派要冷峻许多。同样是书写日常生活片断与细节，这些作品当中很难见到那种写作的"狂欢"。诗人们更加冷静，甚至漠然地记录、观察自己与周围世界的关系，既强化对现实的理解，也反省将自己的写作视为抵抗手段或解放工具的自信。日常生活中异化力量之大、之广，个体摆脱控制的难度，在这些诗人那里得到了进一步确认。

这些诗作提醒我们，诗歌监督现实、反思现实的重任远未完成，在日常生活之流中提取丰富而驳杂的可能性，往往反而是误入陷阱。伊格尔顿（Terry Eagleton）所提到的三种类型的后现代主义颇可以用来说明这个道理。第一种类型是"比较脆弱的后现代主义"，它认为美好的历史"现在就可以得到，在文化、话语、性或者商业区中，在当代主体的流动性或者社会生活的多样性中。这一虚假的乌托邦主义把未来构想到了现在，这样也就把未来卖空，把现在关押在自身之中"①。这种后现代主义把日常生活表面上的多元选择当成了自由的真正实现，但不过是一种妄想。第二种后现代主义，

---

① 特里·伊格尔顿：《后现代主义的幻象》，华明译，商务印书馆 2002 年版，第 76 页。

是"不那么妥协的后现代主义",它主张"历史地存在就是打破大写的历史的虚假图解,危险地、去中心地生活,不要目标不要根据不要起源,听任嘲讽的笑声古怪地咆哮"①。这种后现代主义,对现实采取了明确的不合作态度,站在边缘地带嬉笑怒骂,对自己的位置与攻击策略颇有信心。第三种后现代主义则没有那么乐观,"对于一种更为激进的后现代主义来说,自由和多元仍然要在政治上创造,只能借助于与大写的历史的压迫性封闭、与现在已经被制度本身中的激进改造所规定的物质条件进行斗争才能获得。"②对于这最后一种后现代主义而言,幽默地与锁闭的现实保持距离远不足以影响现实,真正有效的攻击仍在于直面有整个制度、体系所支撑的异化的普遍发生。

西利曼、兰金、哥尔德斯密斯、卡明斯基、博尔楚茨基等诗人的创作,相对来说更加贴近伊格尔顿所说的第三种后现代主义。他们以或档案化或表现主义的城市场景,把异化发生的最隐蔽、最细微之处,把被异化者常常容易忽视也易于自我欺骗之处,呈现了出来。他们的创作看上去非常冷漠、低调、怪异,不够洒脱也不够精英,但其中具备的文学对现实的责任意识与批评力量依旧极为充沛。正是在此意义上,本章所列诗人们的创作较为成功地恢复了庞德、艾略特之后日渐淡出诗坛的"历史感"。诗歌创作对当下即刻之经验的强调,击败了宏大的历史关怀,这虽有其必然性,但也在某种程度上淡化了诗歌的干预力量。西利曼、哥尔德斯密斯、卡明斯基等当代诗人则将生活细节与制度、体系的形成连接起来,重新强调了经验的历史维度。

---

① 特里·伊格尔顿:《后现代主义的幻象》,华明译,商务印书馆 2002 年版,第 76 页。
② 同上,第 77 页。

第四章　歧视的隐化：少数族裔诗歌的
城市揭露与颠覆

美国少数族裔诗人当下最关注的一个方面，在于族裔歧视与偏见在社会生活中的隐蔽化存在。公开的、直接的族裔歧视在一定程度上得到了控制，但经过伪装的、面带微笑的歧视却在日常生活中处处浮现。新的局面迫使诗人们采取档案化的形式把一幕幕日常瞬间记录下来，将它们置放在诗歌的聚光灯下，为人们提供反思静观的机会，考察族裔偏见在日常生活之流中的"沉潜"。除了客观冷静的揭示，有的少数族裔诗人还站在解构的立场表达对偏见的不同意，另有作家开始以幽默嘲讽寻求突破。

第一节　兰金与威尔逊：档案化日常场景
与族裔歧视的隐蔽漫延

进入新千年，美国的族裔矛盾仍然此起彼伏，且有愈演愈烈之势。在此背景下，非裔诗人的创作十分活跃。值得注意的是，在他们的创作中出现了一个新趋势即档案化写作，这在克劳迪娅·兰金以及罗纳尔多·威尔逊的作品中有着明显体现。他们在创作中表现出异乎寻常的冷静，以不加修饰的平白直叙罗列着一段段街头巷尾、居家购物的日常生活场景。初看起来，他们的作品并不像诗，但却分别得到了美国各类诗歌奖项的肯定——兰金的《公民：一部美国抒情诗》(*Citizen：An American Lyric*)2015 年获全美书评家协会奖，威尔逊的《关于棕色男孩的生活以及那位白人男子的叙事》

(*Narrative of the Life of the Brown Boy and the White Man*)2007 年获
卡威卡讷姆诗歌奖(Cave Canem Poetry Prize)。这其中缘由何在? 结合他
们的族裔关系观察,便不难发现档案体所能起到的重要作用。

一 兰金:言谈记录捕捉隐蔽歧视

在第三章第一节,我们曾论述到后现代诗歌的"冷化"趋势,并以兰金的
《别让我孤单:一部美国抒情诗》为例证之一,梳理了这一趋势表现日常生活
之异化性的核心旨归。而兰金在她更受好评的《公民:一部美国抒情诗》中,
则致力于将"冷化"的档案化写作贯彻到族裔歧视的主题中。这部作品呈现
的数百个各种场合下的日常对话场景,将批判的矛头对准了愈来愈隐蔽、经
过伪装了的、令人难以言表的族裔歧视。

诗集开篇,一个十二岁的在校小女孩与一位白人女同学本无交集,但在
考试时被后者要求配合其作弊:

> ……那个女孩是天主教徒,长发及腰。你已不记得她的名字:玛
> 丽? 还是凯瑟琳?
> 你们之间从未真正交谈过,除了她叫你帮忙,还有事后她跟你说你
> 闻起来味道不错,也有些更类似于白人的特质。你以为,她觉得她这是
> 在感谢你配合她作弊,她会感觉好一些,因为是从一个准白人那抄袭了
> 答案。①

一个活生生的人,被对方像评判动物一样评判身上的味道及人种的高下,这
其中的羞辱不言而喻。更为恐怖的是,对方在这样评说的时候,完全没有顾
忌,仿佛这其中没有任何不恰当、不正常。这种直接包含种族歧视的语言表
述,似乎属于过去,因为在对政治正确高度要求的今日美国,族裔平等至少
在表面上是一个应被遵从的理念。兰金当然明白这一点,她随即呈列了许
多族裔之间礼貌、关爱、平等的日常瞬间,可惜这些礼貌、关爱与平等常常只

---

① Claudia Rankine, *Citizen:An American Lyric*, Minneapolis:Graywolf Press, 2014, p.5.

是伪装，在它们之下仍然深埋着未曾动摇的歧视。

一个十二岁的女孩可能还没有学会如何去反击语言中的族裔歧视，那么成年人应该已经具备了这样的能力。但兰金就记录了一个成年人如何在日常化的场景中，被礼貌的歧视堵塞得哑口无言：

> 一年的飞行消费使你成为优质客户，基于这一身份你已经在联合航空班机靠窗的位子安然落座，此时一个小女孩和她的妈妈来到了这一排。小女孩，眼睛盯着你，跟她妈妈说，这是我们的位子，这出乎我的意料。妈妈答话的声音低得几乎听不见——我明白，她说。我来坐在中间。[1]

小女孩对"我"的排斥，令人不适，这种与其童真不相符的族裔立场当然来自父辈。对于"童言无忌"，母亲迅速作出了补救，她声音极低的回答及时安抚了小孩，化解了"我"的尴尬，同时也符合公共场合对礼仪与秩序的要求。然而这看似礼貌的轻声耳语，充满着令听者沉重的东西。一句"我明白"，点明了母亲感同身受的族裔立场，母亲应和着小女孩对"我"的排斥。"我来坐在中间"，则将这种排斥直接上升为羞辱，因为一个"伟大的"母亲将以自己的身躯来隔开她的孩子与"我"："我"的存在是令人厌恶的、可怖的。在此，言语中的种族歧视并不是新命题，新命题在于，一切都那么规范、礼貌、柔和。正如兰金所说，"在这种日常侵犯中你找不到任何确切的证据"[2]。机舱人群中的"我"甚至得益于这轻声的两句话而免于场面上的尴尬，所以即便"我"听得出其中的羞辱也没办法报以愤怒和反击。

同样令人惊讶的是以邻里关爱为伪饰的种族歧视。在这一幕场景中，人物之间的对话仍旧无一字一句谈及种族、肤色，然而实际上无一字一句不关种族、肤色。这一歧视，不但使被歧视者无力还击，更戏剧化地使后者心

---

[1] Claudia Rankine, *Citizen：An American Lyric*, Minneapolis：Graywolf Press, 2014, p.12.

[2] Clair Schwartz, "An Interview with Claudia Rankine", *TriQuarterly*（online）, Issue 150 (2016)，http://www.triquarterly.org/issues/issue-150/interview-claudia-rankine.

生愧疚：

> 　　你和你的伙伴一起去看电影《我们住的屋子》。你请另一位朋友帮忙去学校接你的孩子。在你回家的路上你的电话响了。你的邻居告诉你他正站在他家窗口，看见一个危险的家伙正在窥探你家和他家。那家伙走来走去，跟他自己说话，看上去精神紧张。
>
> 　　你告诉你的邻居，那是你的好朋友——他曾经见过——在帮忙看小孩。他说，不，那不是他。他见过你的那位好朋友，但眼前这个不是那位可亲的小伙子。不管怎样，他希望你知道，他已经报警了。
>
> 　　……
>
> 　　当你到家时你的朋友正在与你的邻居说话。四辆警车已经开走了。你的邻居已经向你的朋友道了歉，现在正向你道歉。因为感觉对给邻居带来不便负有责任，你含含糊糊地跟你朋友说，下次他要打电话就到后院去打。他足足看了你一分钟，然后说，他想在哪儿打电话就可以在哪儿打。是的，当然，你说。是的，当然。①

无论"你"在电话里作何种解释或者情况介绍，邻居一概不听，认定那个走来走去的家伙就是一个窃贼。"不管怎样，他希望你知道，他已经报警了。"很明显，邻居致电根本就不是为了了解情况，他只是来知会已经报警的事实。对于他而言，陌生黑人就是危险，就是罪犯，就需要报警。这是邻居善举背后的潜台词。然而与上例一样，此处种族歧视的恐怖不在于模式化的负面否定，而在于这种歧视被"转译"了，被包裹上了厚厚的一层邻里关爱的面目。关心"你"的财产，费时费力打电话、招呼警察，最后反复道歉，尽足了邻里关爱与礼貌的义务，谁能与这样的好邻居对抗？最终"我"只能去告诫自己的黑人朋友别再惹麻烦。这就类似于萨义德曾经指出的，政客们用反对恐怖主义分子这样的理由否定与排斥"巴解组织"（PLO）②——意识形态内

---

① Claudia Rankine, *Citizen: An American Lyric*, Minneapolis: Graywolf Press, 2014, p.15.

② Edward Said, "Who Would Speak for Palestinians?", *The Politics of Dispossession*, New York: Vintage Books, 1995, p.82.

核被裹上了公义的外衣。

族裔歧视，在这些日常瞬间不断地被伪装、悄悄地被转译，一方面从形式上符合社会进步理念的要求，另一方面维持着未曾变化的鄙视他者的内核。误会，在兰金笔下也是当今族裔歧视自我伪装的一种形式，譬如"心理咨询"这个片段所记录的。"你"在电话里与从未见过面的心理治疗师约好时间去就诊：

　　……她的房子有一个边门通着后院入口，这是给前来就诊者用的。你沿着两旁种着鹿草和迷迭香的小径来到了门口，却发现门是锁上的。

　　在正门，门铃是个小小的圆盘，你用力按了一下。当门终于打开，那位女士站在那，从胸腔呼出最大的声音，从我屋子这儿滚开！你在我家院子这儿干吗？

　　……尽管你退后了好几步，但还是跟她说了你有预约。你有预约？她恶狠狠地说。接着她平静了一下。一切都平静了下来。哦，她说，接着说，哦，对，没错。抱歉。

　　我真的抱歉，非常、非常抱歉。①

我们知道，当今美国族裔之间在居住区域上时常会出现一定的界限，白人与黑人两个族群之间尤其如此。心理咨询师居家环境的优越——"两旁种着鹿草和迷迭香的小径"——显示出白人区的地位与财富，一个陌生黑人的造访通常是令人不悦的。所以这位咨询师开门见客便大声痛斥，这虽然有些夸张，但未必不是真实的社会写照。转折在于，"你"亮明了预约身份之后，咨询师立即异乎谦卑地表达了道歉，"我真的抱歉，非常、非常抱歉"，仿佛刚才的一切只是她工作上的疏忽，怠慢了客户。换言之，紧张的种族关系瞬间被转写为不知情的误会。听者虽可能明白其中的曲折，可若再从种族角度去追究，反倒显得自己斤斤计较了，因为对方已经转换了话语逻辑。兰金作品试图陈列的，不是直接性的排斥，而是歧视话语"如何在前台后台之间来

---

　　①　Claudia Rankine, *Citizen：An American Lyric*, Minneapolis：Graywolf Press，2014，p.18.

回转换"①。

各种日常场景中的族裔歧视愈来愈隐蔽,同时,恰如兰金所说,"它们以闪电般的速度发生"②,常常让人反应不及。所以诗人才会以档案记录的方式,将这些片段一帧一帧慢速回放出来,要令其中的曲折得到审视。这些言谈记录,辅以兰金诗集页面中留下的大量空白,给读者提供了"暂停与反思的瞬间"③。

二 威尔逊:从日常生活档案看元话语控制

与兰金相似,罗纳尔多·威尔逊的《关于棕色男孩的生活以及那位白人男子的叙事》也是选择以上百个日常生活场景来构建作品。不同的是,威尔逊的这部作品有一个中心,它围绕"棕色男孩",对其人生经历作了记录。之所以不把这部作品称为传记,一是因为作品中各片断之间并无紧密关联,它们仍旧是传记形成所必需的档案素材;同时,由于各片断缺乏具体的时空信息,我们无法判定这些片断是关于同一个"棕色男孩"的,也很难把这些片断看作是出自作者一人之手——它们可能来自各个渠道。因此,《关于棕色男孩的生活以及那位白人男子的叙事》提供的,只是一种前传记的、零散的生平档案记录。这些档案记录虽未最终形成为传记,却累积出了一个清晰的话语模式,即"白人高尚、有色人种低下"。

诗集由 22 个片断组成,分为"棕色男孩的家庭""棕色男孩的肉体""棕色男孩的旅行""棕色男孩最后的杀戮""棕色男孩的清晰可见"等几大部分。贯穿始终的,是白人如何之崇高、有色人种如何之堕落。譬如第二个片断《棕色男孩梦想他的父亲是个白人并且身形瘦削》,描绘了棕色男孩对家庭的想法。男孩出身于黑人家庭,"他父亲是黑人,肤色就像是绿色的咖啡豆经烘烤而变成的那种淡棕色。棕色男孩有此认识,是因为他在星巴克看到

---

① Jesse McCarthy, "Protests Poets", *Dissent*, 62.4(2015), p.10.

② Alexandra Schwartz, "An Interview with Claudia Rankine from Ferguson", *The New Yorker*, Aug 22, 2014, http://www.newyorker.com/books/page-turner/seen-interview-claudia-rankine-ferguson.

③ Tana Jean Welch, "Don't Let Me Be Lonely: The Trans-Corporeal Ethics of Claudia Rankine's Investigative Poetics", *MELUS*, 40.1(2015), p.130.

过一罐罐按顺序排列好的咖啡豆"①。男孩不满意在自己家庭所过的生活，更希望在白人男子那里生活：

> 当他还是个孩子，棕色男孩，在他母亲的要求下，会踩上她的双腿，从大腿到小腿来回地走。有时候他的哥哥会和他一起走，快速地走到大腿上，从那他们向下看着她。如果她睡着了，他们就可以离开。尽管他记得让妈妈高兴自己感觉也良好，他也同时记得，在她身上行走时自己也被"唤醒"了。……他会在休息时走出去到起居室，那时他的妈妈和爸爸会等着……
>
> ……
>
> 在梦中，白人父亲要比黑人父亲瘦一点。梦想中的这个白人父亲有着干燥而紧致的皮肤，躯干上有着淡淡一层体毛。……
>
> 当他醒来，白人男性就在那。不是他的亲生父亲，也不是他梦到的那一位，那位白人男子在沉思中坐得笔直。他每天都要沉思，一天两次。……
>
> ……当他抬头看着沉思中的白人男子，棕色男孩想着"白"（white）这个词，但却听到了类似"快来"之类的声音，这声音在他腿间滑过然后就在那安然休息，此时他只想着他的黑人父亲的消失。②

在流水账般的生活记录中，黑人与白人有着界限分明的差别。体格上，黑人父亲身材胖硕、皮肤松弛，男孩渴望得到的白人父亲则身材瘦削、肌肉紧致；生活上，黑人父亲与母亲强令自己来做身体按摩，棕色男孩一直想逃避，而在白人男子那，他看到的是一种沉思式的生活，"他每天都要沉思，一天两次"。亲生父亲的黑色，只令他想到作为物的咖啡豆，白人男性的"白"，却能令他思索玩味，甚至想一想都能带来性快感——性快感在黑人父亲母亲那，是在肉体接触中实现，在白人男性那里则于思维中就可得到。简而言之，黑

---

① Ronaldo V. Wilson, *Narrative of the Life of the Brown Boy and the White Man*, Pittsburgh: University of Pittsburgh Press, 2008, pp.6—7.

② 同上，pp.6—7。

人家庭属于不完美的肉体生活，属于物，与之相对，白人男子有完美的肉体，且超越肉体，属于精神。有意思的是，棕色男孩居于两者中间，已经有摆脱原生家庭"低劣"生活的想法。在智力、趣味、品质方面，白人居上、浅色人种次之、黑人居末，这种高下排序反映的正是当下美国社会隐蔽的"后殖民等级秩序"①。

当然，棕色男孩与白人相比同样十分"低劣"。在《棕色男孩记得莫罗先生》中，棕色男孩在学校中遇到了欣赏自己才华的白人老师莫罗先生，可是棕色男孩并不专心学习，而是对莫罗先生产生了性幻想："虽然是第一个称赞他聪明的人，虽然让棕色男孩成为了自己指导的学生，虽然提供了他的帮助，虽然相信棕色男孩有特别之处，桌子下面莫罗先生的腿却一直没有动过，他的眼睛没有移来转去，没有与棕色男孩的视线相遇，这使得他们的注意力强制性地被集中在纸面上的问题。"②莫罗老师心胸开阔，对棕色男孩不抱族裔偏见，倾力对其进行学业辅导，然而棕色男孩脑子里却只有性。当然，可以质疑说，一个年少的学生有偏执的性幻想是现实中完全可能发生的情况，并不能就此推断出棕色男孩的低劣。但是，随后当我们发现棕色男孩遇到交通事故、看见行人性命垂危，仍然满脑子都是性，我们就不得不意识到，青春期性幻想并不是理解棕色男孩心理的关键。如片断《事故》："就这么简单：除了他披散在路面上的一头棕色长发，街上被车撞倒的那位男子看上去就像是他的情人。这就是他停下来的原因。他坠入爱河了，并且被那男子脸上款式朴素却金光闪闪的眼镜吸引住了，还有他那完美的肌肤，以及街灯下棕色男孩所看到的剃到了毛细软孔的胡须。"③看到这样的叙述，我们会对棕色男孩直接产生一种厌恶，因为他对性的关注，甚至超过了对他人生命安危的关注。

事实上，诗集中类似的日常场景随处可见。生活放荡、意志力薄弱、理性匮乏、人格低劣、满脑子性冲动等等，不断在棕色男孩与其父亲身上出现，

---

① Ronald E. Hall, "Conclusion", *Racism in the 21ˢᵗ Century：An Empirical Analysis of Skin Color*, ed., Ronald E. Hall, New York：Springer, 2008, p.240.

② Ronaldo V. Wilson, *Narrative of the Life of the Brown Boy and the White Man*, Pittsburgh：University of Pittsburgh Press, 2008, p.36.

③ 同上，p.58。

以致在许多阅读的瞬间，我们难免不对棕色男孩产生强烈的排斥感。只有当我们保持高度警醒，从这一堆看似客观的生平档案记录中抽身而退，才会想起那些关键问题，即这是谁的叙事、谁的记录？ 谁将它们规约在同一个不断重复的模式中？ 威尔逊在诗集中给出了答案。在片断《棕色男孩玩一个游戏》中，棕色男孩让白人养父用五个词来概括他，对方给出的答案是：

1. 性
2. 你的身体
3. 对人容畜
4. 时尚
5. 被宠坏了①

至此我们可以明了，诗集中所有这些日常生活片断，均完美再现这五个关键词，这才是超越所有二十二个片断，从高空统摄全局的"原叙事"，正可谓"一切都是话语，话语覆盖一切"②。所以，零散的日常生活场景在这部作品中被堆积在一起，构成一个关于白人话语权力的巨大隐喻。构成这个隐喻的生活片断，因其指涉的不明确，因其来历不明，反而成功地暗示，弥漫在社会各个角落的歧视话语牢牢地控制了对有色人种的塑造。威尔逊笔下这些档案化的日常场景实际上告诉我们，关于棕色男孩的真正传记可能永远也不会出炉，因为他早已消失在基于族裔偏见的种种叙述中了。日常场景在其诗中的拼列，彰显的正是族裔歧视未见消退、反而愈加漫延的残酷现实。

三　族裔诗人档案式写作的三重诗学意义

以上两部分我们揭示了兰金与威尔逊围绕日常生活场景的档案式写作如何寄托着他们的族裔诉求。但这种写作的诗学意义何在呢？ 首先，也许

---

① Ronaldo V. Wilson, *Narrative of the Life of the Brown Boy and the White Man*, Pittsburgh: University of Pittsburgh Press, 2008, p.38.

② David Mcnally, "Language, Praxis, and Class Struggle", *Monthly Review*, 47.3(1995), p.13.

我们并不需要刻意来维护这些作品的"诗性"。两位非裔诗人在诗、散文、档案、叙事之间所作的各种混杂，本身就是一种打破边界的姿态，呼应于他们颠覆种族界限的考虑，这是诗人们对"统治性的同一化的文化形式的挑战"①。正如罗纳尔多·威尔逊所言，包括诗歌在内，"所有艺术都应该是有弹性的，这才能使其表达力得以实现"②。兰金在入围 2014 年美国国家图书奖时则表示，诗歌的"可替性"（fungibility）是她所看重的③。

如果一定要对这两位诗人的档案式、记录式写作，作一个诗学角度的概括，采用特里·伊格尔顿曾经给诗下的一个定义可能是最为合适的，即诗可以是"精心设计的无艺术的语言"④。不管其表面如何粗糙，只要能够"指向比它本身更多的东西"⑤，它就是诗。两位诗人的作品表面上漫不经心、不动声色，其实深刻地从各个角度揭示了族裔权力话语在文学意象、语言以及日常生活中的渗透，它们以档案式书写逼迫这些渗透现身或对之进行对抗。在这一意义上，这种记录式写作其实还是一种有设计的记录，它们和艾略特的《荒原》一样，所有的片断"都是背对着读者暗暗编织起来的"⑥。这种创作向我们证明："一首诗可以是在语言上具有创造性的，却不去炫耀地突出这一事实。"⑦

当然，当我们把这种记录式写作放置在美国诗歌这个竞争性平台上来看，它在当下的诗学意义则会更加明显。应该说，两位诗人在诗学领域的竞争中，都取得了一定的成功，这种成功，一方面在于他们的写作有力地表达出他们的族裔关心，另一方面，也在于这种写作取得了卡萨诺瓦所说的对文学中心的"合适距离"⑧。卡萨诺瓦去除了关于文学世界的乌托邦幻想，认

---

① Floya Anthias, "Diasporic Hybridity and Transcending Racism: Problems and Potential", *Rethinking Anti-Racism: From Theory to Practice*, eds. Floya Anthias and Cathie Lloyd, London and New York: Routledge, 2002, p.30.

② Lindsay Choi, "An Interview with Award-Winning Poet Ronaldo V. Wilson", *The Daily Californian*, Sep 28, 2015.

③ Sandra Lim, "Interview with Claudia Rankine", http://www.nationalbook.org/nba2014_p_rankine_interv.html#.WXOEKuv5jIU.

④ 特里·伊格尔顿：《如何读诗》，陈太胜译，北京大学出版社 2016 年版，第 36 页。

⑤ 同上，第 146 页。

⑥ 同上，第 141 页。

⑦ 同上，第 68—69 页。

⑧ 帕斯卡尔·卡萨诺瓦：《文学世界共和国》，罗国祥等译，北京大学出版社 2015 年版，第 181 页。

为这其实"是一个各种对抗力量竞争的场所"①，在其中，世界政治经济格局与文学自身的成就共同作用，区分出了中心与边缘，一种"象征—美学而非地理上的距离"②。少数民族或弱势民族的文学创作，若要进入文学共和国的中心区域，一个可能的方式是取得与中心区域的"合适距离"，在语言使用与审美范式上与中心区形成一种呼应——这种呼应并不是简单的屈从，而更是一种对对方文化资本的利用。

作为少数族裔作家，居于文学空间的边缘地带③，兰金与威尔逊的记录式书写，其实与传统的黑人诗学是有区别的。20世纪后半叶以来，随着美国民权运动的此起彼伏，非裔诗人在创作中最主要的形式是运用黑人英语、表现非洲传统及黑人文化，以此展现本族群与白人不同的"世界观以及对语言功能的实现"④。这样一种族裔斗争的思路，在今天的美国诗坛仍然有杰出的代表作品，比如2002年获得美国国家图书奖的纳撒尼尔·麦基（Nathaniel Mackey）的诗集《敞开的圣歌》（*Splay Anthem*）。这一思路下的写作，意在对非裔族群的独特性加以强调，以此构建自身的话语资本。而兰金与威尔逊则代表着另一种选择，即放弃对本族特殊性的描写。首先，他们的创作，由于采用的是档案记录体，语言极为平白，并不诉诸黑人英语的饶舌与铿锵。其次，在档案体这一写作方式上，他们也与"主流"诗学传统有着内在的呼应。从威廉·卡洛斯·威廉斯到大卫·安汀，从罗恩·西利曼到肯尼思·哥尔德斯密斯，档案式、记录式写作的传统可谓源远流长。事实上，对去族裔风格的英语的使用，对档案体的采用，使得非裔诗人与"主流"诗歌世界形成一种更大的共鸣，但同样重要的是，他们又在这种更加接近中心的审美范式中寄托着族裔的反抗。因此，语言与风格上的"屈从"并没有耽误

①　帕斯卡尔·卡萨诺瓦：《文学世界共和国》，罗国祥等译，北京大学出版社2015年版，第123页。

②　同上，第133页。

③　C.S. Giscombe, "Making Book: Winners, Losers, Poetry, Anthologies and the Color Line", *What I say: Innovative Poetry by Black Writers in America*, eds., Aldon Lynn Nielsen and Lauri Ramey, Tuscaloosa: The University of Alabama Press, 2015, pp.1—11.

④　Stephen E. Henderson, "Worrying the Line: Notes on Black American Poetry", *The Line in Postmodern Poetry*, eds., Robert Frank and Henry Sayre, Urbana and Chicago: University of Illinois Press, 1988, p.64.

非裔诗人对"文学认同"与"族裔认同"的追求，相反，它使非裔诗人们获得了"融入世界文学的保障，使其占有一整套够得上载入文学史的技术资本、知识和手段"①。

第二节　郊外与城市张力中的"拖延"诗学
——C.S. 吉斯科姆的族裔书写

弥漫在日常生活中的歧视与偏见很难消除，少数族裔诗人一方面对此有着切身的、苦涩的体会，另一方面也对现实作出积极回应。不少作家从解构的立场出发，从认识上拒绝针对少数族裔的概念化界定、简单化认识。非裔诗人 C.S. 吉斯科姆（C.S. Giscombe）的创作在这方面颇具代表性，也在诗坛获得了较多认可。

吉斯科姆的诗集《草原风格》（*Prairie Style*）2008 年出版时，罗伯特·克里利、朱丽安娜·斯帕尔（Juliana Spahr）等诗坛名家均不吝为这部诗集填词叫好。除任教于加州大学伯克利分校外，吉斯科姆也担任《美国图书评论》（*American Book Review*）的联合编辑，多次编辑围绕非裔问题的专题。2015 年出版的《我所说的：美国黑人作家创新诗歌选》（*What I say：Innovative Poetry by Black Writers in America*）一书也邀其作序。

诗集《草原风格》于出版当年获得了"美国图书奖"（American Book Award）。作品凭借着解构式的"拖延"拒绝给笔下的颜色、事物赋予象征意义，以此表达对族裔偏见的反对，同时也彰显话语建构的封闭性。

一　拖延：郊外有色厄洛斯的塑造

在《草原风格》中，诗人说，"我将模棱两可，我将路过。"②摇摆不定，去向未明，这便是诗人的选择。这当然会令人想起罗兰·巴特在《文之悦》开

---

① 帕斯卡尔·卡萨诺瓦：《文学世界共和国》，罗国祥等译，北京大学出版社 2015 年版，第 304 页。

② C.S. Giscombe, *Prairie Style*, McLean：Dalkey Achive, 2008, p.61.

篇所说起的，"文之悦……无所拒绝：'我将左顾右盼，这将是我独有的否定。'"①巴特要以这种语言或写作策略来反抗意识形态在语言中的渗透，拒绝在言说中被悄然捕获。在此用意上，吉斯科姆与巴特深有共鸣。具体而言，吉斯科姆常以一种拖延的方式推迟其笔下意象、隐喻及意义的出场。他会开门见山，给出一个大约的描写对象，然而却不会最终将这个对象塑造成形。事实上，他的诗歌便是拒绝将面前之物进行"提纯"的抵抗过程，已经被"提纯"过了的也将要在文字中被稀释、拖延，直至被拉回到其原初的未定型状态。

吉斯科姆的"拖延"诗学将事物扣留在未定型状态，其所针对的正是包括族裔认识在内的各种定型了的话语，而城市，对于吉斯科姆而言正是这些话语的最大载体。作为抵抗，吉斯科姆的《草原风格》常常在"郊外"来施展他的"拖延"，使事物能够摆脱既定轨道，保持多样化的状态，比如他所塑造的郊外荒野中的小爱神厄洛斯形象。《白日之歌》(Day Song)第二诗节：

> 草原上飘荡着整齐的、没有曲折的言谈，声音的起始处。厄洛斯从路边的洞穴里跳了出来，黄褐色的、黝黑色的，有的比褐色还要深沉。天空是一玻璃杯的水。白人说阴茎，黑人说鸡巴。你在中西部变得如此舒展，你在中西部变得如此舒展，你在中西部变得如此舒展。②

广阔的草原所带来的界限的消弭，使诗人感受到一种特别的快感——"你在中西部变得如此舒展"，诗人的一唱三叹，暗示了这一点。这种草原中界限消弭带来的舒展，并不仅仅是身体上的，也是心理上的，因为它让人能够自由地看待眼前的事物。在这愉快的时刻，爱神厄洛斯——诗人所欣赏的草原上奔跑的土狼与狐狸——出场了，它们从栖居的洞穴中蹦跳出来。可是，我们看到的厄洛斯有点不着边际，它们是五颜六色的，"黄褐色""黝黑色"，

---

① Roland Bartes, *The Pleasure of Text*, Trans. Richard Miller, New York：Hill and Wang，1975，p.3.

② C.S. Giscombe, *Prairie Style*, McLean：Dalkey Achive, 2008, pp.17—18.

肤色比褐色还要"深沉"。读者或许对此不太适应，因为厄洛斯难道不应该是一个皮肤白皙的小可爱吗？我们在提香的《乌尔比诺的维纳斯》、波提切利的《春》中，看到的不正是这样吗。这是一个从希腊神话到维吉尔的《埃涅阿斯纪》，再经文艺复兴的艺术表现，在西方文明漫长的发展过程中已经定了型的象征形象。没错，可是既然是爱与性，那就是人类普遍存在的情结，不应以人种为限——"白人说阴茎，黑人说鸡巴"。诗人此处的重炮与粗俗，如当头棒喝，扭转思维的惯性。厄洛斯属于人类，它的模样与肤色都不应被统一。吉斯科姆的厄洛斯不是单色的，它们的存在类似于巴特所说的"皆为复数"①。

更为重要的是，厄洛斯能有此打破文化惯性、话语模式的启示作用，正因为其所处的"郊外"位置：一处未被驯化的地带。在 2017 年 9 月笔者对吉斯科姆的访谈中，吉斯科姆曾以自己的幼时经历提及了"郊外"的动物们如何对文明化的、以白人消费为主的高尔夫球场形成威胁与侵扰："我记得，当土狼们（草原狼，类似于狐狸）在圣·路易斯的高尔夫球场出现时，我的爷爷大笑的样子，那是 1960 年早期的事儿。土狼，是西部各州（包括加州）的动物，它们当时在往东扩大地盘。动物们在高尔夫球场的出现，让高尔夫的那些人感到很困扰，后来高尔夫球场就都用栅栏围上了。"②可见，草原、郊外对于吉斯科姆来说，具有一种反对既定现实、抵抗文明话语的意义。郊外，正是扰乱发生之地。正是在这郊外之地，他推迟了白色厄洛斯的出场，而将之拖延在一系列未定型的、有色差的替代物中，这突破了传统与经典对厄洛斯形象的规训，挑战着"颜色/种族"之间的固化界限。

当然，郊外并不简单地等于多种颜色/肤色的存在，吉斯科姆的拖延告诉我们，郊外应该是一种不带固化定见的看待颜色/肤色的方式。正如《远方》(*Far*)一诗对草原上红狐的观察：

---

① Roland Bartes, *The Pleasure of Text*, Trans. Richard Miller, New York: Hill and Wang, 1975, p.31.

② 2017 年 9 月 19 日吉斯科姆对笔者提问的回答。

　　……狐的存在是个简单的事实,它们散布在各处,土气十足,可看可感——红狐,这个常见的捕食者,颜色各异,从红到黑,或铁锈色,或黄棕色,只在眉心共有一点暗白。

　　就在这深深的内陆地区,狐的露面与其说是个象征还不如说是个提示。或者,这露面只是一种展示。突然地出现,犹如猛然的一击;或者是,观者要慢慢地去感受——就在这田野,慢慢获得其模样,最终,变得熟悉。视线所及,清晰明了,几乎不需要想象来补充点什么额外的内容。要记住的是,慢慢看到这狐狸还在哪,或者,在晚间,听见狐狸们的响动(还在哪)。狐狸露面,缓缓进入视线,好像来同言说者照面。①

作品对美国红狐在旷野中的露面,作了最为简略的描绘:它们颜色各异,但又可以辨认。这是诗作对关于红狐的初步印象的记录,此外无他。正如诗作提醒我们的,这些关于红狐形象的粗线条记录还没有进入意象或隐喻层面,"视线所及,清晰明了,几乎不需要想象来补充点什么额外的内容。"这样的描写也与印象主义无缘,一则它过于简朴,且并无整体的画面设计;其次,第二诗节关于观看过程复杂性的记录,使得这些最粗略的视觉印象只能作为记录而存在——"要记住的是,慢慢看到这狐狸还在哪,或者,在晚间,听见狐狸们的响动(还在哪)。狐狸露面,缓缓进入视线,好像来同言说者照面。"也即,距离、时间、地点、与观看者照面的方式,决定了狐的露面只是暂时性的、当下的、受条件限制的,并不具备足够的合法性被推至下一步的抽象或升华,所以"狐的露面与其说是个象征还不如说是个提示"。在笔者对吉斯科姆的访问中,他曾提及"数据的不可靠性"(unreliability of data)是其早年在社会学课程学习中形成的核心关注。②《远方》正与此呼应。诗作只提供了观看红狐的原始数据,但这些数据并不(能)被整合为一个形式或意境来表现或说明什么,它们只作为"展示"或"过程"记录下来。在此,我们不难发觉诗作的解构立场、现象学用意,但围绕红狐"颜色"的记录也直接通向

---

① C.S. Giscombe, *Prairie Style*, McLean: Dalkey Achive, 2008, pp.11—12.
② 2017 年 9 月 19 日吉斯科姆对笔者提问的回答。

了族裔政治。通过把颜色还原到记录，并将其回溯至纯粹的现象，诗人力图打破的是对颜色的概念化、象征化读解，这背后极力反对的，正是现实中对有色人群的偏见以及随之而来的歧视。

二　拖延：对"城市"的直接解构

上例《白日之歌》《远方》以一系列未定型的、有色差的形象替代了对象的意象呈现或象征表现，我们可以称之为"替代性拖延"。而吉斯科姆在作品中也常使用"预备性拖延"手法。在这种拖延中，他不是直接提供替代意象或象征的形象系列，而是去讨论预备一个意象或象征的出炉需要经过多少步骤、满足多少条件，或者，诗作仿佛只是对事物作一些尝试性的、不确定的界说，而言说对象就被拖延在这些铺垫性的工作中未被赋予任何确定的面目。预备与尝试的过程，起到的其实也是替代作用，它替代了事物最终在象征与隐喻意义上的成立。吉斯科姆正是用这种方式，对城市的格局进行了解构。准确地说，他想解构的是被赋予了与种族相关的各种象征意义与隐喻意义的城市，与充满色差的郊外相对的城市。

比如《大地方》（*Big Towns*）一诗写"怪兽"（monster），然而无一字一句写怪兽的模样或其行迹，抑或其凶残，通篇是写让怪兽出场需要作哪些铺垫：

> 如果你把一头怪兽放进一个大镇子，那你可就有一本书那么多的故事可以说了，但你需要一个市镇，作为古老恐惧的怪兽还无处安身——漫游的大船，对话框。你得有纵横交错的街巷（因为诱惑总得有地方发生）。是否向爱多靠近一点，我都是一样；我将无所事事，或者缓缓前进，都行。让爱自己去与快感摩擦。你需要一些超级大道，好让怪兽横行霸道，如同传说中的人物在营地里穿梭。①

一个怪兽的出场，需要一个故事作为载体，还需要一个城市作为场域，"你需要一个市镇，……你得有纵横交错的街巷（因为诱惑总在具体的地点发

---

① C.S. Giscombe, *Prairie Style*, McLean: Dalkey Achive, 2008, p.56.

生）。……你需要一些超级大道，好让怪兽横行霸道"。也就是说，怪兽出场的市镇并不是自然的，而是根据需要被建构出来的：要建构一片宁静的区域供怪兽去破坏，要划定一片危险的区域以烘托恐怖，要有善恶、美丑、贫富、高下等一系列区分，好让故事发生。在这样的关于预备性工作的介绍中，怪兽终究没有出场，吉斯科姆也并不打算让其简单地出场，因为很显然，诗作要彰显的，是一个怪物及其活动场域所包含的太多预置的价值判断、虚构及取舍。

吉斯科姆针对"大地方"的解构，虽未直接提及黑白肤色，但仍与族裔政治密切相关。它提示我们，现实中如怪兽般被直接丑化、贬低的人群，是否真的如怪兽般可恶？核心是，谁在丑化、谁在贬低，谁在划定场域和建构这一切？"说出的东西永远不是全部。"[1]此处无需再详加引用福柯，因为这里最有意思的是吉斯科姆用一头未出场的怪兽，生动地揭示了权力话语在城市/场域背后的操作范式。这一拖延性的、未完成的对怪兽及其行走的城市的描写，与前述对厄洛斯的描写一样，反映了当下美国少数族裔作家对许多貌似无可争议的、普适性意象或象征的反对，因为"普适性是一场幻觉。我们都臣服于强调普适性的感知模式，但这种感知模式是以白人标准来定义普适性的"[2]。普适性中就包含着源自权力的场域及等级划分，吉斯科姆的预备性拖延将这其中的秘密昭示出来，正是要实现他所相信的诗歌所具有的"那一种深邃的力量"，实现诗歌的"去划分的存在"（off-the-grid existence）[3]，以此来抵抗由族裔歧视强加在现实上的各种划分。

当然，吉斯科姆对城市的颠覆，针对的不仅仅是强势话语对城市的塑造，他还着力于城市中与族群社区相关的族群意识的解构。如描写"邻里之爱"的《闲话》（Palaver）。当今美国族裔政治的一个重要方面即族裔群居化，特别是白人区与非裔人群居住的区域常有较为明显的界线。本族人群

---

① 福柯：《知识考古学》，谢强、马月译，生活·读书·新知三联书店 2003 年版，第 131 页。

② Claudia Rankine and Beth Loffreda, "Introduction", *The Racial Imaginary*: *Writers on Race in the Life of the Mind*, eds., Claudia Rankine, Beth Loffreda and Max King Cap, Albany: Fence Books, 2016, p.22.

③ Mark Nowak, "Prairie Style: An Interview with C.S. Giscombe", https://www.poetryfoundation.org/harriet/2008/08/prairie-style-an-interview-with-cs-giscombe.

地理位置上的比邻,并不意味着任何内在的统一性,吉斯科姆拒绝认为这种族群区域当中有任何天然的、美妙的同质。所以邻里关系在诗人笔下,没有丝毫罗曼蒂克的特点,它没有被简单地赋予爱、团结等等象征性内涵,因为这种浪漫而宏大的概念,对于吉斯科姆来说都是虚构,有待于被放置回具体场域中接受考察:

> 爱就如河堤,或是蛇形丘,或各种习惯;或如行驶中的航船,在地平线上发出一片嘈杂。想法是,风会把你的声音从这带到那,从区域的一边带到相反的另一边。……这是歌唱的累加;饥饿的怪兽(在一首诗中),这怪兽很温柔。我看起来是个什么模样?邻里关系只是在场域中穿梭摇摆的小鱼。①

邻里之爱在这一诗节中变得面目模糊,因为它在一连串的尝试性的比拟中被拖延了。邻里之爱就像"河堤,甚至是蛇形丘,或各种习惯;或如行驶中的航船,在地平线上发出一片嘈杂",但河堤、蛇形丘、各种习惯、航船等等,相互之间并不相似,唯一共通处在于它们承载着差异与变化,但承载的方式又极不相同。于是,这样的比拟似乎可以无休止地继续下去,它们其实并没有对"邻里之爱"作出任何本质性的说明,只不过是作者的一连串尝试而已。吉斯科姆又把邻里之爱比作一首歌,一首歌的意味只存在于许许多多的"歌唱"之中,可是什么是"歌唱"?无论是谁的歌唱,"风会把你的声音从这带到那,从区域的一边带到相反的另一边"。歌,在歌唱中,歌唱又在邻里场域的传播中,在听者位置的交错中,会经历无数的解读与变化。也就是说,我们不能笼统地、直接地来看待这歌与歌者。所以诗人说,"我看起来是个什么模样?邻里关系只是在场域中穿梭摇摆的小鱼。"关于邻里之爱的任何宏大结论、一劳永逸的比拟,任何打着共性、本族、同源旗号的做法,在诗人看来,不但是虚假的,而且是危险的,如同要将不同歌声的具体性吞没殆尽的"饥饿的怪兽"!

---

① C.S. Giscombe, *Prairie Style*, McLean: Dalkey Achive, 2008, p.8.

《闲话》中的这种关于族裔社群邻里之爱的拖延，致力于从族群内部颠覆某种罗曼蒂克的关于身份统一性、独特性的设想，这对于吉斯科姆来说是今日反对族裔歧视的又一关键之处。正如他在《保你不堕地狱之法》（Whatever Keeps You Out of Hell）中所说的，"一个情境中颜色的'基础'部分是被添加到这个情境上的；做到具体而言，就能获得权威。"①模糊地强调自己的独特、尊严、自由以及与对方的差异，并不能有效地反对族裔歧视，只有找到对方歧视的具体表现与路数，与之具体而微地抗争，才能赢得主动。这事实上响应着当今后现代主义对"多元性"主张的一种反思：刻意强调自我的独特性、本族群范围内的统一性，不但本身就是一种虚构，而且只会把自己与话语权力的中心割裂开来，"那样的话，边缘群体也就事实上被驱赶到了政治的真空地带，即便是人们把这种真空体验为一种新的自由"②。虚构本族群的身份认同，以所谓与权力群体的差异或距离来实施对抗，只会"把宏观政治地带留给敌人"③。所以，与其大规模地撤离主战场，不如重回主阵地，具体地去拆解对方的各种套路，赢回话语权，"权力不能只是被颠覆，还应被使用"④。应该说，吉斯科姆利用拖延手法，对城市的解构是较为彻底的，他的解构既针对权力话语对城市的建构，也包括族裔群体对自己区域和身份的虚构。

由上可见，吉斯科姆在"拖延"中对郊外的肯定、对城市的否定，是为了突出他反对话语建构的旨意，尽管立场较为隐晦，但结合美国族裔政治的背景，我们完全可以理解他所针对的正是现实中偏狭的关于族裔/肤色的眼光。这一用意，在《并置》（Juxtaposition）中得到了最为直截了当的表达——颜色本身并不具有任何天然的意味，应该抛弃对颜色的模式化、自动化反应：

> 颜色可以与任何事物配对，这就是颜色的自我消解。先有一个事物，其他事物会接踵而至。比如韵律从一地到另一地不断延续，承载着

---

① C.S. Giscombe, *Prairie Style*, McLean：Dalkey Achive, 2008, p.50.

②③ Hans Bertens, *The Idea of the Postmodern：A History*, London and New York：Routledge, 1995, p.190.

④ 同上，p.191。

新的观念。颜色就是一种描述；比如说色情者会将你征服，像颜色那样。这种事情迟早还要继续发生。①

诗人的立场很明确，颜色本身并无特定内涵，因为"颜色可以与任何事物配对，这就是颜色的自我消解"。如果一定要对颜色说些什么，诗人给出了两个比拟，颜色好像"韵律"，"从一地到另一地不断延续，承载着新的观念"；颜色又好像"色情者"(the erotic)，会将你征服，不过"这种事情迟早还要继续发生"。同样的韵律，不一样的情境，会有不一样的味道；一种颜色会令人倾心，其他颜色在彼时同样可以。"颜色"，在这两个比拟中，被延展到可能发生的、千变万化的具体情境当中，以至消解了自身，告别了任何一种直接的理解与笼统的内涵。这正是为什么有评论者会认为，"吉斯科姆诗歌的行进过程带有一种欺骗性和逃逸性"②。欺骗与逃逸，反对的恰恰是关于肤色与种族的各种僵化且虚构的偏见。

三　反对固化话语与诗集的自我践行

如果说我们可以理解吉斯科姆在郊外与城市的张力关系中，以拖延来反对模式化的族裔歧视和偏见，那么他的这一思路会不会使得其作品《草原风格》成为另一个标准化的单一话语的产物呢？

或许是为了避免自己成为另一个话语的制造者、一个控制着叙述的绝对中心，吉斯科姆的《草原风格》的最后一种拖延，是结构性拖延。这本诗集中的各首诗歌，并不是独立完整的诗篇，许多单篇诗歌所围绕的话题，所要描写的对象，在同一诗集其他诗歌中也会出现，甚至在多个篇目中反复出现。在这个过程中，一个话题、一个对象，会被不断地补充描写，或进入到另外的视角。这是一种溢出性结构，它使得诗集中的许多书写处于一种交错和未完结状态。比如上文中我们所举《闲话》一诗，以"邻里关系"为背景写到了"爱"，这一话题在《民谣价值》(*Ballad Values*)中再次出现：

---

①　C. S. Giscombe, *Prairie Style*, McLean: Dalkey Achive, 2008, p.42.

②　*American Hybrid: A Norton Anthology of New Poetry*, eds., Cole Swensen and David St. John, New York and London: W.W. Norton & Company, 2009, p.144.

爱是个慵懒的奴隶，不会回应对她一次又一次的召唤，……召唤可能就是一个车站——散发、汇集、交叉。

这短语——这声音——可能会延续下去，但将一直变化；它与自己的结果不断遭遇，每次遭遇只适应一种标准。①

在《闲话》中，"爱"如"河堤，甚至是蛇形丘，或各种习惯，或如行驶中的航船，在地平线上发出一片嘈杂"，在这里它则变成了"慵懒的奴隶"，随你怎么呼喊，她就是磨磨蹭蹭不应声。此处对"爱"的呼叫，可以被视作为《闲话》一诗用意的延续。在《闲话》中，爱的歌声在邻里场域随风传播，最终由听者在某个特定位置接收到，这决定了"爱"在这个场域并无确定统一的性质和面目。现在在《民谣价值》中，无论你怎么呼喊"爱"，她就是一副迟钝模样，因为正如《闲话》描写的，你所要称呼的"爱"产生于具体的空间位置，取决于周围风的传播，她必然是具体化了的，无法用宏大的标签去直接标识。在延续《闲话》这一用意的基础上，《民谣的价值》进一步写到，对爱的认同、理解、呼叫，"可能就是一个车站——散发、汇集、交叉"。也就是说，一声呼叫，并不来自一个作为实体的人，借用米歇尔·德·塞托的话说，一个称呼就是"一个各种历史的交汇处。……就是各种动作、仪式、法则、节奏、选择、风俗习惯组成的微妙集合体"②。历史、传统、权力、变化、偶然贯穿在人的行为与言谈中，我们承载着如此多的矛盾与妥协、稳定与变化，却始终使用着同一套标准化的、均质化的语言标签，产生听觉错位也是正常之事。经过两首诗的拖延，"爱"，无论是作为被称呼者，还是作为一种称呼，在吉斯科姆的笔下都已越出了稳定界限的束缚。既然处于各种条件的作用与变化之中，又如何为其建构意象、象征及隐喻呢？这就是为什么在《民谣价值》第二诗节，"爱"直接降格为一种"声音"："这短语——这声音——可能会延续下去，但将一直变化；它与自己的结果不断遭遇，每次遭遇只适应一种标准"。这里我们不禁想起维特根斯坦所说的，"任何解说都像它所解说的东西一样悬在空中，

---

① C.S. Giscombe, *Prairie Style*, McLean: Dalkey Achive, 2008, p.34.
② 米歇尔·德·塞托：《日常生活实践》，冷碧莹译，南京大学出版社2014年版，第228页。

不能为它提供支撑。各种解说本身不决定含义"①。果不其然,到了诗集中的一首单篇《草原风格》(与诗集总名相同),"爱"又变成了恐怖之物:"爱是獠牙"(love's tusk)②。和"爱"一样,任何一个关于事物的理解与书写都不可能完结,吉斯科姆在多篇诗作之间实现的关于"爱"的描写的结构性拖延,响应的正是事物存在的条件性与不可完结性。

从《闲话》到《民谣价值》,结构性拖延体现为某个用意、某种描写的延续。在其他情况下,结构性拖延又会表现为自我消解。比如本节开始处引用的《白日之歌》,到了另一首单篇《草原风格》中,就遇到了颠覆,关于厄洛斯的描写被诗人自己否定了:对草原的这样一种描写"在一个更大的语境中可能毫无意义"③。《保你不堕地狱之法》讲到"颜色"的含义在具体情境中产生,然而到了第三首单篇《草原风格》中,诗人又提出"情境本身并无确定说法"④。可见,诗集中多首作为单篇出现的《草原风格》常常扮演着一种自反性角色。这是诗人通过诗集中各篇之间的自我反对来实现的结构性拖延,以此打破"自我"作为诗集作者对于话语的垄断。正如有的评论者所注意到的,吉斯科姆"用个人化的探索来表达并非那么普适化的东西,而是对自我正在探索的然而却远不能涵盖的东西进行描述"⑤。

从单篇诗作中的各种拖延,到诗集宏观结构上的拖延,吉斯科姆拒绝对事物——尤其是颜色/肤色及族裔身份——作定性化描写,或是给事物划定相对稳定的疆域。他将事物释放到语境、权力、条件、位置、时间、历史的交错中。事物失去了自身稳定的存在,也就与关于自身的意象、象征及隐喻失去了联系的可能。整个诗集也由此彻底地呈现出散文化的风格,日常语言,散文化的、描述性的语言,替代了意象等传统诗学语言的运用。吉斯科姆曾说,"我不认为诗歌与散文之间有何重要区分。"⑥这一表述太过平和了,或

---

① 路德维希·维特根斯坦:《哲学研究》,陈嘉映译,上海世纪出版集团 2005 年版,第 92 页。
② C.S. Giscombe, *Prairie Style*, McLean: Dalkey Achive, 2008, p.39.
③ 同上,p.25。
④ 同上,p.62。
⑤ Peter O'Leary, "Giscome Road", *Chicago Review* 44.3(1998), p.220.
⑥ C.S. Giscombe, "Opaque Poetics", *Lyric Postmodernism: An Anthology of Contemporary Innovative Poetries*, ed., Reginald Shepherd, Denver: Counterpath Press, 2008, p.75.

许我们应该借用另一位美国少数族裔诗人白萱华的话说,吉斯科姆所做的是"以讲述反对超越"①。尽管近于哲学化,与 20 世纪反对形而上学思维的解构主义、后结构主义以及语言哲学等一脉相承,但吉斯科姆的成功之处,在于以多层次的拖延策略,将这些哲学理念具体化到对事物的书写,以一种"懒散"的、漫不经心的姿态抵抗着族裔话语的象征性和体系性,并实现了对传统诗学语言的戏弄。这保证了其诗集作为文学创作的具体性与战斗性。

第三节 "幽默"场景与当下华裔诗人的族裔书写

我们已经看到少数族裔诗人在族裔书写上越来越明显的散文化倾向,看到不动声色的日常生活记录中的悲伤与愤怒,也看到哲学化进路中对族裔偏见的反对。然而少数族裔诗人在身份书写这一主题上,也有滑稽甚至狂欢化的一面。本节聚焦于陈美玲(Marilyn Chin)与陈琛(Chen Chen)这两位华裔诗人的近作,梳理他们拒绝族裔偏见的幽默表达,观照他们在幽默书写中的不同侧重。相对而言,陈美玲试图以幽默的方式打破横亘在族裔之间的界限,寻求相融相通的可能;陈琛则更为谐狂,他不在乎"中""西"背景或文化之间的融合,而在幽默中表达了对双方的调侃。在此过程中,他们并不是抽象地制造幽默,而是在一些具体而微的城市生活场景、日常生活片段中寻找灵感,进而对偏执的族裔界限予以嘲讽和拒绝。

一 陈美玲:跨越界限的灵启场面

在陈美玲过去的诗作中,我们不难看到身份书写中的失落、纠结与感伤,但在她 2014 年的《涩爱地带》(*Hard Love Province*)以及 2020 的《道》(*Dao*)两部诗集中却出现了一些幽默性十足的作品。这些作品一反沉重的姿态,以轻松滑稽来戏弄族裔之间的成见与界限,描绘跨越藩篱的美好愿景

① Mei-Mei Berssenbrugge, "By Correspondence", *American Women Poets in the 21st Century*, eds., Claudia Rankine and Juliana Spahr, Middletown: Wesleyan University Press, 2002, p.62.

与可能。

陈美玲的这些幽默写作与其对日常生活场景的观察与体悟紧密结合在一起，与城市生活密不可分的消费文化、大众文化以及最为普通的社区生活场景都被用来寄托她的族裔之思。在这些作品中，《学习室，无域之地》（*Study Hall*，*Deterritorialized*）也许是最具狂欢特征的一首。从作品内容来看，这首诗作描绘的是某个社区"学习室"中的场景。作为看管人的"我"，与不同族裔的孩子们共处一室，相互之间发生了一场令人瞠目结舌的对话，而这场对话几乎是以某种程度的彼此攻击与谩骂来进行的：

> 棕肤色男孩打了我一下，但说了抱歉。他的姐姐，棕肤色女孩说这是因为他喜欢我。我说，嚯嚯！他喜欢我？呃，我可是讨厌他。黑人小姑娘捏了捏我说，胆小鬼，大嘴巴，小猫咪，我打赌你连顶嘴都不敢！白人小女孩抓住我的 Hello Kitty 钱包，而且还把我的牛奶钱都倒了出来。我以空手道截击之势阻止了她。白人小男孩说，我爸爸说了，你爸爸的蛋卷是用油炸老鼠鸡巴做成的。我答道，是的，我爸爸说，他的蛋卷是油炸老鼠鸡巴做的，这是因为美国人都很古怪，他们喜欢吃油炸老鼠鸡巴。黑人小姑娘笑了个底朝天，跟我来个击掌欢庆。正当我重新画地图的时候，从马来西亚刚刚来到这的我的小侄女，用她的粉色披肩捂着脸哭了起来，就像一个小婴儿，哇哇哇。白人小女孩捂住自己的耳朵，您能让她停下来吗？

> 我说，别哭了，小侄女，其实没有那么糟糕。这是诗歌！我指向窗外，神奇的是，为了让我们开心，两只胖胖的鸽子来到窗台上咕咕地唱了起来……

> 最后，我们大家就像一个人似的，都笑了，对着上帝所爱护的生灵笑啊笑啊。在这一奇观（spectacle）的背后，西面太阳爆射出的一道光芒突破障碍，穿透了那灰色的厚厚的云层。①

---

① Marilyn Chin, *Hard Love Province*, New York: W. W. Norton & Company, 2014, pp. 34—35.

这段对话当然有关于拉丁裔、华裔、非裔以及白人之间的对立与偏见。有趣的是，童言无忌使得它们毫无遮拦地呈现出来，去掉了成人世界的语言上的遮羞布，这些对立与偏见之间的直接碰撞，形成了夸张的戏剧效果。而这种夸张，吓坏了自马来西亚远道而来的"小侄女"，也让大家看到族裔偏见的过分与滑稽，并在安慰"小侄女"的过程中获得彼此间的和解。我们不能认为，场景中的主人公以孩童居多，就谈不上族裔之间的理解与和解。事实上，诗作中黑人小女孩对"我"的言语挑衅、白人小男孩的言语冒犯、黑人小女孩目睹"我"勇敢还击而与"我"的击掌欢庆，均是在表现孩童心理对族裔关系的熟悉。所以，大家最后在笑声中的和解，一方面体现着孩童的天真，另一方面也包含着他们对族裔界限的认知与跨越。

《学习室，无域之地》通过"我"与孩子们戏剧化的对抗，在笑声中戏弄颠覆了族裔之间的界限。正是在此意义上，这一间"学习室"去除了心理上的区隔，成为"无域之地"。这确实是超越顽固的族裔界限的一个特别时刻，一个灵光乍现的时刻，就连诗人自己都在诗中将之形容为一个"奇观"（spectacle）。所以不得不说，由于场面的夸张与滑稽，我们一方面会看到族裔融通的美好及可能，但也不禁会关注这一社区生活场景的真实性如何：它的确可能在多种族居住区发生，但更有可能只是诗人陈美玲的一种幽默的想象。

如果说，《学习室，无域之地》截取的场景有些理想化或过于戏剧化，以至于我们在理解其跨越族裔界限的愿望的同时，不得不对其实现的可能性抱有几分怀疑，那么诗作《道》（*Dao*）则是在普通常见的大众文化场景中，寄托了更为平实的族裔融通之思，《学习室，无域之地》中那种狂欢化的幽默也为从容的、智慧性的幽默所替代：

> 当那位了不起的女生诗人遇见"道"
>
> 她踩着滑板滑了过去
>
> 来了个720度瞪羚翻转
>
> 挥动她的手臂跳起，旋转
>
> 再来一个超级豚跳

　　　　她的狗狗"波波"和她的猫咪"钱苏玛"
　　　　看呆了

　　　　当不咋地的女生诗人遇见"道"
　　　　她一连看上十集
　　　　《女子监狱》
　　　　搁置了数学作业

　　　　关于"道"与"非道"没有共识
　　　　路与死路亦是如此①

中国的传统哲学范畴"道"，与当下美国大众体育运动的玩耍以及电视节目的观看，在诗中并列在了一起。这一并列，难免令初读作品者哑然失笑，因为它在中西古今之间的跨度似乎过大。但仔细打量，这种并列并不违背"道"的初衷，反而正符合"道"的意蕴。中国哲学的"道"探讨的正是世界万物的起始与运转，它不是排斥性的，而是包容性的，以此论之，当代美国生活的瞬间、片断当然可以进入到这种中西并置、相互观照当中。再者，滑板爱好者顺着身体之力的释放完成各种动作，正是对"道"的某种遵从，顺性而为的女生放下作业观看流行电视剧也并不说明她将一无所得，正如老子相信"为无为，事无事，味无味"反而是最好的选择。作为中国哲学范畴的"道"在诗中只是一个词，但美国大众文化的片断场景却赋予其当代的具体生命。严肃的使命感与主题，化入日常的轻松时刻，令人琢磨玩味，举重若轻的幽默智慧，最终会将读者的惊讶转化为会心一笑。

　　与消费文化相关的日常生活场景也被陈美玲纳入族裔之思当中。诗作《小盒子》(Little Box)巧妙地嫁接了消费文化批判与族裔身份书写，让人们看到身份区隔的虚妄，也不无讽刺地揭示了消费主义对人的统一塑造。

---

① Marilyn Chin, *A Portrait of the Self as Nation*：*New and Selected Poems*, New York：W.W. Norton & Company, 2020, p.165.

诗作开篇首先展示了身为华人的"小盒子"在歧视与偏见中的烦扰情绪，她不能保持自我，总是要以另一副面孔示人，但即便这样她还是不讨人喜欢，因此不得不去看心理医生：

> 小盒子回应道——
> 有了一口新牙
> 还有粉红色的口香糖
> 一个假鼻子以及蜡做的大胡子——
> 她掩饰着自己的声音
> 使自己听起来就像格鲁乔
>
> 小盒子张口
> 向她的心理医生哭诉
> 我不明白他们为什么恨我
> 我如此之甜心
> 我在动物园做志愿者
> 还教汉语
> 给他们的那些讨人厌的孩子①

可见，即便费尽努力乔装打扮，把自己弄得面目全非，力图使自己从形象和声音上更接近对方，"小盒子"还是深切地感受到针对自己的排斥或偏见。这种沮丧感在诗作中是一望便知的，并且滑稽荒诞感十足。随后，"小盒子"选择关门独居，多日之后当再度来到心理医生那里时，她不再倾诉沮丧感，而是更为主动地讲述自己的身份与存在：

> 小盒子里是什么

---

① Marilyn Chin, *A Portrait of the Self as Nation*: *New and Selected Poems*, New York: W.W. Norton & Company, 2020, p.169.

　　一朵绝美的兰花

　　一份巧克力酱草莓

　　一个新苹果手机

　　保护套闪亮夺目

　　还有原属普希金的耳环

　　一把新保时捷轿车的钥匙

　　一枚香奈儿复古风的胸针

　　盖蒂家族某位后人的左耳

　　某位沙皇的阴茎

　　都是稀罕的礼物

　　请别目不转睛了①

诗作中"小盒子"对自己的袒露还在继续，但至此我们其实已经明了她的身份与存在。她并无特别之处，她喜爱的、拥有的、追求的是如此平凡，甚至是平庸——美食、新款手机、高级跑车、奢侈品、与名门望族相关的东西。她和很多人一样物质，一样文艺，一样猎奇，一样的无聊。"小盒子"外表的滑稽，到此转化为一种双重自嘲。首先，为了证明自己不应该被排斥，"小盒子"敞开心扉，展示了一个庸常的自我、平均化的自我。其次，"小盒子"坦率地证明了自己的普通——不存在与他者的差异——但也讽刺性地揭示，自己与他者其实都只是消费主义的造物。陈美玲设计的这一族裔界限的跨越，在此既紧扣身份书写，又超越种族议题，体现出开阔的社会批判视野。

　　以上诗作以幽默方式寻求对族裔界限的跨越，这在陈美玲过往的诗作中并不常见。事实上，诗人对自己创作中幽默特征的加强也有着敏锐的察觉，在 2020 年新诗集的序言中，她说："最后，(本书)也包含了两个部分的新

_____

　　① Marilyn Chin，*A Portrait of the Self as Nation：New and Selected Poems*，New York：W.W. Norton & Company，2020，p.170.

诗，它们使我的讽刺色彩更加戏剧化。这些诗作的喜乐气象，是对我的读者的一个承诺：这位不守规矩的女性诗人一直都在自我更新，未来还有更多喧闹的作品。"①应该说，幽默性的增强，既是诗人的一种主动选择或尝试，也见出诗人在身份书写上技艺的日益精湛与拓展。至于对族裔融通、文化对话相较以往更为浓墨重彩的强调，则来自诗人更为积极的诗学立场。陈美玲近来曾谈到自己毫不担心展示自己的"中国性"(Chineseness)，特别是在当下这个"后身份"的文学氛围中。②但今天展示"中国性"并不意味着重拾某种乡愁，而在于跨越界限的对身份的重构、重写、改造。在此方面，陈美玲坦言，庞德正是可资借鉴的前辈模板。"我想把我的'华裔美国人'诗歌放置在文化地图之上，恢复其所应有的领地，这块领地自现代主义时代以来，一直被庞德以及他的'亲中国性'所占据。"③像庞德那样，跨越文化边界进行糅合重造，正成为陈美玲诗学雄心的一个重要组成部分，而以此诗学思路看来，渐渐摆脱伤感、失落、间离等描写重点，转向更具超越性和幽默性的对话、交叉、融通，也可谓是一个必然的选择。

二 陈琛："上海""西雅图"与对身份的戏谑

破除族裔之间的各种界限，似乎越来越成为当下华裔诗人创作的共同选择。但与陈美玲略有不同，诗人陈琛的作品，无意于构建某种融通与对话，而是着重于更为初步但却同样重要的拆解工作——拆解套置在族裔、地域上的偏狭概括或想象。所以在其诗作中，我们常常可以看到一种"跑调"式描写，这些描写以一种故意为之的不正经、不严肃来破解人们常常加诸自我或他者身上的文化标签与身份标识。作为文明的重要载体、族群聚集地的城市，也就常常成为诗人调侃的起点。比如《小曲》(Little Song)中的"上海"，就成了对中国哲学的另一种解读之地。而在此过程中，他又将族裔身份与同性恋身份的双重书写合二为一：

---

① Marilyn Chin, *A Portrait of the Self as Nation*: *New and Selected Poems*, New York: W.W. Norton & Company, 2020, p.xiv.

②③ Anastasia Turner, "An Interview with Marilyn Chin", *American Book Review*, 35.3 (2014), p.31.

我在草地上安坐　我听见屋里传来的微波炉的声音　有人在设置
时间　然后又改了主意　哔哔哔的响声串成的小曲　蜜蜂飞临绣球花
花儿们重重叠叠好似一个不平衡的方程式　但最终却有了答案　这就
是宇宙的　基础　蜜蜂又决定来亲近我　我尽力保持不动这样它们不
会肆意妄为 & 我也回到了我自己的身体　湿软的哈密瓜的内部　记
得小时候　对短语"离心力"如此着迷的那些日子　我想这曾是我整整
一周放在第一位的短语　我就跟别人说它是婴儿诞生之处　我的学者
爸爸　摇了摇头　并且解释了带大写字母 N 的"Nature"一词　阴和
阳　你必须得有对立的两面他说　很多年时间我都觉得同性恋在中
国绝不会存在　但当我去了一家俱乐部　在上海　小规模的并且所谓
地下的　挤满了极品男士　中国男士　他们在电子乐中找到了乐园
唯一的女士是我的好朋友 她也是衣帽存放处辛苦工作的老阿姨　我
一直跳到大汗淋漓　再到浑身湿透①

道法自然（Nature），顺其自然，阴阳观念，这些当然属于中国哲学的核心观
念。但利用上海夜晚的一段经历——乐在其中同时又是被调戏的经历——
诗作以坦率与幽默赋予"自然"新的面貌。"自然"不再像父亲描述的那样高
深莫测，那么哲学化，而是可以如此平凡甚至滑稽，它可以就是力比多毫不遮
掩的释放，完全无需阴阳两性构架的支撑。这一段经历，不仅是主人公"我"
的被调戏，在某种程度上也是对中国哲学某些范畴与观念的调戏。但怎样
认识中国，怎样看待同性恋，在这一幽默的描述中，都获得了开放的视野。

拒绝固化的自我标识是一方面，陈琛当然也注意到来自他者强加的标
签。他的诗作《满嘴爆米花脆响中的诗歌》（Poem in Noisy Mouthfuls）提
供了一个夸张的情境：他描写的西雅图这个美国城市，也会因为自己的华裔
背景和大量的华裔移民而被视作一个中国化的城市。诗作伊始就呈现出一
个尴尬的滑稽场景："我"在电影院大快朵颐地吃着爆米花，欣赏着一部关于

① Chen Chen, *When I Grow Up I Want to Be a List of Further Possibilities*, Rochester：BOA Editions Ltd., 2017, p.82.

黎巴嫩移民的电影,剧情感动得"我"流下了热泪,以至于泪水的盐味与爆米花的盐味混合在了一起。这当然不是单纯地寄寓同情,这是对自己抒情姿态的调侃式反观,是对自己情感脆弱时刻的嘲弄。这种幽默调侃随即得到了叠加。"我"的朋友好心地问,"是不是让你想起了你的家庭,离开中国?""我"本想回答说,情况并非如此,但转念想到另一个朋友对我的评价,于是觉得无论怎么解释,中国情结始终都是一个甩不掉的标签:

> 我想说,不是,完全不一样,在很多方面都不一样,但
> 我突然想起另一位作家朋友曾经对我说的,你所有的作品
> 要么就是关于男同的,要么就是关于中国人的——我怎么回应呢,
> 是否
>
> 我所写的真的在某种程度上都只是某种移民叙事或
> 相关故事。我想起一首近作,写的是西雅图的鱼贩子,
> 这可让我开心了——显然这首诗不是关于男同或中国人的。
>
> 但转念一想,有那么多中国移民
> 生活在西雅图,而我去玩的时候觉得派克广场那边几位鱼贩子
> 特有魅力,既然如此我看我那首诗还是关于男同
>
> 与中国人的了。所以我对朋友说,我不太确定,并且接着吃
> 爆米花。谢天谢地我们刚才买的是够全家吃的超大包。真是不能停,
> 一把把油乎乎的爆米花,送进嘴里响巴巴。没办法安安静静地吃。①

不难看出,陈琛在调侃自己多愁善感的同时,更是要展示自己的身份窘境:无论自己怎么写作或解释,在他者看来"我"永远都属于中国,带着中国背

---

① Chen Chen, *When I Grow Up I Want to Be a List of Further Possibilities*, Rochester: BOA Editions Ltd., 2017, p.83.

景，"我"永远不可能有超出此范围的情感与表达。当"我"搜肠刮肚找出一个与中国人无关的、仅仅是描写西雅图派克市场鱼贩子的作品，但想到西雅图拥有大量的华裔居民，就知道这个作为例外的作品将不会被接受，因为移民数量众多正是给作品贴上"中国"标签的一个绝佳理由。这一窘境的展露，带出了诗作的第二重反讽——对整个社会使用"中国"标签时的任意性、穿凿附会倾向的反讽。其后的第三重反讽在于，"我"因为这种狭隘的族裔之见的夸张盛行，依靠大口大口地食用爆米花来排解自己的紧张。

通过"上海"与"西雅图"的描绘，《小曲》以及《满嘴爆米花脆响中的诗歌》以不羁的姿态调侃了诗人自身的中国背景以及来自他者的偏狭视野。他脱离身份标签、文化背景、类型化认识的诉求十分强烈，获得真正属于自己的、无需被归类的身份自然是其创作的题中之义。我们不妨再看其在《迪迪埃与齐祖》(*Ddier Et Zizou*)一诗对中西文化标签的同时性戏耍。诗作写"我"与好友在家中厨房小憩，细数彼此共同的无厘头的文化选择。为了保持原诗英文句型的幽默意味，此处按原文摘引如下：

We loved *Howl* & the Tao when it was still
spelled with a T. We loved green tea but often had
Orangina instead. We loved Trakl & a darkly

declarative sentence. We loved different genders
but knew we were just two variations on the theme,
horny teenage boy. We loved Heidegger

& dwelling in your kitchen, drinking Orangina,
being there, for an hour, two, being moved
by each other's stillnesses. [1]

---

[1]　Chen Chen, *When I Grow Up I Want to Be a List of Further Possibilities*, Rochester: BOA Editions Ltd., 2017, p.48.

作为中国哲学、文化的核心象征的"道"（Tao）、"茶"在诗作首段即得到呈现，诗人毫不掩饰对它们的喜欢。但对这两者的喜欢，完全不排斥对他者的选择。艾伦·金斯堡的《嚎叫》（Howl）是在与"道"的并列中得到肯定的，"茶"与法国名牌饮料"Orangina"是同样受到喜欢的。这其中还提到奥地利诗人特拉格尔（Trakl）以及大名鼎鼎的海德格尔。但更为重要的，诗作并不是要在中西之间作差异的概括、对比、贯穿，而是试图提醒读者，对这些人物、事物以及概念的喜欢，只是个人漫不经心与随意的选择——因为，喜欢"道"是因为它以字母"T"开头，喜欢海德格尔是因为我与好友像海德格尔的"此在"（being there）要求的那样，"坐在你家的厨房（dwelling in your kitchen），喝着 Orangina（drinking Orangina），/就坐在那（being there），一个小时，两个小时，被/彼此的寂静所感动"。作为中西哲学研讨的重点对象，"道"与"此在"的深奥意义不是诗人的关心，它们通常所具有的中西文化的象征性，在并列呈现中也被弃置一旁。诗作把我们牵引到中西并置、比较的高度，又过山车般把我们带出这种宏大的语境预设，只留下玩笑般的解答。这种玩笑所要摆脱的正是民族/国家、中西文化、东西划分等宏大视野，这种"不正经"背后的严肃性在于：任何选择首先应该是属于纯粹个体的，基于特殊经验的。

无论是陈琛在中美、中西两端所做的嬉笑拒绝，还是陈美玲所尝试的居间调和，其实都寄托着华裔诗人对简单化的、单一化的身份认定的反感。我们在他们的幽默处理中，其实不难看出一种无奈与感伤，一种基于现实各种界限而产生的失望。但终究他们的诗作超越了这种低落的情绪，以智慧和举重若轻的书写提供了摆脱、超越族裔界限的可能，这在新世纪以来少数族裔作家的身份书写当中是极为珍贵的成果，也是值得关注的新趋势。

本 章 小 结

少数族裔诗人的这些创作，在相当程度上呼应着在第三章中我们所见到的城市生活场景的书写。渗透在日常生活细节中的、更加隐蔽的压迫性、规约性力量不仅是普适化的，也是种族的。对此，华裔与非裔诗人在创作中都有着强有力的揭示。

　　当然，从本章所论诗作看来，从冷峻的揭示到哲学的批判，再到幽默性的、讽刺性的颠覆，诗人们应对族裔偏见与歧视的思路各不相同。虽然不同角度均有其重要价值，但一些华裔诗人近作中体现出来的幽默风格可能额外具有一重力量。族裔歧视的存在，出现了新的变化，在21世纪的今天，各种偏见常常不再"礼貌地"掩饰自己，在很多时候，它们甚至演变成公开的攻击行为，甚至被政治操控。因此，揭示族裔歧视的普遍存在、细节性存在，虽依旧重要且任务艰巨，但未必是此类书写的最终目的。关键在于，如何以诗歌书写来更好地引导出一种抵抗。就此而论，"伤痕"性的写作就不及幽默性的嬉笑怒骂更能表达文学意义上的不同意，因为，族裔歧视的践行者本来就不是立足于公平的、普适性的人性立场。曝光伤痕，很难对这类现实产生特别有效的反对，倒不如更为积极地予以讽刺反击，也以幽默增强自己的话语弹性与表达空间。与此同时，以幽默的方式提出族裔之间的融通愿景，也令人更易于接受。笑声比抽象的道理更能获得不同立场的读者。此外，从可预见的趋势来看，族裔写作在保持日常生活描写这一主导面向之外，将会有更多的主题融合。族裔身份的书写，与同性恋主题、生态关怀、女性主义、政治立场之间的交叉其实已经渐成气候。这一方面是因为这些社会生活维度如今同样也沉潜到了日常生活细节层面，另一方面，当族裔矛盾与偏见遇到这些争议性颇强的范畴，则会形成更加复杂的张力结构。

　　我们欣赏这些少数族裔诗作的抗议性与诗学上的创造性，我们更希望现实不曾给诗人制造这许多难以释怀的身份难题。但从当下现实来看，摆在少数族裔诗人面前的挑战依然有增无减，他们如何作出新一轮的诗学回应，我们拭目以待。

结　语

当代美国诗歌中的城市书写并不是抽象的，从"客体派"开始，诗人总是紧密结合自己所处的环境与语境来表达特定的城市经验。这使得他们的相关诗作始终展现出一种具体性、细节性、当下性和现象性。就此而言，威廉·卡洛斯·威廉斯和其他"客体派"诗人发起的对 T. S. 艾略特、庞德的诗学挑战——本书序言及第一章均有提及——在相当大程度上是成功的。20 世纪中期之后，美国诗歌摆脱象征主义与意象化的趋势一步比一步走得明显，这其中正包含着威廉斯与"客体派"成员对诗坛创作的带动。发展到今天，城市生活日常性的一幕幕瞬间，越来越成为诗人本地化关注的重点对象，诗歌档案化成为一个显著的诗学特征。正是在这一过程中，美国诗歌摆脱了对于欧洲传统的依附，在题材与手法上使自己的独立性日渐坚实。这种诗学走向，令人想起维特根斯坦所说的"决不要登上荒芜的聪明高峰，而要下到绿色的愚蠢山谷"①。把描写对象保留为具体的现象来呈现，而不是精英化地将其打造入某一特定的系统，这已成为当代美国诗歌发展的普遍选择。

摆脱了象征主义与意象派的套路，当代美国诗歌的城市书写聚焦于美国社会的具体现实，对现实的批判也不断深入，而这种深入也绝非线性进化模式可以概括，而是角度与风格上的不断创新。"客体派"诸位诗人，对金钱、商业、机器、文化工业的异化力量有着重点关注，有着鲜明的左派风格，

---

① 路德维希·维特根斯坦：《文化与价值》，黄正东、唐少杰译，译林出版社 2014 年版，第107 页。

但他们均未简单地将自己的创作框定在左派理论当中,威廉斯、奥朋与祖科夫斯基都非常注重经验与批判的具体性,没有把批判的对象抽象化,这保证了他们诗作的诗性。"纽约诗派"的描写更具戏谑风格,更为主动地、两面性地看到城市生活中的陷阱以及超越的可能,揭示了人的经验在城市语境中的封闭与敞开。这同样是对经验具体性的尊重,与"客体派"的城市描写有着内在的共鸣。批判现实,不等于概念化地、固化地把现实写成愁云惨淡,"客体派"与"纽约诗派"的创作共同说明了这一点。西利曼、兰金、费特曼、哥尔德斯密斯等人的写作,以不同程度的档案化方式呈现城市生活的方方面面,这是对异化之隐蔽性的有力回应。在社会运转似乎越来越"合理"的今天,他们的这种写作尤其具有警示意义,但这并不是说档案化写作在诗学上就更加"高级"、超越前人。威廉斯带有特定设计的街头人物群像——包括无产阶级、中产阶级——的意蕴深长,并不亚于档案式写作提供的那些咀嚼异化的苦涩的日常片断,奥哈拉在纽约午后街头的行走对现实的体悟也不比西利曼"湾区快速列车"之旅要来得浅显。应该说,当代美国诗歌在城市书写上的发展,是一个立体化的进程。

虽然不再局限于某一诗学范式进行线性的发展,诗作与诗派之间各有千秋,但目前愈加成熟的档案化写作趋势确实有其"应时"的长处。从社会总体状况而言,美国社会经济上的富裕程度、科技的应用程度、思潮的多元化,的确会让传统的左派批评无所适从,很难再用传统的方式去展现"异化"。但西利曼、哥尔德斯密斯、兰金的日常生活档案,让我们能够看到异化远没有消除,它仍然每日在发生,不过,它目前拥有了一种"润物细无声"的方式。此外,城市书写档案化进程,对于族裔诗歌创作尤其重要。正如我们在第四章所论及的,族裔歧视在当下越来越隐蔽,许多歧视与偏见以礼貌的、化装的、变形的方式渗透在日常对话与交往之中,让被歧视者哑口无言,失去了直接反抗的着力点。对这些隐化了的、日常生活化了的歧视,最好的方式就是让它们得到持续的观看,以档案记录方式将它们定格下来是最合适不过的诗学选择。

纵观当代美国的城市书写,尽管角度与风格大有差异,但诗人们均表现得极为清醒,他们对于诗歌创作"主体"不再抱有罗曼蒂克或精英化的幻想。

他们没有再把自己虚构为人类精神的救赎者、超越性的灵启者、完美的主体，而是回归到经验的具体性，从细微处察看人的异化与处境的多维，揭示来自社会的隐蔽的控制力量，自觉反观自身经验的塑形结构与被塑形过程。或者说，这些创作没有再把诗歌对社会的回应及批评当作书桌前的简单任务，而是更加意识到这其中的复杂性与难度。"他们探索的，是这个世界制造出来的思维对世界的制造。"①

　　这些创作与诗学探索，的确成功地更新了由庞德、艾略特所把控的现代主义诗学范式，也成就了自身更为具体也更具针对性的社会观照。但另一方面，我们也不得不留意，当经验的具体性及其形成的机制得到了诗歌足够的尊重与关注之后，这是否是诗歌所面临的一个最佳终点？诗歌是否还要承担引导经验、改造现实的职责？如果我们承认诗歌应该对现实有所裨益，承认诗人应该给世界带来新的可能，那么创作的主体与现实之间，平静的、日常化的经验录入或游戏般的立场游移，可能并不足以支撑目标的实现。正如伊格尔顿所提醒的，"只要某种自决主体似乎还存在，无论多么莫名其妙，至少还有可能谈到正义。如果周围没有这样的主体，那么经典政治哲学所争论的所有重要问题——你对我的权利，我为从你的权利下解放出来所进行的斗争——都只能被一笔勾销"②。当然，我们绝不是要求诗歌直接承担起政治的责任，诗歌也不可能直接地改造不够完美的现实。但在怡情养性早已不是诗歌的任务的今天，诗人在面对现实时，是否需要、在何种程度上需要恢复一种主动性、建构性，值得再做探索；作为读者，我们也拭目以待。而在少数族裔诗歌创作方面，21世纪的第一个二十年似乎并没有给世界带来族裔和解的明确征兆，族裔之间的关系在世界政治力量与经济力量的激烈角逐中，反而有令人不安的恶化趋势。固化的族裔眼光与偏见，在完成了由显到隐的转变之后，极有可能并已经开始迅速倒转。少数族裔诗歌对此新现实的回应，将是艰难的，但我们毫不怀疑诗学思维上的更多创新将会应运而生。

---

①　*Lyric Postmodernisms*：*An Anthology of Contemporary Innovative Poetries*，ed.，Reginald Shepherd，Denver：Counterpath Press，2008，p.xii.

②　特里·伊格尔顿：《后现代主义的幻象》，华明译，北京：商务印书馆，2002年，第104页。

参 考 文 献

AJI, Helene, "Un(decidable), Un(creative), Un(precedented), Un (readable), Un(nerving): Christian Bök, Craig Dworkin, Kenneth Goldsmith and Vanessa Place", *Études Anglaises*, 65.2(2012).

Altieri, Charles, "The Significance of Frank O'Hara", *The Iowa Review* 4.1(1973).

——*The Art of Twentieth-Century American Poetry*, Malden: Blackwell Publishing, 2006.

Anthias, Floya and Lloyd, Cathie eds., *Rethinking Anti-Racism: From Theory to Practice*, London and New York: Routledge, 2002.

Ashbery, John, *Selected Poems*, New York: Elisabeth Sifton Books • Viking, 1985.

——*Chinese Whispers: Poems*, New York: Farrar, Straus & Giroux, 2002.

Bartes, Roland, *The Pleasure of Text*, Trans. Richard Miller, New York: Hill and Wang, 1975.

Beach, Christopher, The *Cambridge Introduction to the Twentieth-Century American Poetry*, Cambridge: Cambridge University Press, 2003.

Beckett, Tom and Silliman, Ron, "Interview", *The Difficulties (Ron Silliman Issue)* 2.2(1985).

Benjamin, Walter, *Illuminations: Essays and Reflections*, trans., Harry Zohn, ed., Hannah Arendt, New York: Schocken Books, 2007.

218

Bernes, Jasper, "John Ashbery's Free Indirect Labor", *Modern Language Quarterly* 74.4(2013).

Berrigan, Anselm, "PW Talks to Kenneth Koch", *Publishers' Weekly*, March 27th, 2000.

Berssenbrugge, Mei-mei, *I love Artists: New and Selected Poems*, Berkeley, Los Angeles, London: University of California Press, 2006.

——*Hello, the Roses*, New York: New Directions, 2013.

Bertens, Hans, *The Idea of the Postmodern: A History*, London and New York: Routledge, 1995.

Borzutzky, Daniel, *The Book of Interfering Bodies*, Callicoon: Nightboat Books, 2011.

——*The Performance of Becoming Human*, New York: Brooklyn Arts Press, 2016.

Buschner, Jenny, Fonseca, Braulio, Paz, Kristen, and Knapic, Josalyn, "Interview: Claudia Rankine", *South Loop Review*(2011).

Carlson, Celia Irene, *The Innocent Mind of William Carlos Williams*, Dissertation submitted at University of California at Berkeley, 1995.

Carr, Julie and Robinson, Jeffrey C. eds., *Active Romanticism: The Radical Impulse in Nineteenth-Century and Contemporary Poetic Practice*, Tuscaloosa: The University of Alabama Press, 2015.

Casanova, Pascal, "Combative Literatures", *New Left Review*, 72(2011).

Chatlos, Jon, "Automobility and Lyric Poetry: The Mobile Gaze in William Carlos Williams' 'The Right of Way'", *Journal of Modern Literature* 30.1(2007).

Cheah, Pheng, "What Is a World? On World Literature as World-Making Activity", *Daedalus*, 137. 3(2008).

——"World against Globe: Toward a Normative Conception of

World Literature", *New Literary History*, 45.3(2014).

Choi, Lindsay, "An Interview with Award-Winning Poet Ronaldo V. Wilson", *The Daily Californian*, Sep. 28, 2015.

Cirasa, Robert J., *The Lost Works of William Carlos Williams: The Volumes of Collected Poetry as Lyrical Sequences*, London: Associated University Presses, 1995.

Cohen, Milton A., "Stumbling into Crossfire: William Carlos Williams, '*Partisan Review*', and the Left in the 1930s", *Journal of Modern Literature* 32.2(2009).

Comens, Bruce, *Apocalypse and After: Modern Strategy and Postmodern Tactics in Pound, Williams, and Zukofsky*, Tuscaloosa and London: University of Alabama Press, 1995.

Cooney, Brian C., "'Nothing is Left Out': Kenneth Goldsmith's *Sports* and Erasure Poetry", *Journal of Modern Literature* 37.4(2014).

Cosmo, Lepota and Silliman, Ron, "Interview with Ron Silliman", *Ginosko Literary Journal*, 19(2017).

Cran, Rona, *Collage in Twentieth-Century Art, Literature and Culture: Joseph Cornell, William Burroughs, Frank O'Hara, and Bob Dylan*, Farnham and Burlington: Ashgate, 2014.

D'Angelo, Kathleen, "'The Sequence of Disclosure': The Truth Hidden in Things in George Oppen's 'Discrete Series'", *Paideuma: Modern and Contemporary Poetry and Poetics*, 40(2013).

Daniel, Clay, "Williams's The Lonely Street", *The Explicator* 75.4 (2017).

Davis, Jordan and Koch, Kenneth, "An interview by Jordan Davis", *The American Poetry Review* 25.6(1996).

Dembo, L.S. and Zukofsky, Louis, "Louis Zukofsky", *Contemporary Literature* 10.2(1969).

Diggory, Terence and Miller, Stephen Paul eds., *The Scene of My*

Selves: *New Work on New York School Poets*, Orono: The National Poetry Foundation, 2001.

Dworkin, Craig and Goldsmith, Kenneth eds., *Against Expression*: *An Anthology of Conceptual Writing*, Evanston: Northwestern University Press, 2011.

Duffy, Nikolai, "Reading the Unreadable: Kenneth Goldsmith, Conceptual Writing and the Art of Boredom", *Journal of American Studies*, 50.3(2016).

DuPlessis, Rachel Blau ed., *The Oppens Remembered*: *Poetry*, *Politics*, *and Friendship*, Albuquerque: University of New Mexico Press, 2015.

DuPlessis, Rachel Blau and Quartermain, Peter eds., *The Objectivist Nexus*: *Essays in Cultural Poetics*, Tuscaloosa: The University of Alabama Press, 1999.

Eagleton, Terry, "The Contradictions of Postmodernism", *New Literary History*, 28.1(1997).

——"Base and Structure Revisited", *New Literary History*, 31.2 (2000).

Eliot, T. S., *The Use of Poetry and the Use of Criticism*, Cambridge: Harvard University Press, 1961.

Epstein, Andrew, "'There Is No Content Here, Only Dailiness': Poetry as Critique of Everyday Life in Ron Silliman's 'Ketjak'", *Contemporary Literature* 51.4(2010).

——*Attention Equals Life*: *The Pursuit of the Everyday in Contemporary Poetry and Culture*, New York: Oxford University Press, 2016.

Fischer, Barbara K., *Museum Mediations*: *Reframing Ekphrasis in Contemporary American Poetry*, New York: Routledge, 2006.

Fitterman, Robert, *Metropolis 16—29*, https://www.robertfitterman.com/works/metropolis_16_29.pdf.

Frank, Robert and Sayre, Henry eds., *The Line in Postmodern Poetry*, Urbana and Chicago: University of Illinois Press, 1988.

Giscombe, C. S., *Prairie Style*, McLean: Dalkey Achive, 2008.

Glavey, Brian, *The Wallflower Avant-Garde: Modernism, Sexuality, and Queer Ekphrasis*, New York: Oxford University Press, 2016.

Goldsmith, Kenneth, "I Love Speech", https://www.poetryfoundation.org/articles/68773/i-love-speech-56d248607161f.

——"Being Boring", http://writing.upenn.edu/library/Goldsmith-Kenny_Being-Boring.html.

——*Traffic*, Editions Eclipse.

——*The Weather*, Los Angeles: Make Now Press, 2005.

——*Uncreative Writing: Managing Language in the Digital Age*, Chichester: Columbia University Press, 2011.

——"My Career in Poetry or, How I Learned to Stop Worrying and Love the Institution", *Enclave Review*(Spring 2011).

——*Seven American Death and Disasters*, New York: Powerhouse Books, 2013.

——*Capital*, London and New York: Verso, 2016.

Hall, Ronald E., *Racism in the 21st Century: An Empirical Analysis of Skin Color*, New York: Springer, 2008.

Hampson, Robert and Montgomery, Will eds., *Frank O'Hara Now: New Essays on the New York Poets*, Liverpool: Liverpool University Press, 2010.

Hartman, Anne, "Confessional Counterpublics in Frank O'Hara and Allen Ginsberg", *Journal of Modern Literature* 28.4(2005).

Harvey, David, "Cosmopolitanism and the Banality of the Geographical Evils", *Public Culture*, 12.2(2000).

Heidegger, Martin, *An Introduction to Metaphysics*, trans., Ralph Manheim, Yale University Press, 1959.

Herman, Matthew, *Politics and Aesthetics in Contemporary American Literature: Across Every Border*, New York and London: Routledge, 2010.

Hickman, Ben, *Crisis and the US Avant-Garde*, Edinburgh: Edinburgh University Press, 2015.

Hillringhouse, Mark and Schuyler, James, "James Schuyler: An Interview", *The American Poetry Review*, 14.2(1985).

Hinton, Laura, "Three Conversations with Mei-mei Berssenbrugge", http://jacketmagazine.com/27/hint-bers.html.

Hinton, Laura and Hogue, Cynthia eds., *We Who Love to be Astonished: Experimental Woman's Writing and Performance Poetics*, eds., Alabama: The University of Alabama Press, 2002.

Hoffman, Eric, "A Poetry of Action: George Oppen and Communism", *American Communist History* 6.1(2007).

Hume, Angela, "Beyond the Threshold: Unlimiting Risk in Mei-mei Berssenbrugge and Kiki Smith's Endocrinology", *Interdisciplinary Studies in Literature & Environment*, 22.4(2015).

Hussain, N.S., "Performing Ketjak: The Theater of the Observed", *Postmodern Culture*, 20.1(2009), Retrieved from https://search.proquest.com/docview/1431394289?accountid=10659.

Kalaidjian, Walter ed., *The Cambridge Companion to the Modern American Poetry*, New York: Cambridge University Press, 2015.

Karminsky, Ilya, "Living on the Border in Trump's America: 'Walls Don't Stop People from Crossing'", https://www.theguardian.com/books/2017/mar/03/living-on-the-border-in-trumps-america-walls-dont-stop-people-from-crossing.

——"In a Silent City", *New York Times Magazine*, August 12, 2018. See also https://www.nytimes.com/2018/08/09/magazine/searching-for-a-lost-odessa-and-a-deaf-childhood.html.

——*Deaf Republic*，Minneapolis：Graywolf Press，2019.

——"Interview"，*The Hopkins Review*，12.3(2019).

Kirchwey，Karl，"Silent Strength"，*New York Times*，Jul. 14，2019.

Kitses，Jasmine，"'Round/Shiny Fixed/Alternatives'：Tracing the Colon in Pound and Oppen"，*Modern Philology* 113.2(2015).

Koch，Kenneth，*The Art of Poetry：Poems，Parodies，Interviews，Essays，and Other Work*，Ann Arbor：The University of Michigan Press，1996.

——*The Collected Poems of Kenneth Koch*，New York：Alfred A. Knopf，2013.

Lehman，David，*The Last Avant-Garde：The Making of New York School Poets*，New York：Doubleday，1998.

Lim，Sandra，"Interview with Claudia Rankine"，http://www.nationalbook.org/nba2014_p_rankine_interv.html#.WXOEKuv5jIU.

Little，Carl and Schuyler，James，"An Interview with James Schuyler"，*Agni*，No.37(1993).

Lynn，Aldon Nielsen and Ramey，Lauri eds.，*What I say：Innovative Poetry by Black Writers in America*，Tuscaloosa：The University of Alabama Press，2015.

MacMillan，Rebecca，"The Archival Poetics of Claudia Rankine's Don't Let Me Be Lonely：An American Lyric"，*Contemporary Literature* 58.2(2017).

Marsh，Alec，*Money and Modernity：Pound，Williams and The Spirit of Jefferson*，Tuscaloosa：The University of Alabama Press，1998.

McCaffery，Larry and Gregory，Cinda，*Alive and Writing：Interviews with American Authors of the 1980s*，Urbana and Chicago：University of Illinois Press，1987.

McCarthy，Jesse，"Protests Poets"，*Dissent*，62.4(2015).

Mcnally，David，"Language，Praxis，and Class Struggle"，*Monthly*

Review, 47.3(1995).

Murphet, Julian, "'Events listening to their own tremors': Zukofsky and Objective Anachrony", *Textual Practice* 26.4(2012).

Nazaryan, Alexander, "The Weird and Beautiful War Poetry of Solmaz Sharif", *Newsweek*, http://www.newsweek.com/weirdly-beautiful-war-poetry-solmaz-sharif-517342.

Nealon, Jeffrey T., "RealFeel: Banality, Fatality, and Meaning in Kenneth Goldsmith's *The Weather*", *Critical Inquiry* 40(2013).

Nicholls, Peter, *George Oppen and the Fate of Modernism*, New York: Oxford University Press, 2007.

Nowak, Mark, "Prairie Style: An Interview with C.S. Giscombe", https://www. poetryfoundation. org/harriet/2008/08/prairie-style-an-interview-with-cs-giscombe/.

O'Hara, Frank, *The Collected Poems of Frank O'Hara*, ed., Ellen, Donald, Berkeley, Los Angeles and London: University of California Press, 1995.

O'Leary, Peter, "Giscome Road", *Chicago Review* 44.3(1998).

Oppen, George, *New Collected Poems*, ed., Davidson, Michael, New York: A New Directions Books, 2002.

——*Selected Prose*, *Daybooks*, *and Papers*, ed., Cope, Stephen, Berkeley, Los Angeles and London: University of California Press, 2007.

Perez, Craig Santos, "Talking with Daniel Borzutzky", https://jacket2.org/commentary/talking-daniel-borzutzky.

Perloff, Marjorie G., "'Transparent Selves': The Poetry of John Ashbery and Frank O'Hara", *The Yearbook of English Studies* 8(1978).

——"'Moving Information': On Kenneth Goldsmith's The Weather", *Open Letter*: "*Kenneth Goldsmith & Conceptual Poetics*", 2005. Retrieved from http://marjorieperloff.blog/essays/goldsmith-weather/.

——*Unoriginal Genius*: *Poetry by Other Means in the New Century*,

Chicago and London: The University of Chicago Press, 2010.

Pound, Scott, "Kenneth Goldsmith and the Poetics of Information", *PMLA* 130.2(2015).

Rankine, Claudia, *Don't Let Me Be Lonely*, Minneapolis: Graywolf Press, 2004.

——*Citizen: An American Lyric*, Minneapolis: Graywolf Press, 2014.

Rankine, Claudia and Dowdy, Michael eds., *American Poets in the 21ˢᵗ Century: Poetics of Social Engagement*, Middletown: Wesleyan University Press, 2018.

Rankine, Claudia, Loffreda, Beth and Cap, Max King eds., *The Racial Imaginary: Writers on Race in the Life of the Mind*, Albany: Fence Books, 2016.

Rankine, Claudia and Spahr, Juliana eds., *American Women Poets in the 21st Century*, Middletown: Wesleyan University Press, 2002.

Said, Edward, *The Politics of Dispossession*, New York: Vintage Books, 1995.

Schappes, Morris U, "Historic and Contemporary Particulars", *Poetry* 41.6(1933).

Schelb, Edward, "'Decode into Chrysanthemums': Mei-Mei Berssenbrugge and Post-Structuralist Thought", *Philosophy & Literature*, 37.1(2013).

Schultz, Susan M. ed., *The Tribe of John: Ashbery and Contemporary Poetry*, Tuscaloosa and London: Tuscaloosa and London, 1995.

Schuyler, James, *Collected Poems*, New York: Farrar Straus Giroux, 1993.

——*Selected Art Writings*, ed. Simon Pettet, Santa Rosa: Black Sparrow Press, 1998.

——*Just the Thing: Selected Letters of James Schuyler*, ed., Corbett, New York: Turtle Point Press, 2004.

Schwartz, Alexandra, "An Interview with Claudia Rankine from Ferguson", *The New Yorker*, Aug. 22, 2014, http://www.newyorker.com/books/page-turner/seen-interview-claudia-rankine-ferguson.

Schwartz, Clair, "An Interview with Claudia Rankine", *TriQuarterly*(online), Issue 150(2016), http://www.triquarterly.org/issues/issue-150/interview-claudia-rankine.

Scroggins, Mark, *Intricate Thicket: Reading Late Modernist Poetries*, Tuscaloosa: University of Alabama Press, 1995.

Sharif, Solmaz, *Look: Poems*, Minneapolis: Graywolf Press, 2016.

Shaw, Robert B. ed., *American Poetry since 1960: Some Critical Perspectives*, ed., Chester Springs: Dufour Editions Inc., 1974.

Shepherd, Reginald ed., *Lyric Postmodernisms: An Anthology of Contemporary Innovative Poetries*, Denver: Counterpath Press, 2008.

Shoemaker, Steve ed., *Thinking Poetics: Essays on George Oppen*, Tuscaloosa: University of Alabama Press, 2009.

Silliman, Ron, *The New Sentence*, New York: Roof Books, 2003.

——*The Age of Huts (compleat)*, Berkeley and Los Angeles: University of California Press, 2007.

——*the Alphabet*, Tuscaloosa, The University of Alabama Press, 2008.

——"Q&A: American Poetry", https://poetrysociety.org/features/q-a-american-poetry-1/ron-silliman.

Silverberg, Mark, "Laughter and Uncertainty: John Ashbery's Low-Key Camp", *Contemporary Literature* 43.2(2002).

Silverberg, Mark, *The New York School Poets and the Neo-Avant-Garde: Between Radical Art and Radical Chic*, Farnham and Burlington: Ashgate, 2010.

Smith, Hazel, *Hyperscapes in the Poetry of Frank O'Hara*, Liverpool: Liverpool University Press, 2000.

Spanos, William V. and Creeley, Robert, "Talk with Robert Creeley", *boundary 2* (special issue), 6:3/7:1, 1978.

Steven, Mark, *Red Modernism: American Poetry and the Spirit of Communism*, Baltimore: John Hopkins University Press, 2017.

Swensen, Cole and John, David St., *American Hybrid: A Norton Anthology of New Poetry*, New York and London: W.W. Norton & Company, 2009.

Tashjian, Dickran, *William Carlos Williams and the American Scene: 1920—1940*, New York: Whitney Museum of American Art, in association with Berkeley, Los Angeles and London: University of California Press, 1978.

Tietchen, Todd, "Frank O'Hara and the Poetics of the Digital", *Criticism* 56.1(2014).

Wang, Dorothy J., *Thinking Its Presence: Form, Race and Subjectivity in Contemporary Asian American Poetry*, Stanford: Stanford University Press, 2014.

Ward, Geoff, *Statues of Liberty: The New York School of Poets*, New York: Palgrave Macmillan, 1993.

Watkin, William, "'Systematic Rule-Governed Violations of Convention': The Poetics of Procedural Constraint in Ron Silliman's 'BART' and 'The Chinese Notebook'", *Contemporary Literature* 48.4(2007).

Watten, Barrett, "Presentism and Periodization in Language Writing, Conceptual Art, and Conceptual Writing", *Journal of Narrative Theory* 41.1(2011).

Welch, Tana Jean, "Don't Let Me Be Lonely: The Trans-Corporeal Ethics of Claudia Rankine's Investigative Poetics", *MELUS*, 40.1(2015).

Wershler, Darren, "Kenneth Goldsmith's American Trilogy", *Postmodern Culture*, 19.1(2008), Retrieved from https://search.proquest.

com/docview/1430224971?accountid=10659.

Williams, William Carlos, "New Poetical Economy", *Poetry*, July (1934).

——*The Autobiography of William Carlos Williams*, New York: New Directions, 1951.

——*Selected Essays of William Carlos Williams*, New York: New Directions, 1954.

——*The Selected Letters of William Carlos Williams*, ed., Thirlwall, John C., New York: New Directions, 1984.

——*The Collected Poems of William Carlos Williams*, eds., Litz, A. Walton and MacGowan, Christopher, New York: New Directions, 1986.

——"America, Whitman, and the Art of Poetry", *William Carlos Williams Review* 13.1(1987).

Wilson, Ronaldo V., *Narrative of the Life of the Brown Boy and the White Man*, Pittsburgh: University of Pittsburgh Press, 2008.

Woods, Tim, *The Poetic of the Limit: Ethic and Politics in Modern and Contemporary American Poetry*, New York: Palgrave Macmillan, 2002.

Young, Dennis, "Selections from George Oppen's 'Daybook'", *Iowa Review* 18.3(1988).

Zhou Xiaojing, "Blurring the Borders between Formal and Social Aesthetics: An Interview with Mei-mei Berssenbrugge", *Melus*, 27.1 (2002).

Zukofsky, Louis, "*A*", Berkeley, Los Angles and London: University of California Press, 1978.

——*Prepositions+*, ed., Mark Scroggins, Hanover: University Press of New England, 2000.

阿尔都塞:《保卫马克思》,顾良译,商务印书馆 1984 年版。

达姆罗什、刘洪涛、尹星主编:《世界文学理论读本》,北京大学出版社2013年版。

德·塞托:《日常生活实践》,冷碧莹译,南京大学出版社2014年版。

戴维·哈维:《新帝国主义》,初立中、沈晓雷译,社会科学文献出版社2009年版。

海德格尔:《形而上学导论》,熊伟、王庆节译,商务印书馆2010年版。

黑格尔:《精神现象学》,贺麟、王玖兴译,商务印书馆1996年版。

亨利·列斐伏尔:《日常生活批判》第1卷,社会科学文献出版社2018年版。

路德维希·维特根斯坦:《哲学研究》,陈嘉映译,上海世纪出版集团2005年版。

路德维希·维特根斯坦:《文化与价值》,黄正东、唐少杰译,译林出版社2014年版。

《马克思恩格斯全集》第5卷,中共中先马克思恩格斯列宁斯大林著作编译局编译,人民出版社2009年版。

米歇尔·福柯:《知识考古学》,谢强、马月译,生活·读书·新知三联书店2003年版。

帕斯卡尔·卡萨诺瓦:《文学世界共和国》,罗国祥等译,北京大学出版社2015年版。

特里·伊格尔顿:《后现代主义的幻象》,华明译,商务印书馆2002年版。

特里·伊格尔顿:《如何读诗》,陈太胜译,北京大学出版社2016年版。

图书在版编目(CIP)数据

规训与抵抗：当代美国诗歌的城市书写/虞又铭著
.—上海：上海人民出版社,2022
ISBN 978 - 7 - 208 - 17817 - 5

Ⅰ.①规… Ⅱ.①虞… Ⅲ.①诗歌研究-美国-现代
Ⅳ.①I712.072

中国版本图书馆 CIP 数据核字(2022)第 133515 号

责任编辑　金　铃　马瑞瑞
封面设计　夏　芳

规训与抵抗：当代美国诗歌的城市书写
虞又铭　著

出　　版	上海人民出版社	
	（201101　上海市闵行区号景路 159 弄 C 座）	
发　　行	上海人民出版社发行中心	
印　　刷	上海商务联西印刷有限公司	
开　　本	720×1000　1/16	
印　　张	15.25	
插　　页	4	
字　　数	221,000	
版　　次	2022 年 9 月第 1 版	
印　　次	2022 年 9 月第 1 次印刷	

ISBN 978 - 7 - 208 - 17817 - 5/I · 2030

定　　价　69.00 元